Karin Firlus: Gestrandet in Nairn

Zum Buch:

Lena ist Lehrerin für Englisch und Geschichte am Gymnasium. Als sie herausfindet, dass ihr Partner Erik sie mit ihrer Kollegin betrügt, verlässt sie ihn und entscheidet spontan, eine Zeitlang in dem Land zu verbringen, von dem sie schon lange träumt: Schottland.

An der Nordküste hat sie eine Panne. Ihr altes Auto kann nicht mehr repariert werden und Geld, sich ein anderes zu kaufen, hat sie nicht – sie sitzt in einer Kleinstadt fest und weiß nicht, wie es weitergehen soll.

Zur Autorin:

Gestrandet in Nairn ist der vierte Roman von Karin Firlus. Sie war Englischlehrerin und –Übersetzerin. Vor einigen Jahren wandte sie sich dem Schreiben zu, das inzwischen zu einer Sucht geworden ist.

Wenn Sie sie erreichen wollen:

Karin.firlus@yahoo.de

Weitere Romane von Karin Firlus:

Einen Cappuccino, bitte!

(Teil I) (2015)

Will ich das überhaupt?

(Teil II) (2015)

Schattenliebe –

ein Familienroman aus Schottland (2016)

Zusammen mit ihrer Literaturgruppe „Textträumer“:

Textträumer – die Erste *(Anthologie)*

Verlag: epubli GmbH, Berlin, www.epubli.de

ISBN: 0401-384769 M

Umschlagabbildung/Umschlaggestaltung:

Maria Knüttel, Limburgerhof.

Kontakt: **www.photography-mk.com**

Karin Firlus

GESTRANDET IN NAIRN

Ich widme diesen Roman dem schottischen Schauspieler, John Hannah, da er quasi „Geburtshelfer" war.

(Mehr dazu: siehe „Anmerkung der Autorin")

Karin Firlus, Februar 2017

Kapitel

Kapitel 1: Es ist aus!

Seit ich dem Professor Deutsch beibringe, hinterfrage ich die Dinge, die mir begegnen, nicht mehr. Früher oder später ergeben sie einen Sinn. Aber im letzten Sommer, als ich Annas SMS las, fühlte ich mich vom Schicksal allein gelassen.

Wäre ich nicht so gutgläubig gewesen, hätte ich es vielleicht schon zuvor bemerkt. Zum Beispiel, als ich an einem Mittag im Mai früher nach Hause kam, weil ich mal wieder einen Migräneanfall hatte, wie so oft in letzter Zeit.

Ich ließ den Elfer Grundkurs noch ihre Arbeit in Englisch schreiben. Dann packte ich nach der fünften Stunde meine Tasche und fuhr langsam, weil mein Kopf schon erbarmungslos hämmerte, nach Hause.

Dort angekommen, ließ ich meine Schultasche neben der Garderobe stehen, torkelte ins Schlafzimmer und ins Bett.

Dass mittags der Rollladen noch unten war, registrierte ich nicht. Auch später, als ich mich, über die Toilettenschüssel gebeugt, übergeben musste, fiel mir das dritte gebrauchte Duschtuch, das zusammen mit meinem und dem von Erik auf dem Boden lag, nicht auf. Ich kniete vor der Toilette und würgte meinen Mageninhalt hinein.

Als Erik kurz danach heimkam, lag ich auf der Couch im Wohnzimmer, ein kaltes Gelkissen auf der Stirn, und döste vor mich hin. Allmählich begannen die Tabletten, die ich in der Schule genommen hatte, zu wirken.

Er fragte mich, seit wann ich zu Hause sei. Als ich sagte, ich sei kurz nach 12:30 Uhr heimgekommen, sah er mich erschrocken an, fing sich aber gleich wieder. Danach ging er sofort ins Bad, räumte auf, putzte und stellte eine Maschine Wäsche auf. Und ich war dankbar, dass er ausnahmsweise einmal beim Haushalt mit anpackte.

Da Erik in der Firma, in der er seit acht Monaten als Leiter der Qualitätskontrolle arbeitete, meist die Spätschicht von sechzehn Uhr bis Mitternacht übernahm, hatte er vormittags, wenn ich in der Schule war, prinzipiell Zeit, um einiges im Haushalt zu übernehmen. Denn außer einigermaßen kochen und den einen oder anderen Kuchen backen hasste ich nichts so sehr wie Putzen und Bügeln. Und da wir beide arbeiten gingen, hätte ich es als fair empfunden, wenn er wenigstens einen Teil der Hausarbeit übernommen hätte. Aber außer Müll zu entsorgen und ab und an zu saugen brachte er sich nicht ein.

Ich bereitete dann nachmittags den Unterricht vor und stellte abends noch die gelegentliche Maschine Wäsche auf, aber den Großteil an Hausarbeit musste ich meist an den Wochenenden erledigen.

Erik hatte keine Probleme damit, mich arbeiten zu lassen, während er stundenlang am Computer saß und in irgendwelche Strategiespiele vertieft war.

Allerdings hatte er seit einigen Wochen angefangen, samstags von vierzehn bis achtzehn Uhr eine halbe Schicht zu übernehmen. Einige Kollegen seien krank bzw. in Urlaub, da springe er eben ein. Ich dachte mir nichts dabei, ging einkaufen und nachdem ich geputzt hatte, bereitete ich Tests und Arbeiten vor. Sonntags attackierte ich verbissen die Bügelwäsche, während Erik joggen ging. Das gab er zumindest vor.

Erst später fiel mir auf, dass er selten geduscht hatte, wenn er zurückkam.

Sex hatten wir in letzter Zeit kaum noch. Aber ich dachte, es sei eben darauf zurückzuführen, dass

Erik unter der Woche ausschlief, ich jedoch früh aus den Federn musste. Und auf Kommando sonntags morgens Lust auf Sex hatten wir beide selten. So lebten wir mehr oder minder reibungslos und eher gelangweilt nebeneinander her, wie so viele andere Paare auch.

Hätte man mich gefragt, ob ich glücklich war, hätte ich mit den Schultern gezuckt. Was hieß schon „Glück“?

Ich war gesund, hatte ein Dach über dem Kopf, einen Partner, und wenn es wie geplant lief, würden wir auch bald Kinder bekommen und vielleicht irgendwann heiraten.

Aber was ich vor allem anderen wollte, und das schon seit drei Jahren, seit ich mein zweites Staatsexamen in der Tasche hatte, war eine Festanstellung an einem Gymnasium in der Nähe. Bisher hatte ich immer nur Zeitverträge gehabt, die für ein halbes oder ein Jahr galten. Auch in diesem Jahr wies nichts darauf hin, dass sich in dieser Hinsicht etwas zum Besseren wenden würde. Anfang Juli, zu Beginn der Sommerferien, würde mein Zeitvertrag zunächst auslaufen. Und ob ich ab dem nächsten Schuljahr entweder arbeitslos sein würde oder, mit viel Glück, an irgendeiner anderen Schule einen befristeten Zeitvertrag bekäme, würde sich wohl, wie meist, erst einige Tage vor Ende der Ferien ergeben.

Zwar herrschte grundsätzlich Lehrermangel, aber nicht in Englisch und Geschichte. Und genug Geld, um alle benötigten Lehrkräfte zu bezahlen, war auch nicht vorhanden. Also speiste man viele von uns Junglehrern mit Aushilfsstellen ab, die nie länger als maximal ein Schuljahr währten. Vor den Sommerferien war dieser Job dann beendet, was der Regierung ersparte, diese Lehrer über die Ferien bezahlen zu müssen.

*

Von Mai bis Anfang Juni war Korrekturzeit angesagt. Das hieß für Erik, dass ich wochenlang kaum ansprechbar war und praktisch keine Freizeit hatte. Ich saß nachmittags und an den Wochenenden am Schreibtisch und beschäftigte mich mit englischer Grammatik, der Umweltthematik in der Zehnten, dem amerikanischen Traum sowie diversen Epochen der europäischen Geschichte. Mir schwirrte der Kopf von Vokabeln, Grammatikformen und Jahreszahlen, und die Migräneanfälle, die mich seit dem Winter plagten, kamen seit einiger Zeit fast einmal pro Woche.

Korrigieren war zeitintensiv und ermüdend, und wenn Erik dann wenigstens samstags abends mit mir ins Kino oder essen gehen wollte, war ich meist zu müde oder lustlos, weil ich im Geiste die Arbeiten vor mir sah, die sich auf meinem Schreibtisch türmten.

Meine Kollegin Anna, die auch Geschichte unterrichtete, hatte zwar einen Festvertrag, aber nur für eine halbe Stelle. Sie beklagte sich, weil sie gerne eine ganze gehabt hätte.

Immerhin hatte sie wesentlich mehr Freizeit als ich, und ich war mir nicht sicher, ob ich nicht gern mit Anna getauscht hätte. Die Unsicherheit, an jedem Schuljahresende erneut auf eine Anstellung hoffen zu müssen, war zermürbend und irgendwie auch erniedrigend.

Als ich mein Studium begonnen hatte, hatte Lehrermangel geherrscht, und ich war davon überzeugt gewesen, einen krisensicheren Job ausgewählt zu haben. Inzwischen fragte ich mich, ob ich nicht doch hätte eine andere Berufswahl treffen sollen. Obwohl ich einen guten Abschluss hatte, brauchte man offensichtlich meine

Arbeitsbereitschaft nicht. Diese Tatsache nagte gewaltig an meinem Selbstbewusstsein.

Als Ende der dritten Juniwoche dann endlich die Zeugniskonferenz stattfand und ich wusste, dass in diesem Schuljahr keine Korrekturen mehr anstehen würden, war ich erleichtert. Prompt, wie so oft, wenn ich mich entspannte, bekam ich während der Konferenz wieder Migräne und am nächsten Tag heftigen Schnupfen.

Ich war wieder einigermaßen fit, als die Schüler der zwölften Stufe in der zweitletzten Woche vor den Ferien auf Studienfahrt gingen, und da ich in einem Zwölfer LK Englisch unterrichtete, hatte mein Kollege Hartmut, der ihnen Französisch beibrachte, mich gefragt, ob ich ihn auf der Fahrt in die Ardèche begleiten würde.

Etliche Schüler würden dort Kanufahren, andere wandern. Da ich keine Lust hatte, im Unterricht Schüler eine Woche lang sinnvoll zu beschäftigen, die so kurz vor den Ferien keinen Bock auf Schule mehr hatten, sagte ich zu.

Eigentlich wäre ich lieber mit Anna nach Madrid gefahren, aber diese Reise kam nicht zustande. Also wurden wir beide auf andere Fahrten aufgeteilt.

Letztendlich fuhr Anna überhaupt nicht, da sie einen Hexenschuss hatte – zumindest behauptete sie das einen Tag, bevor es losging.

Ich kam einigermaßen entspannt zurück und freute mich auf eine lässige letzte Unterrichtswoche und, vor allem, auf mehr Zeit mit Erik.

Aber er reagierte seltsam abweisend auf meine Annäherungsversuche, und mir wurde bewusst, dass wir schon seit einigen Wochen nicht mehr miteinander geschlafen hatten. Ich setzte meine Hoffnung auf den gemeinsamen zweiwöchigen Urlaub, den wir Mitte der Ferien geplant hatten.

Wir wollten einfach Richtung Loiretal fahren, um uns die Schlösser dort anzusehen, und an einem Plätzchen, das uns gefallen würde, bleiben.

*

Am letzten Schultag waren noch einige von uns Kollegen ein Stündchen im nahen Biergarten. Anna saß dabei, ohne sich zu unterhalten, und nippte an einem Glas Orangensaft. Ich dachte bei mir, sie sieht so ferienreif aus wie ich mich fühle. Ich trank eine Rieslingschorle und ging recht beschwingt nach Hause. Jetzt waren erst einmal wohl verdiente Ferien angesagt und ich hatte vor, sie weidlich zu nutzen.

Kurz nach zwölf kam ich in unserer Wohnung an und schenkte mir in der Küche gerade ein Glas Wasser ein, als Eriks Handy vibrierte. Es lag direkt vor mir auf dem Tisch, also schaute ich automatisch auf das Display. Es zeigte das lachende Gesicht von Anna.

‚Nanu', dachte ich, ‚was will sie denn von Erik'? Reflexartig und ohne darüber nachzudenken, was ich da eigentlich tat, las ich die SMS:

„Erik, ruf mich an, sobald du kannst. Ich bin eine Woche drüber ..."

Ich starrte auf das Display und las die Nachricht noch einmal, als Erik in die Küche kam, ein Handtuch um die Hüften geschlungen, die Haare vom Duschen noch feucht und verwuschelt.

„Oh, du bist schon da?" Er klang nicht begeistert.

Wortlos hielt ich ihm sein Smartphone mit Annas SMS unter die Nase.

Sein Gesicht verfärbte sich und er stammelte: „Lena, hör zu, ich wollte schon länger mit dir reden. Ich kann dir das erklären.“

„Was gibt es da noch zu erklären?“ Ich spürte, wie aus dem Nichts heiße Tränen in mir aufstiegen. „Offensichtlich habe ich nicht gesehen, was sich direkt vor meinen Augen abspielte. Ich hätte allerdings nie für möglich gehalten, dass du mich so schamlos betrügen würdest, und das auch noch mit einer Kollegin. Mein Gott, ausgerechnet mit Anna! Und jetzt hast du sie geschwängert, ja? Na denn, ich wünsche der jungen Familie viel Glück!“

Ich drehte mich abrupt um und rannte ins Schlafzimmer. Dort schloss ich die Tür hinter mir ab, damit er nicht hereinkommen konnte und die Tränen sah, die unkontrolliert über meine Wangen liefen. Diese Genugtuung wollte ich ihm nicht gönnen!

Ich warf mich aufs Bett und heulte. Irgendwann dachte ich: ‚Und was wird jetzt? Natürlich werde ich nicht mit ihm in Urlaub fahren‘. Und reden wollte ich auch nicht mit ihm, das brachte nichts. Er hatte mich betrogen, das konnte ich nicht hinnehmen.

Ich setzte mich auf und mein Blick fiel auf die Kommode, wo das Foto von uns beiden stand, wie wir glücklich in die Kamera lachten, hinter uns türkisfarbenes Meer. Wir hatten uns in unserem ersten gemeinsamen Urlaub auf Kreta fotografieren lassen.

Da wurde mir mit einem Schlag bewusst, dass diese Zeiten der Vergangenheit angehörten. Ich würde mit Erik nie mehr glücklich lachen.

Ich stand auf und wie in Trance begann ich zu packen. Keine Minute länger wollte ich mit einem Mann zusammen sein, der mich betrog und dazu noch mit einer anderen ein Kind bekam, das eigentlich hätte unseres sein sollen.

Ich versuchte krampfhaft, das Bild vor meinem inneren Auge wegzuschieben, das mir gnadenlos Anna zeigte, die lustvoll stöhnend unter Erik lag, sein Kopf in ihren üppigen Brüsten vergraben.

Während ich wahllos Unterwäsche, Shirts und Hosen in meinen Koffer stopfte, hörte ich meine Mutter sagen: ‚Ach Kind, ich hatte mich so darauf gefreut, bald Großmutter zu werden. In deinem Alter wird es langsam Zeit…‘

Dabei wurde mir bewusst, dass ich schon länger nicht mehr mit ihm unbeschwert glücklich war. Ab dann war nur eine Frage in meinem Kopf: „Wie ist das passiert?“ Ich hatte unsere zweijährige Beziehung immer als zufriedenstellend und problemlos eingestuft.

Später, auf der langen Fahrt in den Norden, wurde mir klar, dass „nur zufriedenstellend“ keine optimale Basis für eine gemeinsame Zukunft war. Aber an dem Mittag, als ich packte, konnte ich nicht verstehen, was zwischen uns schief gelaufen war.

Als ich in der Nachttischschublade mein Sparbuch und meinen Ausweis holte, fiel mein Blick auf das Kuvert. Ich hatte es ein Jahr zuvor von meinen Eltern zum Geburtstag bekommen. Sie waren gerade von einer Rundreise durch England zurückgekommen und hatten mir ihre restlichen Pfundnoten, wie sie sagten, geschenkt.

Ohne das Geld zu zählen, hatte ich es in die Schublade gelegt. Schließlich war ich damals auf Arbeitssuche, und in dieser Situation war Urlaub einfach nicht machbar.

Jetzt zählte ich die Scheine und fiel aus allen Wolken, als mir klar wurde, dass ich damit locker vier bis fünf Wochen in Großbritannien hätte verbringen können, wenn ich nicht prasste. Mein Sparbuch wies ein gutes Polster auf, so dass ich damit die Hin- und Rückreisekosten bestreiten und für den Fall, dass ich ab Herbst arbeitslos wäre, mich zumindest einige Monate lang über Wasser halten könnte.

Ich steckte das Kuvert, zusammen mit meinen anderen persönlichen Unterlagen, in meine Handtasche und packte alles Restliche ein.

Erik hämmerte gegen die Schlafzimmertür. „Lena, mach doch auf und lass uns reden!"

„Es gibt nichts mehr zu reden!", schrie ich zurück.

„Hör zu, wir hatten das nicht geplant. Aber nach der Weihnachtsfeier, an der du früher gegangen bist, habe ich Anna nach Hause gebracht und -"

Ich glaubte, mich verhört zu haben. Zunächst blieb ich wie angewurzelt stehen, dann ging ich zur Tür und schloss auf. Ich sah Erik aus verweinten Augen an.

„Weihnachtsfeier? Du meinst, das mit euch geht schon seit letztes Jahr im Dezember?" Er öffnete den Mund, aber ich gab ihm keine Chance, etwas darauf zu erwidern. „Und weder du noch Anna habt es für nötig gehalten, es mir zu sagen?"

„Das wollte ich doch, aber irgendwie schien nie der richtige Zeitpunkt dafür zu sein, und -“

„Für so etwas gibt es keinen richtigen Zeitpunkt, Erik, und das weißt du auch. Mein Gott, wie erbärmlich ihr doch seid! Ihr habt mich nicht nur betrogen, indem ihr miteinander im Bett wart, sondern auch, indem du so getan hast, als sei alles wie immer.“

Ich drehte mich um und ließ ihn stehen. Es war ja noch schlimmer als ich gedacht hatte. Ein halbes Jahr lang schon hatte er mich mit ihr betrogen – jetzt wurde mir allmählich klar, warum wir kaum noch Sex gehabt hatten.

Ich holte meine Kosmetikartikel aus dem Bad, stopfte sie in die Reisetasche und legte zwei Romane obendrauf, die ich am Tag zuvor als Lesestoff für die Frankreichreise bereit gelegt hatte.

Erik war mir gefolgt. „Lena, jetzt dreh doch nicht gleich durch. Wo willst du denn so Hals über Kopf hin?“

Ich fuhr herum. “Das geht dich ab jetzt einen feuchten Du-weißt-schon-was an!“ Ich schnappte mir meine Taschen, hielt ihm meinen Wohnungsschlüssel hin und ging zur Tür. „Meine

Bücher und den anderen Kram lasse ich irgendwann abholen!“

Eriks verdattertes Gesicht war mir wenigstens eine kleine Genugtuung. Dabei musste er doch eigentlich dankbar sein, dass ich so spontan das Feld räumte. Schließlich hatten er und Anna jetzt freie Bahn. Andererseits hatte er ab sofort keinen Deppen mehr, der ihm den Haushalt führte, und ich war nicht sicher, ob Anna das tun würde.

Als ich zu der Parallelstraße ging, in der ich am Tag zuvor mein Auto geparkt hatte, sah ich wieder Annas SMS vor mir. *„Ich bin eine Woche drüber…“*

Das versetzte mir einen Stich. Noch vor einem Jahr hatten Erik und ich beschlossen, spätestens in diesem Frühjahr zu versuchen, ein Baby zu bekommen. Aber wir hatten in letzter Zeit nicht mehr darüber gesprochen. Das fiel mir erst jetzt auf; wieso hatte ich nicht bemerkt, dass wir eigentlich keine richtige Beziehung mehr führten? War ich so auf meine Arbeit in der Schule konzentriert gewesen, dass mein Privatleben kaum noch existent war?

Ich verstaute hektisch mein Gepäck im Kofferraum, dann fuhr ich einfach los. Bewusst hätte ich nicht sagen können, wohin ich eigentlich wollte. Meine Eltern waren zwar noch in Urlaub, aber eine Wohnung hatte ich ab sofort nicht mehr. Also fuhr ich in mein Elternhaus, schlich die Treppe in mein früheres Jugendzimmer hoch und verkroch mich im Bett.

Ich fühlte mich dort wie ein Fremdkörper. Die bunte Bettwäsche, die Poster an den Wänden, der Vorhang mit den Schmetterlingen – war das wirklich einmal ich gewesen? Und wer war ich heute? Eine, die im Frühjahr dreißig geworden war und von ihrem Partner betrogen wurde. Eine, die ihren Lover nicht halten konnte, deshalb hatte er sich eine Andere gesucht. Wieder kamen die Tränen.

Irgendwann musste ich eingeschlafen sein, denn als ich aufwachte, war ich durstig und hatte mächtigen Hunger.

Ich wusch mir Gesicht und Hände und ging in der Vorratskammer auf die Suche nach etwas Essbarem. Ich befreite eine einsame Salamipizza von ihrem traurigen Dasein in der Tiefkühltruhe. Als ich später darauf herumkaute, dachte ich über meine Optionen nach.

Auf keinen Fall wollte ich länger als nötig hier bleiben. Ich musste raus! Ich hatte mich so sehr auf unseren Urlaub gefreut. Und auf die Ferien. Wenn ich jetzt daran dachte, dass sich endlose sechs Wochen vor mir dehnten, machte sich Verzweiflung in mir breit. Fast jede Kollegin und Freunde, die ich hatte, fuhren irgendwohin. Ich wäre allein und wenn meine Eltern in einer Woche zurückkämen, müsste ich über meine Trennung von Erik reden.

Meine Mutter mochte ihn und würde sicherlich versuchen, mich dazu zu bewegen, noch einmal meinen Spontanentschluss, ihn zu verlassen, zu überdenken. Nein, das würde ich nicht tun.

Ich ging rüber ins Wohnzimmer, erweckte den Fernseher zum Leben und zappte durch ein, zwei Programme. Im Zweiten fing gerade ein Liebesfilm an.

Ich überstand die ersten zehn Minuten, dann liefen wieder die Tränen; dabei hatten sich der Held und die Heldin erst kennengelernt. Sie hatten sich noch nicht einmal geküsst, aber die Art, wie sie sich ansahen, diese aufkeimende Verliebtheit, dieses Gefühl, der andere sei das Beste, was einem passieren könne. Der Puls, der sich beschleunigt, wenn man diesen Menschen auch nur sieht, dieser starke Wunsch, immer in seiner Gegenwart zu sein, egal, was man tut, das gab mir den Rest.

Einige verzweifelte Versuche, mich mit einer Talkshow, einer Gameshow oder einer Komödie abzulenken, gingen gründlich schief. Die Tüte Chips, die ich in einer Schublade im Essraum gefunden hatte, war halb leer und ich hatte zu gar nichts Lust. Doch, ich hätte einiges an die Wand hauen können.

Allmählich baute sich Wut in mir auf. Wie konnte er es wagen? Wer, dachte er denn, war er, dass er so mit mir umspringen konnte? Kurz nach halb zehn strich ich die Segel und ging ins Bett. Ich fühlte mich ausgelaugt, platt und nicht fähig, einen klaren Gedanken zu fassen.

Es war schwül in meinem Zimmer. Ich riss das Fenster bis zum Anschlag auf, aber auch das half nichts. Ich warf die Bettdecke auf den Sessel in der Ecke und drehte und wälzte mich.

In Gedanken ließ ich die letzten Wochen Revue passieren. Hatte es irgendwelche Anzeichen dafür gegeben, dass Erik mich betrog? Verhielt Anna sich mir gegenüber anders als zuvor? Naja, wenn ich so darüber nachdachte, war sie etwas zurückhaltender gewesen. Wir waren auch nicht mehr miteinander einen Kaffee trinken oder in eine Kneipe gegangen.

Irgendwann schlief ich dann doch ein. Als ich am nächsten Morgen wach wurde, brauchte ich eine Weile, bis ich wusste, wo ich war und warum. Als die neuerliche Tränenflut versiegt war, schlich ich ins Bad und stellte mich unter die Dusche.

Das lauwarme Wasser schien einen Teil meines blockierten Gehirns frei zu spülen, denn als ich mich abtrocknete, sah ich plötzlich Bergrücken mit blühendem Heidekraut und Ginster vor meinem inneren Auge. Eine steinerne Kapelle stand inmitten einer graugrünen Landschaft, Schafe kauten gemächlich vor sich hin und von irgendwoher tönte der volle Klang eines Dudelsacks.

Jetzt erinnerte ich mich: Ich hatte nachts von Schottland geträumt. Seit ich vor Jahren eine Dokumentation darüber gesehen hatte, hatte mich die mystische Atmosphäre, die der Film ausstrahlte, in seinen Bann gezogen. Ich wollte unbedingt dorthin, aber Erik wollte nicht. Da sei es kalt und es regne immer.

Ich zog meine Jeans und ein frisches T-Shirt an und während ich mir einen Instantkaffee zubereitete, wurde mir klar, was ich tun wollte – ich würde endlich nach Schottland fahren! Schließlich hatte ich jede Menge Pfundnoten, die darauf warteten, ausgegeben zu werden.

Kapitel 2: Reise mit Hindernissen

An einer Tankstelle an der A61 kaufte Lena sich eine Straßenkarte, denn auf den Navi allein wollte sie sich nicht verlassen. Er war schon älter und sie hatte ihn nie aktualisiert. Außerdem hatte sie keine Ahnung, von wo aus eine Fähre nach Großbritannien übersetzte. Die kurze Strecke von Calais nach Dover schied aus, denn da wäre sie zu weit südlich und müsste fast die gesamte Länge der Insel hinauffahren.

Bei einem Kaffee konsultierte sie die neu erworbene Karte und entdeckte, dass von Amsterdam aus eine Fähre nach Newcastle fuhr.

Das wäre natürlich ideal gewesen, denn Newcastle war nicht weit unterhalb der schottischen Grenze. Allerdings gab es einen Nachteil: Ihr Smartphone sagte ihr, dass die Fährüberfahrt etwa sechzehneinhalb Stunden dauern würde. Das war ein absolutes No-Go. Lena wurde schon übel, wenn sie nur auf einer Ausflugsfahrt in Küstennähe länger als eine halbe Stunde auf einem Schiff ausharren musste.

Sie suchte weiter und entdeckte, dass von Rotterdam aus eine Fähre nach Hull übersetzte. Und diese Überfahrt dauerte immerhin nur elf Stunden. Hull war etwas südlich von York, also auch relativ nah an der schottischen Grenze.

Und York hatte sie sich immer schon einmal ansehen wollen; es musste eine Kleinstadt mit mittelalterlichem Charme sein, und Lena liebte Städte, die noch die Atmosphäre vergangener Tage ausstrahlten.

Aber die Strecke nach Rotterdam war zu weit, um sie an diesem Tag zu schaffen. Sie war nach dem Frühstück zunächst noch zur Bank gefahren und hatte von ihrem Sparbuch Geld abgehoben, um die Fahrtkosten damit zu decken. Den Koffer und die Reisetasche hatte sie direkt mitgenommen, damit sie nicht ins Wanken kam und die Reise doch nicht antrat. So kam sie dennoch erst gegen Mittag los.

Sie suchte nach den Abfahrtszeiten der Fähre: Die letzte Möglichkeit einzuchecken war 19:30 Uhr, die Abfahrt wäre um einundzwanzig Uhr. So beschloss sie, sich in der Nähe von Köln eine Pension zu suchen und samstags weiterzufahren.

Nach einer unruhigen Nacht mit allerlei Alpträumen, die sie nach dem Aufwachen nicht mehr benennen konnte, fuhr sie weiter. Sie kam um die Mittagszeit in Rotterdam an, fuhr zum Hafen und sicherte sich ein Ticket für eine Einzelkabine. Sie hatte mit sich gerungen, ob sie sich das Geld für eine Kabine nicht sparen sollte, aber wenn sie den ganzen nächsten Tag Auto fahren wollte, musste sie ausgeschlafen sein.

Sie ließ ihr Auto am Hafen stehen und fuhr mit dem Bus ins Stadtzentrum.

Sie war noch nie in Rotterdam gewesen. Sie aß ein Stück Pizza aus der Hand und bummelte zunächst lustlos durch die Straßen. Sie wäre am liebsten zurück zum Hafen gefahren und hätte auf der Fähre eingecheckt, um sie ja nicht zu verpassen. Es war schließlich die erste Reise, die sie allein unternahm, und so konnte sie eine gewisse Nervosität nicht unterdrücken.

Aber bald zogen sie die hohen, schmalen Häuser mit den beigen und hellbraunen Fassaden in ihren Bann. Es waren alte Kaufmannshäuser und sie erinnerte sich daran, einmal gelesen zu haben, dass Rotterdam Europas größten Handelshafen hatte. Bestimmt war die Stadt vor Jahrhunderten einmal reich gewesen, den schönen Gebäuden nach zu urteilen. Sie war auch überrascht über die vielen Hochhäuser, die es in dieser Fülle eher in amerikanischen Städten zu bewundern gab.

Am Ufer der Rotte setzte sie sich in ein Café und trank einen Becher Kaffee. Sie schaute sich um und stellte fest, dass außer ihr noch einige andere, Männer wie Frauen, allein dort saßen. Dadurch fühlte sie sich etwas besser. Bald lenkte sie ihre Schritte in die Innenstadt zurück und fuhr mit dem Bus wieder zum Hafen hinaus.

Es lagen mehrere Schiffe in der Bucht, die Masten hochgestreckt in einen blassblauen Himmel. Sie ging zu ihrem Auto und stellte fest, dass sich bereits eine große Schlange anderer PKWs vor der Auffahrt zur Fähre gebildet hatte. Es blieben noch zwei Stunden bis zur Abfahrt und sie war froh, daran gedacht zu haben, sich in einer Apotheke Tropfen zu besorgen, die gegen Seekrankheit helfen sollten.

'Wenn es doch nur Tropfen gegen Liebeskummer gäbe', dachte sie traurig.

Sie reihte sich in die Warteschlange ein und bemühte sich, nicht ungeduldig zu werden. Sie war an diesem Tag zwar nicht um sechs Uhr aufgestanden, aber allmählich machte sich eine lähmende Müdigkeit in ihr breit, die wahrscheinlich von der längeren Fahrt herrührte. Sie freute sich auf das Bett in ihrer Kabine und hoffte, dass sie die Überfahrt ohne Übelkeit hinter sich bringen würde.

*

Lena hatte die Fährfahrt gut überstanden; die meiste Zeit hatte sie verschlafen, und war danach von Hull aus auf der A63 in knapp anderthalb Stunden nach York gefahren. Sie war erleichtert, dass sie die meiste Zeit auf der Autobahn hatte bleiben können, denn der Linksverkehr in einem deutschen Auto, mit dem Steuerrad auf der linken Seite, war nicht ohne. Aber auf einer mehrspurigen Straße konnte sie sich allmählich an die ungewohnte Spur und die Ausfahrt auf der linken Seite gewöhnen.

Sie ließ ihr Auto am Stadtrand von York auf einem kleinen Parkplatz stehen und fuhr mit dem Bus in die Innenstadt.

Das York Minster, wie die größte mittelalterliche Kathedrale Englands genannt wird, war beeindruckend. Sie machte eine Führung mit, bestaunte die riesige Orgel und konnte sich gar nicht an den bunten und großen Fenstern satt sehen.

Nach einem Snack ging sie durch die Gässchen der Altstadt, in denen sich ein Geschäft an das andere reihte. Die Häuser waren weiß, grau-schwarz und bunt, teilweise mit Blumen geschmückt, und sahen aus wie größere Puppenstuben. Lena hätte gerne mehr Zeit gehabt, um gemütlich da und dort einzukehren, denn die Geschäfte luden mit ihren diversen Auslagen zum Schmökern und Kaufen ein. Aber sie verkniff es sich, einen der interessanten Romane oder eines der Paar Ohrringe zu erstehen, die sie anlachten.

In einem Sweetshop kaufte sie sich eine kleine Packung Toffees, aber dann trieb irgendetwas sie weiter. York war schließlich nur ein Punkt auf ihrer Reise in den Norden, und an ihrem dritten Tag wollte sie wenigstens die Grenze nach Schottland überqueren.

Sie fuhr gegen drei Uhr weiter, die A1 hoch in Richtung Berwick-Upon-Tweed. Sie brauchte knapp drei Stunden und beschloss spontan, an diesem Tag nicht mehr weiterzufahren. So nahm sie sich ein Zimmer in einer Pension am Ortsrand und machte sich am nächsten Morgen gleich nach dem Frühstück auf. Sie wollte zunächst Edinburgh auslassen und an der Ostküste entlang nach Norden fahren. Eigentlich konnte sie die gesamte Küste abfahren, dachte sie, um dann im Südwesten bei Oban wieder nach Osten zu drehen, wo sie sich Glasgow und schließlich Edinburgh ansehen wollte.

Sie nahm die A1 weiter, ließ Edinburgh wörtlich links liegen und fuhr über die Forth Bridge mit ihren drei mächtigen Pfeilern in die Grafschaft Fife.

Den Nachmittag verbrachte sie in St. Andrews, wo sie sich die mächtige Ruine der Kathedrale ansah und einen kurzen Strandbummel unternahm. Sie lenkte ihr Auto jedoch ein Stück aus der Stadt hinaus und blieb die Nacht in einer Pension in der Nähe, denn die Preise in St. Andrews selbst waren horrend. Sie würde auch beim Essen sparen müssen, wenn sie länger als drei Wochen hier bleiben wollte.

In einem Supermarkt holte sie sich ein Truthahnsandwich, das sie im Gehen aß. Als sie in die Pension zurückkam, fragte die Wirtin, ob sie sich nicht zu den anderen Gästen setzen wolle.

Sie hatte eigentlich keine Lust darauf, fremde Leute kennenzulernen und Smalltalk machen zu müssen. Aber die Aussicht, schon wieder den

Abend allein in ihrem Zimmer zu verbringen, war noch weniger reizvoll. So ließ sie sich überreden.

In dem großen Wohnzimmer flackerte ein Feuer im Kamin, in dessen Schatten drei Paare beieinander saßen. Zwei waren aus den USA, das dritte Paar aus Frankreich. Sie saßen um einen niedrigen Couchtisch herum, vor sich hatten sie Whiskygläser stehen.

„Probieren Sie mal diesen Scotch, junge Dame. Er schmeckt nach Früchten und ein bisschen nach dem Sherryfass, in dem er gelagert wurde."

Der Amerikaner auf dem Sessel neben ihr schenkte ihr ein gutes Maß ein. Die anderen erhoben ihre Gläser und die Wirtin sagte etwas, das wie „Slänschi Ma" klang.

Lena nippte an ihrem Glas und stellte fest, dass dieser erste Schluck Whisky, den sie in ihrem Leben trank, gar nicht schlecht schmeckte.

Während der folgenden Stunde unterhielt man sich allgemein über die jeweiligen Pläne für die anstehende Urlaubsreise. Lena hörte meist nur zu. Sie bekam jede Menge Tipps, was sie sich unbedingt würde ansehen müssen in Schottland.

Bevor ihr Glas zum zweiten Mal aufgefüllt wurde, zog sie sich jedoch zurück. Zum einen hatte der ungewohnte Whisky sie ganz schön benebelt, zum anderen wurde ihr zum ersten Mal seit Tagen bewusst, dass sie nicht nur allein unterwegs, sondern allein war.

Sie zog sich aus, putzte ihre Zähne und schlüpfte unter die hellgrüne Decke, die sie wie schützend um ihre Schultern schlang, obwohl es in dem Zimmer angenehm warm war.

Bisher hatte sie es während ihrer Fahrt vermieden, allzu lang über ihre Trennung von Erik nachzudenken, aber dieses Zusammensein mit den drei Paaren hatte ihr verdeutlicht, dass sie ab jetzt wieder Single war.

Der Amerikaner, der ihr den Whisky eingeschenkt hatte, hatte offen mit ihr geflirtet, was seiner Frau natürlich nicht gefallen hatte. Lena hatte sich sehr zurückgehalten, denn sie hatte die Signale wiedererkannt.

Schon einige Jahre zuvor, als sie noch nicht mit Erik zusammen gewesen war, hatte sie die Erfahrung gemacht, dass sie als alleinstehende Frau für etliche Männer Beute war, und für deren Frauen eindeutig eine potentielle Bedrohung für ihre eheliche Harmonie. Sie rutschten näher an ihre Männer heran, manche nahmen in einer Art besitzergreifender Geste ihre Hand und warfen Lena Blicke zu, die besagten: ‚Untersteh dich!‘, obwohl sie nicht den Eindruck vermittelte, dass sie auf Männersuche war.

Dieses Verhalten verletzte sie so sehr, dass sie manchmal versucht war, ihre gute Erziehung zu vergessen und zu den Frauen zu sagen: ‚Ich bin zwar nicht auf Männerfang im Moment, aber wenn ich es wäre, Ihren Mann würde ich mir bestimmt nicht aussuchen‘! Aber natürlich tat sie das nicht.

Sie musste plötzlich daran denken, wie sie Erik kennengelernt hatte. Sie waren sich an Fastnacht auf einer Party begegnet, und Erik hatte sie sehr bestimmt von dem Betrunkenen weggelotst, der die Faschingstage wohl als Erlaubnis, Frauen zu begrapschen, missverstanden hatte.

Sie waren ins Gespräch gekommen und hatten sich spontan für den nächsten Tag zum Kino verabredet. Danach waren sie etwas trinken und landeten miteinander im Bett. Nach einem halben Jahr zogen sie schließlich zusammen.

Und nun war dieser Lebensabschnitt vorbei. Sie war in einem Alter, in dem die meisten ihrer

Freundinnen entweder ans Kinderkriegen dachten oder ihre Karrieren vorantrieben. Alle waren sie verheiratet oder hatten einen Partner.

Lena schniefte und versuchte die Tränen zurückzuhalten. Aber die Aussicht, zukünftig allein ausgehen zu müssen oder ihre Freundinnen mit ihren Männern wie ein ungeliebtes Anhängsel zu Feiern zu begleiten, machte sie so fertig, dass sie sich schließlich ihrem Frust und ihrer Trauer hingab.

*

Am nächsten Morgen setzte sie ihre Fahrt in den Norden später als geplant fort. Sie hatte einen ausgewachsenen Heulkrampf gehabt und war erst gegen Mitternacht eingeschlafen, nicht sicher, was sie hier eigentlich sollte. Fast war sie entschlossen, wieder zurückzufahren. Nur die Aussicht darauf, dass sie in den folgenden Wochen allein vor sich hinsitzen würde, weil ihre Freundinnen in Urlaub waren, ließ sie an ihrem Entschluss festhalten weiterzufahren.

Nahe Stonehaven legte sie nach eineinhalb Stunden Fahrt bei Dunnottar Castle eine Pause ein und besichtigte die wehrhafte Burgruine. Dicke Mauern trotzten den Winden der Nordsee, die Burg war direkt an einen Steilhang über dem Meer gebaut, und hunderte von Möwen hatten sie zu ihrem Wohnort erklärt. Lena musste aufpassen, dass sie nicht in ihre Losung griff, die überall die grauen Mauern bedeckte.

Die Lage dieser Ruine war spektakulär, aber sie dachte mit Schaudern daran, dass ein paar Jahrhunderte zuvor in diesen wind- und wasserumtosten Mauern Menschen gelebt hatten, die weder Zentralheizung noch für die Frauen lange Hosen kannten.

Am frühen Nachmittag machte sie sich wieder auf, um irgendwo an der Nordostküste zu übernachten. In Frazerburgh trank sie einen Kaffee und sah auf der Karte, dass sie noch etwa drei Stunden von Inverness entfernt war.

Die Stadt lag sehr zentral, um sich einige Sehenswürdigkeiten anzuschauen, und Lena beschloss, sich dort eine Pension zu suchen, in der sie ein paar Nächte bleiben wollte. Sie tankte und fuhr weiter.

Nach etwa einer halben Stunde wurde ihr Renault immer langsamer und blieb schließlich stehen. Auch mehrere Versuche, den Motor wieder zu starten, blieben erfolglos.

Ein strammer Wind fegte über die Ebene, es war schon kurz nach fünf und die Chance, irgendwo noch ein Zimmer in einer Pension zu ergattern, schwand zusehends. Lena saß am Steuer und starrte vor sich hin. Zu diesem Zeitpunkt eine Autopanne zu haben, war äußerst ungünstig.

Sie nahm die Straßenkarte vom Beifahrersitz, faltete das steife Papier auseinander und versuchte herauszufinden, wo genau sie war. Etwa hundert Meter zuvor war sie an einer Straße vorbeigekommen, die rechts zu irgendeinem Ort mit Cr führte. Sie suchte die Küste ab – da: Crovie. Das musste es sein. Alle anderen Ortschaften schienen weiter weg zu sein.

Da ihr in der letzten halben Stunde nur wenige Autos begegnet waren, glaubte sie nicht, dass ihre Chance, von einem Autofahrer mitgenommen oder gar abgeschleppt zu werden, groß war. Also sollte sie versuchen, in diesem Crovie ein Zimmer für die Nacht zu bekommen oder zumindest in einem Pub in Erfahrung zu bringen, wo die nächstgelegene Autowerkstatt war.

Sie überlegte, ob sie ihr Gepäck mitnehmen sollte. Aber ein Fußmarsch mit Koffer und Reisetasche schien ihr zu mühsam. Außerdem hatte sie keine Ahnung, wie weit dieses Crovie weg war.

Also schulterte sie nur ihre Handtasche und lief zurück zu dem Schild, auf dem *Crovie 1 m.* stand. Während sie forsch vor sich hin schritt, rief sie sich in Erinnerung, dass eine Meile etwa 1,6 Kilometer betrug. Das war ein netter Spaziergang, um einige Kalorien des fetten Burgers zu verbrennen, den sie sich mittags an dem Kiosk bei Dunnottar Castle einverleibt hatte.

Nach einer guten Viertelstunde sah sie einen Parkplatz vor sich, daneben einen kleinen Ort. Die Häuser standen dicht an dicht. Als sie dort ankam, stockte ihr der Atem: Eine schmale Straße führte vom Parkplatz nach rechts unten. Dort standen nur ein paar Dutzend Häuser, die vordersten entlang eines schmalen Fußweges, der sich direkt an den felsigen Strand der wellenumtosten Nordsee klammerte.

Sie fragte sich, wie oft die Keller dieser Häuser bei einem Sturm wohl vollliefen, schließlich standen die ersten höchstens vier, fünf Meter vom Wasserrand entfernt.

Nach kurzem Zögern lief sie den Fußweg hinunter, in der Hoffnung, früher oder später auf eine Pension oder zumindest ein Pub zu treffen. Aber der winzige Ort schien nur aus Ferienhäusern zu bestehen. Es dauerte nur ein paar Minuten, bis Lena das andere Ortsende erreicht hatte. Sie drehte um und ging den Weg zurück. Nun war guter Rat teuer.

Am vorletzten Haus begegnete ihr ein Mann, der seinen Hund ausführte. Sie fragte ihn, wo denn das nächste Pub oder die nächste Pension sei. Zu ihrer großen Enttäuschung gab es in diesem Kaff weder das eine noch das andere. Aber immerhin erfuhr sie, dass in der Kleinstadt Nairn nebst beidem eine Autowerkstatt war.

Sie bedankte sich und stapfte weiter in Richtung Parkplatz, von wo aus die schmale Straße aus dem Ort hinausführte, auf der sie hergekommen war.

Sie blieb einen Augenblick stehen, schaute über die geparkten Autos und überlegte, was sie jetzt tun sollte, als sie in ihrer Nähe deutsche Laute hörte. Sie drehte sich um und sah ein älteres Paar auf einen blauen Opel zu steuern.

„Hallo? Können Sie mir helfen?“, fragte sie auf Deutsch. Sie ging lächelnd auf die beiden zu.

Der Mann schaute sie mit großen Augen an. „Nanu, hier oben Deutsch zu hören ist ja eine Überraschung.“

„Und eine schöne dazu, wo wir seit zwei Wochen verzweifelt versuchen, dieses schottische Englisch zu verstehen“, ergänzte die Frau lächelnd.

Lena musste lachen. „So geht es mir auch.“ Dann erklärte sie den beiden ihre Situation.

Der Mann winkte ab. „Kein Problem, junge Dame. Wir haben ein Seil im Wagen. Wenn Sie Ihr Auto wieder finden, können wir Sie bis nach Nairn abschleppen. Es liegt eh auf dem Weg nach Inverness, wo wir ein Zimmer für die heutige Nacht gebucht haben.“

Als sie eineinhalb Stunden später in Nairn ankamen, war die Werkstatt bereits geschlossen, da es schon nach sieben war. Also ließ Lena ihr Auto auf dem leeren Parkplatz davor stehen und hievte Koffer und Reisetasche heraus. Dann bedankte sie sich bei den beiden Deutschen, die es eilig hatten, nach Inverness zu kommen.

Sie machte sich im Schneckentempo über die Kopfsteinpflastersträßchen auf in Richtung Stadtmitte. Die Touristeninformation war natürlich auch längst geschlossen, also fragte sie in einem Pub in der Nähe, ob sie wüssten, wo sie übernachten könne.

Es stellte sich heraus, dass der Wirt zwei Gästezimmer hatte, eines davon bekam Lena.

Für einen vergleichsweise horrenden Preis überließ er ihr eine Kammer über der gut besuchten Schankstube. Die Musik, das Klirren von Gläsern und das Stimmengewirr aus etlichen Kehlen würden sie wohl nicht so schnell einschlafen lassen. Und außer Bett und Spind bot das kleine Zimmer nur ein Waschbecken, das definitiv schon bessere Tage gesehen hatte. Toilette und Dusche befanden sich auf dem Gang.

Aber im Pub bekam sie ein Bier, eine Pastete und sie hatte ein Dach über dem Kopf – ein kleiner Luxus angesichts der Tatsache, dass es draußen inzwischen wie aus Eimern kübelte.

*

Am nächsten Morgen verschlang sie Eier mit Bacon, Tomaten und Pilzen, bevor sie ihren Koffer wieder über die holprigen Gehwege zur Werkstatt schob. Der Himmel war dunkelgrau und drohte mit neuerlichem Regen.

Der Werkstattmeister hatte ihren alten Renault schon entdeckt und sich gewundert, wo er denn so plötzlich hergekommen war.

Lena sagte ihm, dass der Wagen einfach stehen geblieben war und öffnete dann die Motorhaube.

Er beugte sich beflissen darüber. Je länger er dort herumhantierte und vor sich hin brummelte, desto mulmiger wurde ihr. Sie wünschte sich inständig, dass er das Problem noch am selben Tag würde lösen können; schließlich wollte sie so schnell wie möglich weiterfahren. Außerdem hatte sie weder eine Kreditkarte, noch besaß sie die finanziellen Mittel, um eine größere Reparatur bezahlen zu können.

Wahrscheinlich war es sowieso eine Schnapsidee gewesen, mit einem vierzehn Jahre alten Auto vom Süden Deutschlands bis in den Norden Schottlands tuckern zu wollen. Aber hatte sie eine Alternative gehabt? In der gemeinsamen Wohnung mit Erik zu bleiben, wäre undenkbar gewesen.

Es war an der Zeit, den Tatsachen ins Auge zu blicken: Anstatt mit Erik eine Familie zu gründen, würde sie sich umorientieren müssen. Nicht nur privat, vielleicht auch beruflich.

Kapitel 3: Unerwartetes Angebot

Sie stand an einen alten VW-Bus gelehnt da, den Geruch von Öl und Gummi in der Nase, und wartete. Und fragte sich, wie teuer die Reparatur wohl werden würde.

Wie um ihre selbstkritischen Zweifel noch zu untermauern, tauchte der KFZ-Meister schließlich aus der Motorhaube auf und kratzte sich am Kopf. „Well…“

Er sprach es aus wie „Wehl“. „Ich fürchte, Ihr Weg ist hier erst mal zu Ende. Der Motor macht's nich mehr!“

Sie hatte sich bestimmt verhört; schließlich kämpfte sie immer noch damit, den schottischen Einschlag dieser Menschen mit dem Englisch in Einklang zu bringen, das sie studiert hatte.

„Was soll das heißen?“, fragte sie nach.

„Na, dass der Motor am Arsch is.“ Er drehte sich zu ihr um und zuckte mit den Schultern. „Die Karre hat ja nu schon einige Meilen auf'm Buckel.“ Er kratzte sich wieder am Ohr. „Und es lohnt sich nich mehr, da noch nen neuen Motor einzubauen.“ Als er ihren schockierten Gesichtsausdruck sah, meinte er: „Naja, ich würd's nich tun."

Sie starrte den Mann immer noch an und versuchte krampfhaft zu begreifen, was das bedeutete: Sie hatte keinen fahrbaren Untersatz mehr!

„Und was meinen Sie, soll ich jetzt machen? Ich bin auf einer Rundreise durch Schottland und brauche mein Auto, um in drei Wochen heimzufahren!"

Er zuckte wieder mit den Schultern. „Das können Sie mit dem da vergessen." Er zog sich die Handschuhe aus, kam einen Schritt näher und sagte: „Von Nairn aus fährt'n Zug nach Inverness. Von dort aus fahr'n Sie an'en Flughafen in Glasgow oder Edinburgh. Von da fliegen Sie nach Hause, wahrscheinlich wesentlich billiger als wenn Sie heimfahren würden."

Sie schluckte. So also sollte ihr Schottlandurlaub enden, der kaum angefangen hatte? Sie hatte doch fast nichts von dem Land gesehen, und zurück wollte sie auch noch nicht. Vor allem: wohin zurück? Hier hatte sie keinen Wagen und in Deutschland keine Wohnung mehr.

„Ich will aber hier noch nicht weg." Unschlüssig stand sie da. „Und was wird jetzt mit meinem Auto?"

Er schielte hinüber. „Ich nehm's auseinander; was ich noch brauchen kann, behalte ich, der Rest wird verschrottet. Da verlang ich Ihnen nix für." Als Nachsatz fügte er hinzu: „Und ich fahr Sie mit Ihrem Gepäck zu Sally, wenn Sie wolln. Sie hat ne kleine Pension am anderen Ende der Stadt und verlangt nich viel. Da können Sie erst mal unterkriechen und sich in Ruhe überlegen, wie's weitergeht."

Sie dankte ihm und nahm sein Angebot an. Sie war frustriert, konnte keinen klaren Gedanken fassen, und für den Augenblick war es wohl das Vernünftigste, erst einmal eine Bleibe für die kommende Nacht zu haben.

*

Sally war seine Schwester, wie sich herausstellte. Die rundliche Mittfünfzigerin führte Lena in ein helles Zimmer im ersten Stock.

Ein bunter Überwurf bedeckte das breite Bett, Schnickschnack zierte die Ablageflächen auf Kommode und Tisch. Der Blick ging auf einen kleinen Balkon und zu Rhododendronbüschen im Garten, die hier so üppig und groß waren wie zu Hause Bäume. Im Hintergrund das Meer – strahlgrau heute, passend zu den grauen Wolkenbänken, die die Sonne verdeckten.

„Sie können so lange bleiben, wie Sie wollen. Und wenn Sie sich eingerichtet haben, kommen Sie runter. Ich koche uns einen Tee."

Lena packte Koffer und Reisetasche aus, dann ging sie hinaus auf den Balkon. Es fing an zu regnen und ein frischer, würziger Geruch strömte von den Pflanzen herauf in ihre Nase. Sie atmete tief durch und schloss die Augen.

Vielleicht sollte sie wirklich für ein paar Tage bleiben. Das Zimmer war gemütlich, und während der kurzen Zeit, in der sie hier war, hatte ihre Verzweiflung einer Art Ergebenheit in das Unvermeidliche Platz gemacht.

Sie war von daheim regelrecht geflüchtet und an keinem Ort auf dieser Reise länger als eine Nacht geblieben. Es war an der Zeit, zur Ruhe zu kommen. Den Gedanken daran, dass sie vielleicht bald keine Arbeit, keine Wohnung und jetzt auch kein Auto mehr besaß, schob sie beiseite.

Sally hatte Tee mit Milch und noch warme Scones mit Marmelade auf den Esstisch gestellt. Sie setzte sich zu ihr und fragte Lena, was sie nach Nairn verschlagen hatte.

Lena redete von ihrem kaputten Auto und der geplanten Reise, und ehe sie es sich versah, hatte sie Sally vom abrupten Ende ihrer Beziehung zu Erik erzählt und von ihrer vagen beruflichen Zukunft.

Hinterher fragte sie sich, wieso sie einer Fremden solch persönliche Dinge anvertraut hatte. Vielleicht lag es an Sallys mütterlicher Art oder einfach an der Tatsache, dass sie ruhig dasaß, sie nicht unterbrach und keine Fragen stellte. Oder es war auch nur der Wunsch, überhaupt einmal über ihre Situation zu sprechen, und das mit einem Menschen, den sie bald schon nie wieder sehen würde.

„Und jetzt sitze ich hier fest und weiß nicht, wie es weitergehen soll", schloss sie ihren Monolog.

Sally seufzte. „Sie fühlen sich im Moment ziemlich entwurzelt und ratlos, will mir scheinen. Und das ist ja nur allzu verständlich, nach dem, was Sie gerade durchmachen müssen. Aber aus solch unerwarteten Ereignissen, wie dem Schaden an Ihrem Wagen und, wenn Sie so wollen, auch dem Ende Ihrer Beziehung, erwachsen uns manchmal

Chancen, die wir nicht gehabt hätten, wenn unser Leben wie von uns geplant verlaufen wäre."

„Sie meinen, dass ich hier gestrandet bin, soll einen tieferen Sinn haben?" fragte Lena wenig überzeugt.

Sally nickte. „Aye, ich glaube schon. Und nach all dem, was Sie in den letzten Tagen einstecken mussten, erscheint mir diese Zwangspause hier durchaus angebracht. Versuchen Sie doch, nicht über die nächsten Tage und Wochen nachzugrübeln, sondern ruhen Sie sich einfach aus und lassen Sie sich treiben. Leben Sie für den Augenblick, er ist eh alles, was wir haben."

*

Ihre Worte begleiteten Lena, als sie durch den Ort mit den grauen, alten Häusern in Richtung Meer schlenderte. Hinter dem Golfplatz sah sie grün bewachsene Dünen, die an einem langen, breiten Sandstrand wuchsen.

Trotz des eher trüben Wetters tummelten sich Jung und Alt am und im Wasser. Nairn war wohl eine typische Sommerfrische.

Sie ging bis zum Wasser vor, zog ihre Sandalen aus und tauchte vorsichtig einen Fuß in das seichte Nass. Erschrocken zog sie die Luft ein und den Fuß zurück. Die Nordsee war richtig kalt, und wie die drei Buben weiter vorne in diesem kühlen Nass bis zu den Knien stehen konnten, war ihr ein Rätsel. Aber ihre blauen Lippen und die Gänsehaut auf ihren Armen verrieten, dass ihr Gang ins kalte Wasser eher einer Mutprobe denn einem Schwimmvergnügen gleichkam.

Lena tapste über den festen Sand und genoss die schwachen Sonnenstrahlen, die plötzlich durch die hellgraue Wolkendecke brachen. Gleich nahm das Meer einen hellblauen Farbton an, der Sand wirkte nicht mehr grau, sondern beige. Möwen ließen sich im Wind treiben, die drei Jungs bespritzten sich mit Wasser. Ein Collie zerrte an seinem Halsband, in dem Bemühen, die Möwe zu erhaschen, die einige Meter vor ihm auf einem Haufen Seegras gelandet war, um eine Muschel herauszupicken.

Ein Schwall Wasser spritzte an ihren Waden hoch, als ein gelbroter Ball direkt vor ihren Füßen landete. Sie keuchte auf, als das kühle Nass auf ihre nackten Beine traf. Dann bückte sie sich und warf ihn wieder zu dem Jungen zurück, dem er abhandengekommen war.

Als ein frischer Wind aufkam und die Sonnenstrahlen vertrieb, kehrte sie um. An einem Eisstand kaufte sie sich eine Kugel Erdbeereis, setzte sich auf die Bank vor einem kleinen Supermarkt und schleckte genüsslich. Nachdem sie sich noch eine Flasche Wasser und ein Schinkensandwich für ihr Abendessen gekauft hatte, ging sie zur Pension zurück.

*

Sie war auf der vierten Treppenstufe, als sie Sallys Stimme hinter sich vernahm:

„Lena, warte einen Moment."

Sie drehte sich zu ihr um.

„Ich darf doch Lena sagen?" Als die junge Frau nickte, sagte sie: „Ich hab einen Job für dich, wenn du magst."

Verwundert schaute Lena sie an. „Einen Job?" Sie kam die Treppe wieder herunter.

Sally nickte heftig. „Naja, eher einen Aushilfsjob, nur für etwa drei Wochen. Aber ich dachte mir, es käme dir durchaus gelegen, wenn du dir ein bisschen was dazu verdienen könntest, oder?"

Zögerlich nickte Lena. Sie hatte zwar keine Lust, in ihrem Urlaub zu arbeiten, aber vom Prinzip her konnte sie im Augenblick jeden Penny brauchen.

Sally ging in die Küche zurück, wo sie offenbar dabei war, Kartoffeln für das Abendessen zu schälen. Lena folgte ihr.

„Meine Nichte Lucy hat sich heftig den Knöchel verstaucht. Sie führt unserem Professor den Haushalt, aber das kann sie ja nun nicht. Sie muss den Fuß schonen und hochlegen, und somit fällt sie für die nächsten Wochen aus." Sie zuckte mit den Schultern. „Aber der Professor hat doch zwei linke Hände und er braucht jemanden, der ihn bekocht und bewäscht und so weiter."

Lena hatte nur etwa die Hälfte von Sallys schottischem Wortschwall verstanden.

„Welcher Professor denn? Und wieso kann er sich keine Haushaltshilfe woanders suchen? Ich meine, ich kann natürlich waschen, putzen und auch ein bisschen kochen, aber ich hab sowas noch nie für jemand anderen gemacht."

„Der Professor ist Gordon McNeil. Er ist sozusagen der einzige Intellektuelle hier am Ort, wenn du weißt, was ich meine. Und so ein bisschen verschroben halt. Wir sind hier nicht ganz zehntausend Leute in Nairn, abgesehen von den Touristen. Und er ist sozusagen unsere lokale Berühmtheit. Er wohnt in dem Herrenhaus da oben am Hang, etwa vierhundert Meter von hier. Er unterrichtet an drei Tagen in der Woche in Inverness an der Uni. Archäologie und irgendso'n Umweltgedöns, was weiß ich, wie sich das nennt. Ich hab keine Ahnung von dem Kram. Jedenfalls ist er ein netter Kerl, aber er redet nicht viel, ist mit seinem Kopf immer bei seinen Forschungen, weltfremd halt. Hat vor drei Jahren seine Frau verloren, Kinder hat er keine. Und alleine kommt der nicht zurecht. Er stammt aus einem wohlhabenden Elternhaus, wo ihm die Diener noch den Arsch abgewischt haben."

Lena stellte sich einen ergrauten, tatterigen Schotten in Flanellhose und dem obligatorischen Tweedblazer vor, der sich alten Ausgrabungen und längst verstorbenen Menschen widmete. Und sie war sich ziemlich sicher, dass sie nicht für ihn arbeiten wollte.

„Tja, Sally, Geld könnte ich zwar in der Tat brauchen. Aber das bisschen, das ich dort als Haushaltshilfe verdienen würde, bringt nicht genug ein, um mir ein gebrauchtes Auto kaufen zu können, und das wäre das Einzige, was mir momentan helfen würde. Außerdem kann ich mir, ehrlich gesagt, nicht vorstellen, für jemanden zu waschen und zu putzen. Ich bin in Deutschland Lehrerin.“ Als sie Sallys Blick sah, der ausdrückte: ‚Ach, die junge Dame ist sich zu fein für solch niedere Arbeiten‘, setzte sie hinzu: „Versteh mich nicht falsch, das sind wichtige Arbeiten, und ich kümmere mich ja daheim auch selbst um meinen Haushalt. Aber ich bin hierhergekommen, um Abstand von meiner persönlichen Situation zu bekommen und vor allem, um mir dieses herrliche Land anzusehen, nicht um zu arbeiten.“

Sally legte den Kopf schief. „Du sollst ja auch nicht den ganzen Tag lang Böden schrubben und schuften. Das ist eine eher leichte Arbeit. Wenn Lucy wieder fit ist, kann sie gründlich saubermachen. Außer kochen und die gelegentliche Maschine Wäsche aufstellen, müsstest du nicht viel mehr tun. Da hättest du Zeit zum Nachdenken, du könntest an den Strand gehen, lesen und was weiß ich, was dich sonst noch interessiert. Und vielleicht ist Lucy ja auch schon nach zwei Wochen wieder fit. Dann kannst du mit dem verdienten Geld noch ein bisschen länger herumreisen, bevor du wieder heim musst.“ Sie sah Lena nachdenklich an und sagte dann leise: „Wenn du überhaupt zurück musst. Könntest ja ne Zeitlang hier bleiben. Ist ja im Moment nicht gerade so, als würdest du in Deutschland viel aufgeben.“

Lena starrte sie überrascht an. „Ich kann doch nicht einfach so hierbleiben. Von irgendetwas leben müsste ich schließlich. Und als Haushaltshilfe werde ich auf Dauer nicht froh, das kannst du vergessen.“

“Nun, es gibt auch noch andere Jobs. Ich dachte nur, bis du weißt, was du tun willst, könntest du ne Zeit lang hier bleiben. Und es wäre für mich eine große Hilfe. Lucy hat vor einer Stunde angerufen und seitdem versuche ich, eine Lösung zu finden. Müsste ich mich nicht um die Pension kümmern, würde ich es ja selbst machen. Aber morgen kommen Gäste, die kann ich nicht hier allein lassen.“

„Und ab wann müsste ich ihm aushelfen?“

„Na, ab sofort. Er braucht ja heute Abend etwas Warmes zu essen.“ Als sie Lenas zweifelnde Miene sah, fügte sie hinzu: „Es würde schon helfen, wenn du den Job wenigstens heute und morgen tun würdest, zur Probe sozusagen. Wenn es dir gefällt, bleibst du; wenn nicht, hab ich bis dahin bestimmt jemanden gefunden, der für ihn arbeiten wird und vertrauenswürdig genug ist, so dass man sie in dem

Haus allein lassen kann, ohne befürchten zu müssen, dass sie klaut."

„Oh …" Daran hatte Lena nicht gedacht. Ihr selbst wäre es im Traum nicht eingefallen, dass jemand auf die Idee käme, seinen Arbeitgeber zu bestehlen. Dass Sally ihr diesen Job anbot, bewies, dass sie ihr vertraute. „Naja, heute und morgen … wenn ich dir damit helfen kann, dann könnte ich das tun. Aber ich bin keine große Köchin vor dem Herrn."

„Na Mädchen, irgendwas Warmes wirst du doch in die Pfanne hauen können. Er ist da nicht wählerisch."

Lena stand unentschlossen da. ‚Wenn ich nur bis morgen dahin muss, kann ich danach nach Inverness weiterreisen', dachte sie. Mit Bus oder Bahn und dem ganzen Gepäck schien ihr das zwar keine besonders reizvolle Aussicht, aber das war wohl nicht zu ändern.

Sally wusch die Kartoffeln unter fließendem Wasser ab, dann begann sie, sie zu länglichen Spalten zu schneiden.

Lena sah zum Fenster hinaus, das zur Straße führte. Eine schwarz-weiß getigerte Katze sprang auf den Zaun hinter einem Apfelbaum. Ihr

Augenmerk war auf einen Zweig unter ihr gerichtet, und Lena folgte ihrem Blick, konnte aber keinen Vogel sehen. Vielleicht war dies auch nur der Lieblingsplatz der Katze, weil sie wusste, dass früher oder später irgendeine Art von Beute dort zu erwarten war.

Sie entschied sich. „Okay, ich mach's, aber erst mal nur bis morgen Abend. Und wann müsste ich los?"

Sally grinste. „Ich danke dir! Und los musst du jetzt." Sie wischte sich die Hände an ihrer Schürze ab, dann zog sie sie aus und hängte sie an den Haken hinter der Tür.

„Keine Angst, ich fahre dich hin, und auf dem Weg gehen wir gleich einkaufen. Deine Sachen kannst du hier lassen."

Kapitel 4: Hausführung

Lena ging nach oben, um ihre Einkäufe zu verstauen und sich frisch zu machen. Sie war sich nicht sicher, ob sie richtig entschieden hatte. Aber aus irgendeinem Grund hatte Sally es sich in den Kopf gesetzt, dass sie für den Professor arbeiten sollte, und Lena hatte nicht den Mut gehabt, die sympathische Frau zu enttäuschen.

Diese anderthalb Tage würde sie hinter sich bringen, falls der Job ihr überhaupt nicht zusagte. Schließlich würde es nicht gerade eine Knochenarbeit werden, so dass sie genügend Freizeit hätte, um den Ort zu erkunden. Andererseits war es vielleicht gar keine so schlechte Idee; bei leichter Hausarbeit konnte man gut nachdenken und zur Ruhe kommen.

Sie nahm nur ihre Handtasche mit und folgte ihrer energischen Herbergswirtin zu deren Rover. Auf dem Weg zum Supermarkt hielt Sally vor einem schmalen Reihenhaus mit einem winzigen Vorgarten, sprang aus dem Auto und klingelte.

Kurz darauf öffnete eine junge Frau die Tür. Sie hatte einen Zinkleinverband um das linke Bein und stützte sich mit einer Hand auf eine Krücke. Mit der anderen gab sie Sally etwas.

Im Auto legte sie Lena eine Geldbörse und einen Zettel in den Schoß. „Zaster zum Einkaufen!“, verkündete sie fröhlich, dann fuhr sie weiter.

Lena schickte ein Stoßgebet zum Himmel, dass Sally sie in den Supermarkt begleiten würde, denn allein würde sie eine Ewigkeit brauchen, bis sie alles fände, was auf dem Zettel stand. Schließlich gab es hier viele Lebensmittel, die in deutschen Supermärkten nicht zu finden waren.

„Lucy wollte einen Lammeintopf kochen“, meinte Sally. „Aber sie wusste nicht, ob du das zubereiten kannst. Also schlug sie vor, stattdessen einen Nudelauflauf mit Schinken zu machen. Und einen Salat dazu. Das kriegst du hin, oder?“

„Ich denke doch.“ Sie hatte immer noch Zweifel. „Sally, vielleicht ist der Professor nicht zufrieden mit Ihrer Wahl. Oder ich fühle mich in seiner Gegenwart absolut nicht wohl.“

„Seine Gegenwart wirst du kaum zu spüren bekommen, er verschanzt sich in seiner Bibliothek oder ist in der Uni.“

*

Eine halbe Stunde später legten sie drei volle Einkaufstüten in Sallys Kofferraum. Zwei Minuten danach schon hielt sie in einer ruhigen Nebenstraße vor einem stattlichen zweistöckigen Haus. Sie holten die Lebensmittel aus dem Auto, Sally stürmte einen Pfad zwischen hohen Kiefern entlang aufs Haus zu und betätigte den Türklopfer, der in Großbritannien an vielen Haustüren die Klingel ersetzt. Sie klopfte ein zweites Mal und wieder warteten sie.

Lenas Puls beschleunigte sich. ‚Hoffentlich komme ich aus dieser Nummer heraus, wenn es mir hier nicht gefällt', dachte sie bang.

Als immer noch niemand öffnete, bückte Sally sich und holte kurzerhand unter der beigen Rauhaarmatte vor der Tür einen Schlüssel hervor.

„Dürfen Sie einfach reingehen, wenn er nicht zu Hause ist?", fragte Lena vorsorglich.

Sally schloss auf und nickte. „Klar doch, ich hab ja bis vor zwei Jahren hier gearbeitet. Als ich dann von meiner Schwester, Gott hab sie selig, die Pension geerbt habe, hat Lucy meinen Job übernommen." Sie eilte vor Lena einen dunklen Gang entlang und verschwand in einer Tür zur Linken.

Lena folgte ihr langsam über einen dicken Perserteppich, vorbei an Fotos von alten Steinen im Wüstensand und einigen Artefakten, die beidseits die Wände zierten.

Sally stand in einer großzügigen, modernen Wohnküche und packte die Lebensmittel aus.

„Bist du sicher, dass wir hier einfach so hereinplatzen dürfen, wenn er nicht da ist?“ Lena kam sich wie ein Eindringling vor.

Sally nickte. Sie verstaute Käse, Schinken und Butter im Kühlschrank. „So, jetzt gehen wir durchs Haus und ich zeige dir alles, was du wissen musst.“

Mit der Küche machte sie kurzen Prozess; offensichtlich nahm sie an, dass die junge Frau nicht so ungeschickt wäre, um sich nicht im Allerheiligsten einer Hausfrau zurechtzufinden.

Auf dem Weg nach oben fragte Lena, ob sie nicht den Professor anrufen und ihm mitteilen sollten, dass sie hier war. Schließlich wollte sie nicht, dass der alte Mann vor Schreck einen Herzinfarkt bekam, wenn er sie unangekündigt in seinem Haus antraf.

„Nee, das will er nicht, wir dürfen nur im Notfall anrufen. Außerdem weiß er von Lucys Unfall.“

Lena fragte sich, was für ihn wohl ein Notfall war; eine deutsche Touristin, die sich in seinem Haus breitmachte, während er nicht da war, offensichtlich nicht.

Im oberen Stockwerk gab es drei Zimmer und ein Bad. Zwei der Zimmer waren tabu, wie Sally ihr erklärte.

„In dem einen übernachtet Lucy, wenn es abends mal später wird, z.B. wenn er Gäste hat. Sie hat ihren Kram da drinnen und wird, wenn sie wieder gesund ist, dort selbst aufräumen und saubermachen wollen."

Das zweite Zimmer war das seiner verstorbenen Frau. „Ich glaube, der Professor ist nicht mehr dort reingegangen, seit der Polizist ihm sagte, dass seine Frau verunglückt ist. Es ist abgeschlossen und der Schlüssel steckt zwar, wie du siehst, aber es wird wie gesagt seit Jahren nicht mehr betreten."

In dem dritten Zimmer stand ein Sammelsurium an allem, was woanders wohl nicht hatte untergebracht werden können. Auch ein Bett und ein schmaler Schrank standen an der einen Wand.

„Hier kannst du übernachten, wenn's mal spät wird." Sie ging in den Gang zurück und öffnete die

Tür rechts neben diesem Zimmer. „Und hier ist das Bad, das du benutzt."

Lena spähte hinein und entdeckte zu ihrem Entzücken eine großzügig bemessene Wanne mit Duschvorrichtung sowie Becken und Toilette.

„Handtücher und Badeschaum findest du hier." Damit öffnete Sally einen Eckschrank, der alle Utensilien enthielt, die man sich für ein Badezimmer nur erträumen konnte.

Lena sah kunstvoll geformte Flakons mit Dusch- und Badeschaum, flauschige Hand- und Duschtücher und Lavendelseifen.

„Und dem Professor macht es nichts aus, wenn ich sein Bad mitbenutze?", fragte sie erstaunt.

Sally lachte. „Sein Bad ist im Erdgeschoss. Er hat dort unten auch sein Schlafzimmer. Das war schon immer so. Er hat Probleme mit dem Durchschlafen und deshalb von Anfang an sein eigenes Schlafzimmer gehabt, damit seine Frau durch seine nächtlichen Wanderungen nicht geweckt wurde."

Sie ging vor Lena die Treppe hinunter. „Und erschrick nicht, wenn du früh morgens in die Bibliothek kommst, um zu lüften oder zu saugen, und er in seinem Sessel sitzt. Manchmal liest er sich nachts fest und schläft über einem Buch ein."

Lena stellte sich vor, wie der alte Herr in einem gestreiften Morgenmantel in einem bequemen Ohrensessel saß und schnarchte, ein aufgeschlagenes Buch auf den Knien. Diese Vorstellung machte ihn ihr fast sympathisch. Beim Lesen einzuschlafen war für sie ein bekanntes Phänomen.

Sally ging an der Küche vorbei. „Hier ist das Esszimmer und dahinter das Wohnzimmer." Sie ging wieder in den Gang hinaus und durch eine Tür am hinteren Ende des Flurs. „So, und hier ist sein Reich."

Der kleine Flur hatte drei Türen: eine führte in das Schlafzimmer, das Professor McNeil benutzte, eine andere in ein angrenzendes Ankleidezimmer und die dritte in ein modernes Duschbad.

Sally drehte sich zu Lena um und hob warnend den Zeigefinger: „In diesem Bereich saugst und putzt du nur. Aber aufgeräumt wird hier nicht, auch in der Bibliothek nicht. Das wäre ein Sakrileg! Das Bad kannst du nach Herzenslust schrubben, aber hier drin nur die Böden säubern."

Lena fand dies nicht einmal besonders seltsam. Sie selbst würde auch nicht wollen, dass jemand Fremdes sich allzu lange in ihrem Schlafzimmer aufhielt, geschweige denn irgendwelche Gegenstände vom Nachttisch hochhob.

„So.“ Sally führte sie in die Bibliothek auf der anderen Seite des Flurs. „Auch hier drinnen nur saugen.“

Lena folgte ihr in einen großen, quadratischen Raum, der an drei Wänden von Bücherregalen gesäumt wurde, die bis an die Decke reichten. An der gegenüberliegenden Wand gaben die hohen Fenster den Blick auf Buchshecken frei, die wohl an der Seite des Hauses wuchsen.

Vor der Bücherwand zur Rechten stand ein massiver Schreibtisch aus Mahagoniholz, davor ein Stuhl mit hellgrünem Lederbezug. Er sah so bequem aus, dass Lena sich fragte, ob man je wieder aufstehen wollte, wenn man sich einmal darauf gesetzt hatte. Er zog sie magisch an, aber Sally schien es schon als Sakrileg zu betrachten, die Bibliothek überhaupt betreten zu haben, wenn der Professor nicht da war, denn sie scheuchte Lena auf den Gang hinaus, bevor sie auch nur einen kurzen Blick auf die tausende von Büchern werfen konnte, die hier geduldig darauf warteten, in die Hand genommen und gelesen zu werden.

Sally übernahm wieder die Führung, durch die Küche und in einen Raum dahinter.

„Wie du siehst, ist hier die Vorratskammer und dahinter die Waschküche. Von dort geht es raus." Sie trat zu einer Tür, neben der zwei Paar Gummistiefel standen, schloss sie auf und ging hinaus in einen verwilderten Garten.

Steine begrenzten Beete, die wohl einmal ordentlich angelegt worden waren. Jetzt wucherte Unkraut, kaum eine Pflanze war zu erkennen. Nur ein Beet war penibel sauber; es wuchsen Petersilie, Schnittlauch und einige andere Kräuter darin, die Lena kannte.

Sally zeigte darauf. „Das ist das einzige Beet, das in Ordnung gehalten wird. Gartenarbeit war das große Faible seiner Frau. Seit sie nicht mehr ist, ist der Garten total verkommen, wie du siehst. Schade eigentlich. Aber Lucy hat absolut keinen grünen Daumen und der Herr Professor würde wahrscheinlich alles herausreißen, was nicht niet- und nagelfest verwurzelt ist. Nur die Kräuter sind ihm wichtig, weil er die gerne isst."

‚Aha‘, dachte Lena, ‚da haben wir eine Gemeinsamkeit‘. Sie kochte gern und viel mit Kräutern.

Sie schlenderte den Pfad entlang. Weiter hinten wuchsen ein paar Obstbäume, Kirschen und Äpfel. Davor war ein Brunnen; er stand in der Nähe einer Bank, die fast komplett von Efeu verdeckt war. Lena zog an einer Ranke und hielt bald einen endlos langen Strang in den Händen. Sie knotete ihn zusammen und warf ihn in die Biotonne, die mit Deckel, aber leer, neben dem Brunnen stand.

„Funktioniert er noch?“, fragte sie.

Sally nickte. „Ja, klar, mit dem Wasser wässert Lucy die Obstbäume und das Kräuterbeet.“

Nur widerstrebend kehrte Lena mit Sally ins Haus zurück. Es lag eine friedliche, anheimelnde Atmosphäre über dem Garten, obwohl er total vernachlässigt war. Aber hier draußen spürte sie eine Leichtigkeit, die das Haus nicht vermittelte. Es wirkte ziemlich düster auf sie.

‚Kein Wunder‘, dachte sie, ‚dass der alte Mann grantig wirkt. Wenn er sich immer nur in diesen dunklen Räumen aufhält, muss er ja mit der Zeit depressiv werden‘.

Sally sah auf ihre Uhr. „So, Mädchen, ich lasse dich jetzt allein. Ich hab um halb einen Termin. Und du musst dich allmählich ums Abendessen kümmern, wenn es pünktlich um sieben auf dem Tisch stehen soll."

Ein Blick zur Uhr sagte Lena, dass sie sich wirklich sputen musste. Sie dachte glücklicherweise noch daran, sich von Sally zeigen zu lassen, wie sie den Gasherd zum Laufen bekam, sie hatte nämlich bisher nur auf Elektroherden gekocht. Dann verabschiedete sich Sally.

Kapitel 5: Mann, was für ein Mann!

Als erstes stellte Lena einen großen Topf mit Wasser auf und suchte in den Schränken nach Salz. Dann nahm sie ein Brett und begann, den Schinken in kleine Würfel zu teilen.

Um viertel vor sieben war der fertige Auflauf im Ofen, sie hatte den Tisch im Esszimmer gedeckt und den Salat angemacht, nur die Kräuter fehlten noch. Also ging sie hinaus in den Garten. Sie bückte sich übers Kräuterbeet und schnitt Petersilie und Schnittlauch.

Sie war gerade dabei, auch Dill zu holen, als sie das Gefühl hatte, beobachtet zu werden. Sie streckte sich, sah beiläufig hinter sich und hätte beinahe vor Schreck Schere und Kräuter fallen gelassen.

Zwei Meter hinter ihr, in der Tür, die zum Garten herausführte, stand ein Mann, der sie kritisch musterte. Er war groß, schlank und trug schwarze Jeans mit einem hellgrauen Poloshirt. Die dunkelbraunen, kurz geschnittenen Haare umrahmten ein schmales Gesicht, und er konnte höchstens Anfang vierzig sein.

‚Also nicht der Professor‘! schoss es ihr durch den Kopf. Sie bekam Angst, weil sie nicht wusste, wie sie den Eindringling wieder loswerden konnte. Sie umfasste krampfhaft die Schere in ihrer Rechten. „Wer sind Sie und was wollen Sie hier?“, fragte sie kampfeslustiger als ihr zumute war.

Einen Moment starrte er sie ungläubig an, dann sagte er ruhig: „Das war eigentlich meine Frage. Aber sie ist nicht ernst gemeint, denn wir wissen beide, wer wir sind, oder?“

Als sie keine Antwort gab, zeigte er auf ihre Hände. „Offensichtlich sind Sie dabei, das Abendessen vorzubereiten und folglich sind Sie die Aushilfe für Lucy. Und da ich hier wohne, bin ich wohl Gordon McNeil.“

Lena stand da mit offenem Mund. „Sie sind der Professor?“

Ein belustigter Ausdruck huschte kurz über seine ernsten Züge. „Ich denke schon. Wen hatten Sie denn erwartet?“

„Nun,…“ verlegen hielt sie inne. „Nachdem, was Sally mir erzählt hat, dachte ich, Sie seien älter.“

„Ah.“ Er sah sie wieder mit dieser Mischung aus kritischer Überprüfung und belustigter Überlegenheit an. „Tja, es tut mir leid, Sie enttäuschen zu müssen. Aber sobald Sie sich von Ihrem Schrecken erholt haben, wäre ich Ihnen sehr verbunden, wenn Sie mein Abendessen fertig zubereiten würden. Ich bin hungrig.“

Lena schnitt schnell noch Dill ab, aber dann ging sie betont gemütlich in die Küche. ‚Ganz schön arrogant‘, dachte sie. ‚Aber auch ziemlich attraktiv‘ …

Der Auflauf roch schon von der Tür her verführerisch nach Knoblauch und Cheddarkäse. ‚Hoffentlich ist er nicht angebrannt‘, dachte sie. Während sie ihn mittels zwei dicken Topflappen aus dem Ofen bugsierte, wurde ihr bewusst, dass Professor McNeil von der Stelle aus, von der er sie beobachtet hatte, direkt auf ihr Hinterteil geschaut haben musste, das sie ihm nichtsahnend entgegengestreckt hatte. Vor Scham ließ sie beinahe die Auflaufform fallen.

Sie stellte sie zum Abkühlen auf ein Brett und wusch die Kräuter, dann schnitt sie sie klein und streute sie über den Salat.

Als sie die Schüssel in den Essraum brachte, saß er mit einer Zeitung vorm Gesicht an dem Platz, den sie für ihn gedeckt hatte. Sie stellte den Salat ab und wandte sich um, um den Auflauf zu holen, als er seine Zeitung senkte. „Sind Sie denn nicht hungrig?“

Seine Frage überrumpelte sie. „Nun, ich bin nicht davon ausgegangen, dass ich mit Ihnen essen soll.“

Er nickte knapp. „Normalerweise tun Sie das auch nicht, aber heute Abend machen wir eine Ausnahme. Ich kenne Sie nicht, muss Ihnen aber während der folgenden Wochen mein Haus anvertrauen, wenn ich nicht da bin. Deshalb würde ich gerne ein wenig über Sie wissen.“ Als sie sich immer noch nicht vom Fleck bewegte, weil sie nicht wollte, dass er sie nach Strich und Faden ausfragen würde, zeigte er auf die schwere Eichenvitrine. „Nun holen Sie sich schon ein Gedeck und bringen Sie endlich den verdammten Auflauf herein.“

Sie tat wie geheißen und dachte wieder, ‚arroganter Sack‘! Was glaubte er eigentlich, wer er war? Er sollte froh sein, dass sie so spontan für diese Lucy eingesprungen war, sonst hätte er auswärts essen oder sich mit trockenem Brot begnügen müssen.

Er hatte seine kleine Schüssel auf den Essteller gestellt und sich Salat genommen, was ihr zu ihrer großen Erleichterung ersparte, den Auflauf einigermaßen appetitlich auf seinem Teller anrichten zu müssen. Sie war nicht sehr geschickt in solchen Dingen. Er schob ihr die Schüssel mit dem Salat herüber und begann zu essen.

Lena stieß ihre Gabel in die grünen Blätter und fragte sich, wieso Sally ihn als grantig bezeichnet hatte. Er war eher hochnäsig und sie hatte ständig das Gefühl, sie stünde unter kritischer Beobachtung. Wahrscheinlich war sein Benehmen ihr gegenüber von seinem Zuhause antrainiert, was nicht weiter verwunderlich war, wenn er daran gewöhnt war, von klein auf Dienstboten um sich zu haben.

Sie schaufelte stumm Eisbergsalat in sich hinein und dachte gerade, wann fängt er denn endlich mit seiner Befragung an, als er sich zurücklehnte und anerkennend sagte: „Dieser Salat war schon mal gut; ich mag ihn mit diesem Öl-Essigdressing lieber als mit Joghurt. Und die richtigen Kräuter haben Sie auch verwendet."

Sie hatte das Gefühl, als lobe er sie für eine Leistung, die sie nicht erbracht hatte. „Nun, das ist ja keine große Kunst."

Er zog die Augenbrauen hoch. „Für Lucy wohl doch. Sie schüttet Joghurt und Salz über die Salatblätter und irgendwelches obskures Grünzeug, was vom Geschmack her eher in Tomatensauce als im Salat seine Berufung hat."

Sie musste lächeln, weil ihr bewusst wurde, dass sie zumindest den ersten Test bestanden hatte. Als auch sie kurz darauf aufgegessen hatte, nahm Gordon McNeil die beiden großen Löffel und häufte sich geschickt Nudelauflauf auf seinen Teller.

Als er ihr die Löffel hinhielt, nickte er ihr aufmunternd zu. „Jetzt erzählen Sie mir mal ein bisschen was über sich. Ich weiß nur, dass Ihr Auto den Geist aufgegeben hat und Sie hier unfreiwillig gestrandet sind."

Überrascht blickte sie von ihrem Teller auf. „Wer hat Ihnen denn das erzählt?"

„Sally. Ich bin zu ihr gefahren, um sie zu fragen, ob sie eine Aushilfe für Lucy gefunden hat. Aber ich hätte mich nicht zu sorgen brauchen, auf Sally ist Verlass." Er sah Lena kurz an, dann sagte er: „Allerdings sagte sie mir, Sie seien noch nicht sicher, ob Sie den Job so lange machen wollen, bis Lucy wiederkommt."

„Nun ja, ich bin schließlich keine Haushälterin von Beruf, und bin eigentlich in Urlaub hier. Ich hatte geplant, eine Rundreise durch Schottland zu machen. Aber dann sagte ihr Bruder mir, dass er mein Auto nicht mehr reparieren könne, und so bin ich bei Sally in der Pension gelandet. Und irgendwie habe ich mich von ihr ein bisschen überreden lassen. Sie sagte, sie finde auf die Schnelle keinen Ersatz für Lucy, ich könne aber zunächst nur mal auf Probe hier arbeiten. Dann sehen wir weiter."

Gordon McNeil grinste. „Ja, wenn Sally will, kann sie sehr stur und überzeugend sein, sie ist eben Schottin. Man kann ihr dann schlecht etwas abschlagen. Aber ich schätze sie sehr und Verlass ist auf sie." Er sah Lena noch einmal kritisch an, dann fügte er hinzu: „Auf ihren Bruder übrigens auch. Wenn er behauptet, dass Ihr Wagen nicht mehr repariert werden kann, dann ist das auch so."

Sie nickte. „Ich hab ihm ja geglaubt, aber es ist schon ein Schock für mich, von einem Tag auf den anderen kein Auto mehr zu haben. Zu Hause bin ich darauf angewiesen. Wie das werden soll, wenn ich wieder zur Arbeit muss, weiß ich nicht."

„Gibt es denn keine öffentlichen Verkehrsmittel, die Sie für den Weg zur Arbeit benutzen können? Ist nebenbei auch umweltfreundlicher."

„Wenn ich wüsste, wo ich ab September arbeiten werde, könnte ich Ihnen die Frage beantworten."

Er schoss ihr einen Blick zu, der besagte, dass er sie für bekloppt hielt. „Sie wissen nicht, wo Sie arbeiten?“

Sie erzählte ihm von ihrer momentanen beruflichen Situation.

„Sie unterrichten also. Ich habe mich schon gewundert, wieso Sie so fließend Englisch sprechen. Das erklärt es natürlich.“ Er nahm sich noch eine zweite Portion Nudeln, was darauf schließen ließ, dass sie nicht gänzlich ungenießbar waren. „Und an der Uni arbeiten wollen Sie nicht?“ Auf ihren fragenden Blick hin meinte er: „Nun, wenn Sie an der Schule keine Anstellung finden, sollten Sie vielleicht einfach weiter studieren und Ihren Doktor machen. Und währenddessen eine Tutorenstelle annehmen. Danach sehen Sie weiter.“

„Tja, darüber habe ich auch schon nachgedacht. Aber ein Studium in der augenblicklichen Situation ist finanziell nicht machbar. Ich habe seit einer Woche keine Bleibe mehr. Würde ich weiterstudieren, müsste ich wieder bei meinen Eltern einziehen, und das will ich auf Dauer nicht.“

Er legte seine Gabel hin. „Wieso haben Sie keine Wohnung?“

Sie zuckte mit den Schultern. „Ich bin aus der bisherigen aus gewissen Gründen ausgezogen. Aber das ist eine lange Geschichte.“

Er schien ihre Zurückhaltung hinsichtlich einer detaillierteren Information zu spüren, denn er bestand nicht auf einer weiteren Erklärung.

„Vielleicht ist das ja der Punkt, um eine Veränderung herbeizuführen.“ Auf ihre stumme Frage hin spreizte er die Hände vor seiner Brust. Der Blick aus seinen blauen Augen hielt sie gefangen. „Nun, ich meine, keine feste Arbeit und kein fester Wohnsitz eröffnen ganz neue Möglichkeiten. Sie sind somit frei und können einen kompletten Neuanfang wagen.“ Er spießte ein letztes Stück Schinken auf, dann fügte er wie als Nachgedanke hinzu: „Das heißt, wenn Sie nicht privat gebunden sind.“

„Nicht mehr.“ Es kam kurz und sachlich heraus, und sie hatte nicht im Mindesten Lust, sich auf dieses Thema einzulassen.

Er bemerkte dies wohl, denn er sagte wegwerfend: „Entschuldigen Sie, das geht mich nichts an.“

Sie stand auf und nahm ihren leeren Teller. „Möchten Sie etwas trinken?“

Er sah sie abwartend an, dann sagte er: „Ich hätte gern ein kühles Bier. Sie können es mir in die Bibliothek bringen.“ Sie drehte sich um, da fügte er an: „Und wenn Sie abgespült haben, können Sie Schluss machen für heute.“

Sie nickte erleichtert. Sie wäre froh, endlich aus diesem Haus und vor seinen neugierigen Fragen fliehen zu können. Außerdem gefiel es ihr nicht, dass sowohl Sally als auch der Herr Professor meinten, an ihrer verzweifelten Situation etwas Gutes erkennen zu müssen und ihr zu raten, eine Veränderung herbeizuführen.

Gordon McNeil ging in seine Bibliothek und setzte sich an den Schreibtisch. Aber er konnte sich nicht auf den angefangenen Artikel konzentrieren. Deshalb stand er auf und ging zum Fenster hinüber.

Diese junge Frau, die Sally ihm da angeschleppt hatte, war verdammt hübsch. Lange schwarze Haare, schlank, und irgendwie ging trotz ihrer Zurückhaltung ihm gegenüber eine Ausstrahlung von ihr aus, der er sich nur schwer entziehen konnte. Als er sie in seinem Garten über das Kräuterbeet gebückt stehen sah, erfasste ihn spontan eine solch starke Begierde, wie er sie lange nicht mehr gespürt hatte. Sie beunruhigte ihn und er wusste nicht, ob es ihm lieber wäre, wenn sie nach der Probezeit gehen oder für die nächsten Wochen bleiben würde. Da klopfte es an der Tür.

Als Lena in die Bibliothek kam, stand er mit dem Rücken zur Tür an einem der hohen Fenster. „Wo soll ich Ihnen das Bier hinstellen?“

Er drehte sich um. „Dort auf den Schreibtisch.“ Er ging hinüber und setzte sich. „Sagen Sie, wo übernachten Sie eigentlich?“

„Bei Sally.“

„Und wie viel verlangt Sie Ihnen pro Nacht?“

Überrascht stellte sie fest, dass sie das noch gar nicht wusste. „Wir haben bisher nicht darüber gesprochen.“

„Ah.“ Er musterte sie wieder kritisch, dann sagte er: „Nun, wenn Sie wollen, können Sie auch hier im Haus übernachten. Oben gibt es eine kleine Kammer. Ich fürchte, sie ist nicht sehr gemütlich, weil viel altes Gerümpel dort steht. Aber Sie könnten kostenlos hier wohnen und müssten morgens nicht so früh aus den Federn, um mein Frühstück zu richten.“

Sie war überrascht über sein Angebot. „Das würde Sie nicht stören?“

Er schenkte sich Bier ein. „Wieso sollte es? Sie sind oben und ich unten, wir kommen uns also nicht in die Quere.“

„Okay, ich überleg‘s mir.“

Er trank, dann meinte er wie beiläufig: „Da Sie hier Kost und Logis frei haben, dachte ich, dass zweihundert Pfund pro Woche angemessen wären. Sind Sie damit einverstanden?“

„Falls ich bleibe, ja.“ Damit ging sie hinaus, kam aber gleich darauf noch einmal zurück. „Und wann frühstücken Sie morgens?“

Er blätterte in irgendwelchen Unterlagen und schien sie schon vergessen zu haben. „Eh ... dienstags bis donnerstags bin ich an der Uni, da muss das Frühstück um sieben fertig sein. An den restlichen Tagen etwa um acht.“

Sie ging hinaus, räumte die Küche auf und machte, dass sie zu Sally kam. Sie hatte zwar nicht viel gearbeitet und erst gegen Abend damit angefangen, aber irgendwie war sie total platt.

Auf dem kurzen Weg zur Pension sah sie ihn vor sich, wie er am Fenster stand, als sie in die Bibliothek kam. Er war zwar unnahbar, aber er reizte sie dennoch. Ob er eine Freundin hatte? Ganz bestimmt, so wie er aussah …

Als sie die Pension betrat, kam Sally ihr entgegen. „Na, du bist aber spät dran. Ich dachte schon, du bleibst heute im großen Haus."

„Wie denn? Ich hab ja meine ganzen Sachen hier. Aber würde es dir etwas ausmachen, wenn ich ab morgen bei dem Professor übernachte? Er hat es mir angeboten."

Sally grinste. „Du hast dich also schon entschieden, Lucy zu vertreten, ja? Dann ist es wirklich sinnvoll, dort zu übernachten. Ich meine, du führst ihm den Haushalt und auf Dauer gesehen könnte ich dich nicht für umme hier wohnen lassen. Er ist zwar meist ein bisschen etepetete, aber das kann er sich denken. Nur für heute Nacht kannst du gerne hier bleiben, wo du jetzt schon mal da bist. Und ich verlang dir auch nix dafür."

Lena bedankte sich bei ihr und ging, sobald die Höflichkeit es erlaubte, in ihr Zimmer. Durstig, wie sie war, trank sie die halbe Flasche Wasser leer, die sie mittags gekauft hatte, dann schlüpfte sie ins Bett. Wenn sie am nächsten Morgen rechtzeitig wach sein sollte, brauchte sie dringend etwas Schlaf.

Kapitel 6: Ein verwildeter Garten hat schon was ...

Lena hatte den Eindruck, vor kurzem erst eingeschlafen zu sein, als sie ein lautes Klopfen an ihrer Zimmertür weckte. Sie nuschelte verschlafen „Herein“.

Die Tür öffnete sich einen Spalt breit und Sallys Kopf kam zum Vorschein. “Mädchen, du musst noch packen und unten steht frisch aufgebrühter Kaffee. Beeil dich, sonst kommst du an deinem ersten vollen Arbeitstag zu spät.“

Noch verschlafen setzte sie sich auf und schielte auf den Wecker auf dem Nachttisch: 05:30. Sie ließ sich wieder in die weichen Kissen fallen. So früh noch ... Aber dann fiel ihr ein, dass sie duschen, ihre Sachen zusammenpacken und zu dem Haus des Professors laufen musste, mitsamt Koffer und Co., und er, da Donnerstag war, bereits um sieben frühstücken wollte.

Sie schlurfte in die Dusche und drehte das Wasser auf. Während das kühle Nass Schockwellen über ihren noch schlafwarmen Körper spülte, fragte sie sich, ob sie nicht total bescheuert gewesen war, als sie diesen Job angenommen hatte. Normalerweise hätte sie jetzt locker noch zwei bis drei Stunden schlafen können.

Kurz nach sechs hatte sie alles eingepackt und ging nach unten. Sally kam aus der Küche und stellte ihr einen Becher Kaffee und einen Teller mit trockenem Toast hin.

„Ist das typische Frühstück der Hausangestellten seit Jahrhunderten, nur spülen die es mit einer Unmenge von Tee hinunter. Aber ich dachte mir, dir ist eine Tasse starker Kaffee lieber."

„Vielen Dank, das ist perfekt!"

Sally hob warnend den Zeigefinger. „Dass du mir ja nicht denkst, du könntest zusammen mit dem Professor frühstücken. Er liest morgens die Zeitung und will nicht gestört werden. Wenn du Hunger hast, kannst du in der Küche frühstücken, solange du willst, wenn er aus dem Haus ist bzw. sein Frühstück hat. Und die Eier auf den Punkt genau zweieinhalb Minuten kochen."

Lena schluckte einen Bissen Toast hinunter und sah Sally alarmiert an. „Ich hab überhaupt keine Ahnung, was er zum Frühstück isst."

Sally zog sich den Stuhl neben ihr heran und setzte sich. „Nun, er trinkt morgens seinen Tee; den haben wir gestern gekauft. Zwei Becher. Kochendes

Wasser über die Blätter gießen und genau vier Minuten ziehen lassen. Als erstes isst er eine halbe Grapefruit, dann zwei weich gekochte Eier, wie gesagt zweieinhalb Minuten. Mit Salz. Zum Abschluss mag er gebuttertes Toast, zwei Scheiben, mit Marmelade; am liebsten Erdbeer- und Orangenmarmelade, also nichts Außergewöhnliches."

*

Als sie ihren Koffer über die frühmorgendlichen Straßen rumpelte, wiederholte Lena im Geiste Sallys genaue Anweisungen. Sie hoffte, dass sie nichts vergessen würde. Eigentlich hätte es ihr egal sein können, ob der Herr Professor mit ihrer Leistung zufrieden wäre oder nicht. Schließlich wollte sie nicht ihr gesamtes Berufsleben für ihn opfern.

Aber irgendwie hatte sie den Ehrgeiz entwickelt, diese kurzfristige Aufgabe zur Zufriedenheit aller zu erfüllen. Sie dachte bei sich, wenn sie es schaffen würde, die paar Wochen als Haushaltshilfe durchzustehen, würde sie vielleicht ihren Lehrberuf mit mehr Respekt betrachten und sich auch über einen zeitlich befristeten Vertrag freuen, Hauptsache, sie würde ihre Brötchen nicht mit Bügeln und Putzen verdienen müssen.

Als sie die Haustür aufschloss, wärmten erste Sonnenstrahlen ihr den Rücken. Der hellblaue Himmel war von einzelnen Schäfchenwolken bedeckt, fast so, als sei es zu langweilig, wenn er nur blau gewesen wäre. Es versprach, ein sonniger, warmer Tag zu werden.

Sie stellte ihr Gepäck auf die Treppe, die in den ersten Stock führte. Dann ging sie in die Küche, öffnete die Läden und füllte den Wasserkocher. Kurz vor sieben hatte sie Professor McNeils Frühstück zubereitet und auf den Platz vom Abend zuvor gestellt, die Zeitung aus dem Briefkasten legte sie daneben.

Dann schenkte sie sich in der Küche auch einen Becher Tee ein, nahm das Sandwich, das sie sich am Tag zuvor gekauft hatte, und ging damit in den Garten hinaus.

So früh morgens lag eine fast verwunschene Stille über diesem Stück Grün, das so stiefmütterlich behandelt wurde. Kohlweißlinge flatterten um welke Stängel, von irgendwoher hörte sie eine Möwe schreien.

Sie stellte ihren Becher auf dem Deckel der Biotonne ab und stopfte mit ein paar schnellen Bissen ihr Sandwich in den Mund. Dann machte sie sich daran, die alte Bank von dem sie überwuchernden Efeu zu befreien. Bald war die Biotonne randvoll und sie ging dazu über, daneben einen Grünabfallhaufen anzulegen. Bis sie fertig wäre, würde noch einiges dazukommen.

Als der Ahorn und die Bank davor unkrautfrei waren, kamen die Risse in den blauen Holzdielen zum Vorschein. Auf der Lehne war die Farbe fast komplett abgeblättert.

Sie trank ihren Tee aus, dann untersuchte sie das verrostete Vorhängeschloss am Gartenhaus, das halb versteckt hinter den Kirschbäumen stand. Nach einigen vergeblichen Versuchen gab das Schloss ächzend nach, und sie stand im Halbdunkel.

Drinnen roch es stickig und sie hörte aufgeregtes Geraschel. Sie war erleichtert, dass sie nicht so genau sehen konnte, wer da alles zu ihren Füßen herumwuselte. Sie tastete rechts und links neben der Tür, bis sie einen Lichtschalter gefunden hatte. Zu ihrer Verblüffung funktionierte er. Nachdem sie ihn gedrückt hatte, erhellte ein schwaches Licht die verdreckte Glühlampe an der Decke. Es reichte, um in den Regalen nach dem Ausschau zu halten, was sie suchte. Mit Terpentin, einem alten Lappen und einem Stahlschwamm, um die alte Farbe abzukratzen, steuerte sie wieder die Bank an.

Sie war so auf ihre Arbeit konzentriert, dass sie nicht bemerkte, wie die Zeit verging. Erst als ihr Magen lautstark rebellierte, ging sie in die Küche, um eine Pause einzulegen. Erstaunt stellte sie fest, dass Mittag bereits vorüber war. Sie wusch ihre Hände in der Spüle und machte sich ein Käse-Tomatensandwich.

Zufrieden sah sie dann nach der Bank. Ihre Mühen hatten sich gelohnt: Sie erstrahlte in neuem Blau, und so warm, wie es an diesem Tag war, hatte Lena den Eindruck, dass die Dielen bereits am nächsten Tag getrocknet sein könnten.

Nach diesem Gewaltakt streckte sie sich in der Kammer, die für die nächsten Wochen ihr kleines Zuhause war, auf dem schmalen Bett aus und fiel prompt in einen tiefen Schlaf.

Sie träumte davon, dass sie auf einer einsamen Landstraße stand und darauf hoffte, dass jemand vorbeikäme, der sie mitnehmen würde. Als es fast schon dunkel war, kam ein Auto gefahren und hielt tatsächlich neben ihr an. Erleichtert setzte sie sich auf den Beifahrersitz und wollte sich schon bedanken, dass sie mitgenommen wurde, da sah sie den Fahrer an: Es war Erik. Sie schrie auf, aber er legte ihr eine Hand auf den Arm. „Lena, ich kann dir das erklären!"

Sie öffnete die Tür, sprang aus dem anfahrenden Auto und rannte in den angrenzenden Wald. Tief hängende Kiefernzweige peitschten ihr ins Gesicht, spitze Zapfen rissen die Haut ihrer Arme auf und sie hatte Angst, dass Erik sie jeden Moment einholen könne.

Völlig außer Atem erreichte sie eine Lichtung, auf der ein Haus stand. Es sah aus wie das von Professor McNeil. Sie hämmerte hysterisch an die schwere Holztür. Kurz darauf hörte sie schlurfende Schritte und Sally öffnete ihr. „Na, da bist du ja, Mädchen, gerade rechtzeitig für meinen Besuch."

Lena folgte ihr in die kleine Küche, die aussah wie die in Eriks Wohnung in Speyer. Dort saß der Werkstattmeister und sagte: „Hören Sie, ich habe versucht, einen Motor für Ihren Wagen zu bekommen. Aber das dauert eine Weile; solange müssen Sie hierbleiben."

Sie schaute sich in dem kleinen Haus um, das außer der Küche nur aus einem einzigen Raum zu bestehen schien. Es war nicht optimal, aber die Hauptsache war doch, dass er ihr Auto würde reparieren können.

Sally tätschelte ihr den Arm. „Unser Professor wird dir Gesellschaft leisten, damit du hier draußen nicht so allein bist."

Kaum hatte sie ausgesprochen, kam er herein: Gordon McNeil. Er trug dieselbe Hose und das Shirt wie am Abend zuvor. Er lächelte Lena verführerisch an, und ihr fielen zum ersten Mal die Grübchen an seinem Kinn auf. Seine blauen Augen strahlten und sie dachte: ‚Wenn er mich jetzt küsst, werde ich mich nicht wehren'!

Aber als er vor ihr stand und sich zu ihr herunterbeugte, war plötzlich Eriks Gesicht vor ihr, und er sagte: „Es ist nicht so, wie du denkst, Lena!"

Schreiend und schweißgebadet wachte sie auf. Sie versuchte noch, sich zu orientieren, wo sie hier überhaupt war, als ein ungewohntes Geräusch sie auffahren ließ.

Sie stürzte zur Zimmertür, riss sie auf und vernahm das Klingeln des Telefons im Gang. Sie eilte die Treppe hinunter und wäre beinahe auf der vorletzten Stufe gestürzt. Der letzte Ton erstarb, als sie den Hörer abhob. „Bei Professor McNeil, hallo?"

Zunächst war es still in der Leitung, dann sagte er: "Na endlich! Wo stecken Sie denn? Ich dachte schon, Sie hätten Bedenken, ans Telefon zu gehen."

„Ich war im Garten", log sie. Ein schneller Blick zur Uhr sagte ihr, dass er schon bald zu Hause wäre, und sie hatte noch nicht einmal mit der Zubereitung des Abendessens angefangen.

Da sprach er weiter. „Hören Sie, ich habe vergessen, Ihnen zu sagen, dass ich heute Abend nicht zu Hause essen werde. Ich treffe mich donnerstags immer im Club mit Kollegen. Sie brauchen also nicht zu kochen und nicht auf mich zu warten. Wir werden heute viel zu besprechen haben, deshalb übernachte ich dort."

Sie war froh, dass er ihre offensichtliche Erleichterung nicht sehen konnte.

„Lena, sind Sie noch dran?"

„Ja, ich habe verstanden. Dann frühstücken Sie auch nicht hier?"

„Nun, von der Logik her würde ich sagen, das ist eindeutig.“ Er machte eine Pause, dann sagte er: „Wir sehen uns dann morgen im Laufe des Tages.“

Nach diesem Gespräch, bei dem sie zum wiederholten Male das Gefühl hatte, sich wie ein dämliches kleines Gör verhalten zu haben, ging sie in die Küche und brühte sich erst einmal einen Tee auf. Es war zwar kurz vor halb sieben, und zu Hause wäre es ihr nie im Traum eingefallen, um diese Zeit noch Tee zu trinken. Aber hier war alles irgendwie anders, und allmählich begriff sie, warum die Briten dieses geliebte Gebräu als Allheilmittel für jede Situation betrachteten.

Da sie außer dem einen Sandwich am Mittag noch nichts gegessen hatte, wärmte sie sich den Rest Nudelauflauf vom Vortag auf. Kauend saß sie am Küchentisch und überlegte, dass es extrem peinlich geworden wäre, wenn sie an ihrem ersten Arbeitstag den Nachmittag verschlafen und das Essen nicht rechtzeitig auf dem Tisch gestanden hätte. Sie schluckte gerade den letzten Bissen hinunter, als das Telefon wieder läutete. Was wollte er denn jetzt noch?

Aber es war Sally, die ihr sagte, dass der Professor donnerstags immer in seinem Klub zu Abend aß und danach meist in Inverness übernachtete.

„Das weiß ich bereits, aber danke, dass du es mir sagen wolltest.“

Sally erkundigte sich noch, wie dieser erste Tag gelaufen sei, dann lud sie Lena für den nächsten Morgen zu sich zum Frühstück ein. „Ich habe Blaubeerkuchen gebacken und allein krieg ich ihn nicht aufgegessen.“

Lena freute sich über Sallys Angebot und versprach, um acht bei ihr zu sein. Danach schlenderte sie in den Garten hinaus und ging zur Bank. Sie betatschte sie vorsichtig mit einem Finger und besah ihn sich. Er war sauber und die Holzdiele fühlte sich auch trocken an. Aber sie wollte vorsichtshalber bis zum nächsten Tag warten, bis sie sich darauf setzte.

Sie kehrte um und ließ ihren Blick über die dicht mit Unkraut bewachsenen Beete streifen. Am nächsten Morgen würde sie sich diesen Teil des Gartens vornehmen, nachdem sie eine Maschine Wäsche aufgestellt hätte. Sie wusste nicht, ob der Professor Bedarf an frischer Wäsche hatte, aber sie hatte ihn nach einer Woche definitiv.

Unter den dicht stehenden Disteln und fast meterhohem Unkraut blitzte in dem einen Beet etwas Blaues hervor. Lena bückte sich und riss einige unerwünschte Stängel heraus. Darunter kamen fliederfarbene Wicken zum Vorschein. Erfreut, dass sie sich gegen das wuchernde Unkraut hatten wehren können, säuberte sie kurzerhand das halbe Beet und nahm sich vor, Sally morgens ein Sträußchen davon mitzubringen.

Sie schloss die Tür zum Garten ab und setzte sich mit einer Flasche Bier an den Küchentisch. Dann dachte sie in aller Ruhe über ihren konfusen Traum vom Nachmittag nach.

Es war absurd, dass Erik ihr hierher folgen würde. Erstens wusste er gar nicht, wo sie war, und zweitens war er viel zu bequem, um eine solch lange Reise auf sich zu nehmen. Und das nur wegen ihr. Er hatte ja eigentlich keinen Grund, hinter ihr herzurennen. Jetzt hatte er andere Probleme. Seine Freundin war schwanger und so, wie Lena ihre Kollegin Anna einschätzte, würde sie Erik festnageln. Wahrscheinlich stand auch noch vor der Geburt eine Hochzeit an.

Lena wurde bewusst, dass er ihr inzwischen nicht mehr so wichtig war. Sie war noch verärgert und auch verletzt, dass die beiden sie so lange hintergangen hatten. Und sie fragte sich, ob ihre Kollegin Anna sein erster und einziger Seitensprung war. Inzwischen war sie sich ziemlich sicher, dass, während sie auf der Studienfahrt in Frankreich war, wahrscheinlich Anna eine ganze Woche lang bei ihnen zu Hause gewohnt hatte.

Lena war offenbar sehr naiv davon ausgegangen, dass Eriks Selbstverständnis einer festen Partnerschaft das gleiche war wie ihres, nämlich, dass keiner von ihnen eine sexuelle Beziehung zu jemand anderem einging. Im Nachhinein konnte sie froh sein, dass sie seine Untreue jetzt bemerkt hatte, wo sie noch nicht so lange und so fest verbandelt waren, dass sie bereits feste Zukunftspläne mit ihm geschmiedet hätte. Allerdings war sie prinzipiell schon davon ausgegangen, dass sie zusammenbleiben und irgendwann in naher Zukunft eine Familie gründen würden.

Aber der Professor und Sally hatten ja recht: Sie war jetzt weder privat noch beruflich fest gebunden und konnte somit entscheiden, wo ihr

Weg sie hinführen würde. Das hatte durchaus etwas Befreiendes.

Für den Moment führte er sie direkt ins Bett. Als sie sich in die weichen Kissen kuschelte, dachte sie, dass Gordon McNeil nicht wie ein Professor wirkte, zumindest nicht vom Äußeren her. Sie konnte sich von ihrem Studium her nicht erinnern, einen solch attraktiven Dozenten angetroffen zu haben. Ihr letzter wacher Gedanke war, dass der vermeintlich alte Mann ein sehr gutaussehender Enddreißiger war, und sie stellte sich vor, wie es sich wohl anfühlen würde, wenn er sie küsste.

Kapitel 7: Eine Bilderbuchehe?

Sally freute sich über die Wicken. Sie saßen zusammen am Esstisch, tranken Unmengen von Tee und verputzten jede zwei große Stücke Blaubeerkuchen, der himmlisch duftete und auch so schmeckte. Sie fragte Lena, wie der Job ihr gefiele.

Lena zuckte mit den Schultern. „Viel kann ich noch nicht sagen, ich bin ja erst seit gestern dort, wie du weißt."

„Und was hältst du von unserem Professor?"

„Auch den hab ich nur einmal beim Abendessen gesehen." Sie schluckte ein Stück Kuchen hinunter. „Naja, er ist jünger als ich dachte." Sie sah Sally an. „Weißt du, wie alt er ist?"

Sally nickte. „Er wird im September, einen Tag nach meinem Geburtstag, zweiundvierzig."

„Aha." Sie hatte ihn etwas jünger geschätzt; er war also gut elf Jahre älter als sie selbst. „Weißt du, wie seine Frau gestorben ist?", hörte sie sich zu ihrer Bestürzung fragen. Woher kam denn ihre plötzliche Neugierde?

Sally schenkte ihnen Tee nach. „Das war ein tragischer Unfall. Ich erinnere mich noch wie heute daran.“ Sie bekam einen nachdenklichen Blick. „Es war ein Donnerstag...“

*

Sie gefiel ihm auf Anhieb. Er war eher zögerlich zu der Gartenparty gekommen, zu der ihn James eingeladen hatte. Solche Veranstaltungen standen auf seiner Skala an angenehmen Freizeitbeschäftigungen nicht an erster Stelle, aber da er mit James befreundet war und der damals sowohl seinen 40. als auch seine Beförderung zum stellvertretenden Schulleiter feierte, konnte Gordon schlecht nein sagen.

Er begrüßte James, überreichte ihm sein Geschenk und nahm das angebotene Glas Sekt. Dann schlenderte er über den Rasen und musterte unauffällig die anderen Gäste. Er kannte einige von James‘ Kollegen flüchtig, aber ihm war nicht nach gezwungenem Smalltalk zumute.

In der Nähe des hinteren Gartenzauns sah er eine Gruppe von Frauen und wollte sich schon abwenden, als eine von ihnen ein perlendes Lachen von sich gab, das zu ihm herüberwehte wie ein Schmetterling, der seine hauchdünnen Flügel für einen kurzen Schlag bewegt, um danach wieder regungslos zu sitzen.

Das Lachen gehörte zu einer Brünetten in einem einfach geschnittenen blauen Cocktailkleid, das an ihrem knabenhaften Körper lag wie eine zweite Haut. Sie trug hochhackige Schuhe, von ihren Ohren baumelten lange, eckige Lapislazuli-Steine.

Sie bemerkte wohl seinen Blick, denn sie sah zu ihm herüber und schenkte ihm ein unprätentiöses, aber charmantes Lächeln, bevor sie sich wieder ihren Gesprächspartnerinnen zuwandte.

Gordon ging weiter und fragte sich, wer sie wohl war. Er wusste, dass James seit kurzem eine Freundin hatte, die er ihm heute Abend vorstellen wollte, und er erwischte sich bei dem Gedanken, dass es nicht ausgerechnet diese Frau sein möge.

Als kurz darauf das Buffet eröffnet wurde, kam James mit einer blonden, etwas stämmigen jungen Frau auf ihn zu und sagte: „Darf ich dir Sophia vorstellen, Gordon? Sie ist eine Kollegin aus meiner früheren Schule.“ Sein breites Lächeln sagte alles.

Gordon verneigte sich leicht und dachte, ‚überhaupt nicht mein Geschmack, und rein vom

Äußeren her passt sie nicht zu ihm'. Aber die Erleichterung, dass sie nicht die Frau mit dem entzückenden Lachen war, zauberte ihm ein offenes Lächeln aufs Gesicht.

Kaum waren die beiden Arm in Arm weitergegangen, als eine dunkle Stimme hinter ihm flüsterte: „Sie sind also der ominöse Freund von James, der sich auf seinen Festen immer so rar macht!"

Gordon drehte sich um und sah in die lächelnden Augen der Frau, die ihm gefiel. Er musterte sie amüsiert. „Das heißt, Sie waren wohl schon öfter zu Gast hier?"

Sie zuckte leichthin mit den Schultern. „Da muss ich Sie enttäuschen. Solche Partys sind normalerweise nicht mein Ding, aber heute habe ich meine Freundin hierher begleitet, weil sie nicht solo kommen wollte. Sie sagte mir, dass James auch seinen ältesten Freund eingeladen habe, der sich sogar dazu aufgerafft habe zu kommen, obwohl er solche Feste nicht mag." Ihre grün-braunen Augen fixierten ihn fragend.

Gordon lächelte charmant. „Wie gut James mich doch kennt. Ich habe ihm das nie gesagt, aber ja, ich bin kein Fan von nichtssagendem Gerede, und das ist ja wohl, außer dem berühmt-berüchtigten Buffet, das Hauptmerkmal einer solchen Party." Er musterte sie kritisch.

Sie lächelte zurück, was ihrem ansonsten etwas herben Gesicht einen bezaubernden Hauch von Anmut verlieh. „Wie recht Sie haben." Sie nippte an ihrem Glas, dann streckte sie ihre Hand aus. „Amelia Scott aus Tain, seit einem halben Jahr neue Mitarbeiterin bei Want it? Get it!.*"*

Gordon nahm automatisch ihre Hand. „Gordon McNeil. Entschuldigen Sie, wie war der Name der Firma noch einmal?"

*„*Want it? Get it! *Wir sind neu in der Marketing-Branche und bedienen vor allem Betriebe, die von Frauen geführt werden."*

„Aha... ‚Sie wollen es? Dann nehmen Sie es sich!' – ein ungewöhnlicher Name für eine Firma!"

„Nun, wir versuchen zum einen, aus der Masse herauszustechen, und zum anderen möchten wir unserer Klientel vermitteln, dass man mit der entsprechenden Werbung durchaus das bekommt, was man will."

Gordon lauschte den Ausführungen von Amelia über das Credo ihrer Firma. Sie schien sich voll und ganz ihrem Konzept verschrieben zu haben und war, als sie von ihrer Arbeit erzählte, in ihrem Element. Ihm gefielen ihre Begeisterung, ihre Art, ihn offen anzusehen und ihre schön geschwungenen Lippen.

Sie verbrachten den restlichen Abend im Gespräch und ehe er sich später als einer der letzten Gäste von James und Sophia verabschiedete, hörte er sich Amelia fragen, ob sie nicht Lust hätte, mit ihm am kommenden Freitagabend essen zu gehen. Er hatte sie nach Hause begleiten wollen, aber James bestand darauf, dass auch Amelia als sein Gast die Nacht über blieb.

Sie sah ihn nachdenklich an, dann hauchte sie: „Gordon, ist das ein Rendezvous?“

Ihre rauchige Stimme fuhr ihm wie ein wohliges Rieseln den Rücken hinunter. Gleichzeitig war er überrascht von ihrer offenen Art, aber sie gefiel ihm auch. „Wenn Sie mich so fragen, ja.“

Für diese Antwort wurde er mit einem entzückenden Lächeln beschenkt. „Dann gerne.“

*

Das war der Beginn einer unerwarteten Romanze gewesen, die nach gut einem Jahr zur Ehe führte.

Amelia war keine sehr warmherzige Frau, die sich anschmiegte und nur darauf bedacht gewesen wäre, dass Gordon sich wohlfühlte. Sie war selbstbewusst und ließ sich von niemandem einschüchtern, aber wenn sie in seinen Armen lag, ließ sie sich von ihm erobern und schien dies auch zu genießen.

James kam alleine zu ihrer Hochzeit; die Verbindung mit Sophia hatte den ersten Sommer kaum überstanden. Offensichtlich hatte die Dame schnell jemand anderen gefunden, der eher ihre finanziellen Gelüste befriedigte als sie selbst. Das schien ihr zu gefallen, denn einige Monate nach Gordons und Amelias Hochzeit heiratete sie ihren spendablen Gönner.

James war anfangs enttäuscht, tröstete sich aber dann mit dem Gedanken, dass er noch rechtzeitig den Absprung geschafft hatte. Allerdings schien er auch ernüchtert aus dieser kurzen Liaison hervorzugehen, denn seither hatte er keine neue Partnerin mehr. „Offensichtlich habe ich andere Vorstellungen von einer Beziehung als die Frauen, die mir gefallen", hatte er an einem feuchtfröhlichen Abend zu Gordon gesagt.

Der sorgte sich um seinen Freund, den er seit über zwanzig Jahren kannte. Er wusste, dass James das komplette Gegenteil eines Weiberhelden war und diese ausgeprägte Schüchternheit ihm oft eine Chance vorenthielt, die ein etwas mutigerer Mann beherzt ergriffen hätte.

*

Gordon und Amelia kauften ein Haus in Nairn, weil Gordon nicht an dem Ort wohnen wollte, an dem er unterrichtete. Außerdem war Amelia sogleich von dem wunderschönen Garten begeistert, der sich hinter dem Haus wie ein langes Rechteck zu einer Seitenstraße hinzog, die nach einer Kurve bald in einen Park führte.

Kaum waren sie eingezogen, kümmerte sie sich in ihrer Freizeit darum, die Beete anzulegen und Kräuter, Gemüse und Blumen anzupflanzen. Sie verbrachte jede freie Minute dort draußen. Wenn sie nicht gärtnerisch tätig war, saß sie auf der blauen Holzbank, träumte vor sich hin und hatte danach meist wieder eine gute Idee, wie man die Werbung für dieses oder jenes neue Produkt gestalten könne.

Da Gordon außerhalb seiner Vorlesungen viel Zeit mit Vorbereiten, Recherchieren und dem Schreiben von Fachartikeln verbrachte, war eine Frau, die sich viel und gerne selbst beschäftigte, die ideale Partnerin für ihn.

*

Einige Wochen nach der Hochzeit war Amelia schwanger. Gordon war überglücklich und da sie beide bereits sechsunddreißig waren, fand er, dass es höchste Zeit war, eine Familie zu gründen. Amelia zeigte weniger Begeisterung, aber er führte dies darauf zurück, dass sie sich mehrmals am Tag übergeben musste und deshalb oft einen Geschäftstermin absagen oder kurzfristig nicht wahrnehmen konnte.

Nach zweieinhalb Monaten allerdings verlor sie das Baby. Es gab keinen ersichtlichen Grund. Sie krümmte sich an einem Freitagabend plötzlich vor Schmerzen. Gordon fuhr sie sofort ins Krankenhaus in Inverness, aber der diensthabende Arzt konnte den Fötus nicht mehr retten.

Gordon war am Boden zerstört. Amelia weinte ein Wochenende lang, dann ging sie zum normalen

Alltag über, ohne ein weiteres Wort über die Fehlgeburt zu verlieren.

Gordon war der Meinung, dass sie sich arbeitsmäßig etwas hätte zurücknehmen sollen. Aber sie stürzte sich auf neue Aufträge, als habe es die kurze Schwangerschaft gar nicht gegeben. Fast hatte er den Eindruck, dass sie erleichtert war, aber das war sicherlich ungerecht ihr gegenüber. Wahrscheinlich war es einfach ihre Art, über diesen Verlust hinwegzukommen. Und sie war ein Stehaufmännchen; so leicht warf sie nichts aus der Bahn.

Danach stieg sie binnen weniger Monate in der Firmenhierarchie immer höher, und nach knapp drei Jahren war sie stellvertretende Geschäftsführerin. Sie lud Gordon zu einem opulenten Mahl in ihrem Lieblingsrestaurant ein, um diesen Erfolg zu feiern.

Auch auf dem jährlichen Ceilidh, das einige Tage später stattfand, amüsierte sie sich prächtig. Amelia hatte unbedingt an dieser Veranstaltung teilnehmen wollen, Gordon mochte diese offizielle Zurschaustellung von Lebensfreude weniger. Sie waren bisher nie dort gewesen, aber ihr zuliebe ging er mit. Amelia fand sogar zwei potentielle neue

Kundinnen – wahrscheinlich hatte sie von deren Anwesenheit im Vorfeld gewusst und hatte deshalb in diesem entspannten Rahmen den ersten Kontakt knüpfen wollen.

Sie war bester Laune, als sie Arm in Arm heimgingen. Nachdem sie sich leidenschaftlich geliebt hatten und er schon fast ins Reich der Träume hinüber geglitten war, setzte sie sich plötzlich auf.

„Weißt du, was mir gerade auffällt?“ Sein schläfriges ‚Hm?‘ beachtete sie nicht weiter. „Ich hatte schon lange nicht mehr meine Tage. Oh Gott! Ich bin doch hoffentlich nicht schwanger!“

Jetzt war er mit einem Schlag hellwach. „Du bist schwanger? Wieso hast du mir das nicht gleich -“

„Nein, ich hoffe, dass ich nicht schwanger bin, verdammt!“

Das freudige Lächeln erstarb auf Gordons Gesicht. Sicher hatte er sich verhört. „Du hoffst, dass du nicht schwanger bist? Aber -“

„Natürlich nicht! Jetzt, wo ich endlich stellvertretende Geschäftsführerin bin, bin ich fast am Ziel. Du glaubst doch nicht ernsthaft, dass ich mir das wegen eines Babys ruinieren lasse!“

Er schüttelte den Kopf. „Das kann nicht dein Ernst sein, Amelia. Seit drei Jahren warte ich darauf, dass du endlich wieder schwanger bist. Jetzt ist es vielleicht soweit, und du willst kein Kind? Hab ich etwas nicht mitgekriegt? Ich dachte immer, wir beide wollten eine Familie!“

„Ja, sicher.“ Sie fuchtelte geistesabwesend in der Luft herum. „Aber doch nicht gerade jetzt! Das passt überhaupt nicht in meinen Plan.“

„Es passt sogar hervorragend, schließlich sind wir beide fast vierzig, und somit wird es höchste Zeit für ein Kind.“

Etwas besänftigt lenkte sie ein. „Du hast ja recht, Schatz. Aber in einem Jahr, wenn ich meine Position ausgebaut und vor allem gefestigt habe, wäre mir eine Schwangerschaft lieber gewesen.“

Sonntagsmorgens, als er aufwachte, war die Seite neben ihm im Bett leer. Er dachte, sie sei doch in der Nacht noch in ihr Schlafzimmer gegangen, aber dort war sie nicht. Im Bad auch nicht. Im Garten fand er sie schließlich; sie kniete in einem ihrer Blumenbeete und riss vehement alles, was nach Unkraut aussah, aus dem Boden.

Sie redeten nicht viel an diesem Tag. Gordon wusste aus Erfahrung, dass sie in solch einer Laune schnell wütend wurde und somit jede vernünftige Diskussion sinnlos gewesen wäre.

Als er montags von einem Vortrag nach Hause kam, saß sie am Küchentisch und heulte.

Er war mit drei Schritten an ihrer Seite. „Amelia, was ist passiert?"

Sie sah ihn aus rot verweinten Augen an. „Ich habe Schwangerschaftstests aus der Apotheke geholt. Ich bekomme ein Kind!"

„Ist solch ein Test denn überhaupt sicher?", fragte er skeptisch.

„Einer vielleicht nicht, aber ich habe drei gemacht, und alle drei zeigen eindeutig, dass ich schwanger bin." Sie schniefte.

Er nahm sie bei den Schultern. „Amelia, das ist doch eine wunderbare Nachricht! Ich freue mich jedenfalls darüber. Schließlich ist es auch mein Kind! Und deine Karriere kannst du noch verfolgen, wenn unser Nachwuchs ein paar Monate alt ist. Wir engagieren eben eine Kinderfrau, das ist doch kein Problem."

Sie sah ihn entgeistert an. „Meinst du, ich lasse mein Kind von jemandem Fremdem erziehen? Das kommt gar nicht in Frage!“

„Na, umso besser! Dann bleibst du eben so lang zu Hause, bis es im Kindergarten ist.“

Amelia stand abrupt auf und musterte ihn, als habe er etwas völlig Absurdes gesagt.

„Ihr Männer habt doch wirklich keine Ahnung, in was für einen Gewissenskonflikt ihr uns stürzt, wenn ihr uns Kinder macht. So einfach ist das alles nicht. Für uns Frauen bleibt es immer die gleiche Entscheidung: Kind oder Karriere. Beides ist einfach nicht machbar! Zumindest nicht, wenn man beide Aufgaben ernst nimmt!“ Und damit rauschte sie an ihm vorbei, hinaus in den Garten.

„Amelia, warte!“ Er rannte hinter ihr her. „Du sagst: ‚wenn ihr uns Kinder macht‘. Daran warst du ja wohl auch beteiligt, und wenn ich mich recht entsinne, haben wir noch nie miteinander geschlafen, ohne dass du es nicht auch wolltest!“ Entrüstung spiegelte sich in seiner Stimme und in seinem Gesicht wider.

„Stimmt! Aber ich wollte einfach guten Sex und nicht gleichzeitig ein Baby machen. Du allerdings

hast dir seit der Fehlgeburt gewünscht, dass ich wieder schwanger werde!"

„Ja, natürlich. Und ich dachte, du wolltest das auch..."

„Tja, da siehst du mal, wie wenig du mich kennst. Ich dachte mir, wenn er unbedingt ein Kind will, soll er eines haben. Aber ich wollte nie um jeden Preis Mutter werden. Hast du mich einmal gefragt?"

Jetzt war er völlig verunsichert. „Aber ich dachte natürlich, dass du auch -"

„Natürlich! Wieso eigentlich? Nicht jede Frau findet es erstrebenswert, mehrmals täglich Windeln zu wechseln und ein heulendes Balg auf dem Arm herumzuschleppen, bis es endlich eingeschlafen ist." Verbissen attackierte sie die Tomatentriebe.

Gordon stand reglos da. „Nun, ich hatte keine Ahnung, dass du keine Kinder haben wolltest. Aber nun ist es ja wohl zu spät für solche Überlegungen. Ich jedenfalls freue mich, dass wir ein Baby haben werden. Und ich bete zu Gott, an den ich eigentlich nicht glaube, dass du das Kind dieses Mal nicht wieder verlierst!" Damit ging er mit steifem Rücken ins Haus zurück und schenkte sich in seiner Bibliothek erst einmal einen großzügig bemessenen Whisky ein.

*

Dienstags rief Gordon Amelia an, um sie zu fragen, wie es ihr ginge und ob er ausnahmsweise im Club übernachten könne, wie er das meist nur donnerstagsabends tat. Sie hatte nicht viel Zeit, sagte aber, dass das kein Problem sei.

Als er mittwochs morgens heimkam, war sie bereits in der Firma. Abends sagte sie, sie müsse noch etwas vorbereiten für den nächsten Tag. Gordon arbeitete weiter an seinem aktuellen Artikel.

Donnerstags wachte er gegen Morgen nach einer unruhigen Nacht auf und ging nach oben, weil er nach ihr sehen wollte. Schon auf der Treppe hörte er Würgegeräusche aus dem Bad. Er eilte hinein. Amelia kniete über die Toilettenschüssel gebeugt und erbrach sich. Er ging auf Zehenspitzen hinaus und dachte enttäuscht, dass nun wieder die nervige Zeit begann, in der sie nur noch übler Laune war.

Unten ließ er den Rollladen in der Küche hoch; dichter Nebel lag über dem Garten. Er konnte nur das erste Gemüsebeet erkennen; alle anderen

Pflanzen, die Bank und die Bäume weiter hinten waren verschwunden.

Er brühte ihr einen Kamillentee auf, dann schälte er einen Apfel, weil er wusste, dass sie außer Obst nichts zu sich nehmen würde, bis der Würgereiz gegen Abend vorbei war. Verzweifelt dachte er, ‚hoffentlich geht dieses Mal alles gut'.

Sie kam wenig später herein, nahm einen Schluck Tee und sagte: „Ich frühstücke nicht. Ich habe jetzt gleich einen Termin bei Dr. Graham." Damit wandte sie sich zum Gehen.

„Soll ich nicht lieber mitkommen?"

Schon unter der Tür blieb sie stehen und drehte sich zu ihm um. „Nicht nötig. Es geht schnell." Sie ging hinaus, nahm ihre Handtasche vom Garderobenständer, dann kam sie noch einmal zurück. „Ich werde ihn bitten, einen Termin zur Abtreibung zu vereinbaren!"

Gordon rutschte das Obstmesser aus der Hand. „Wie bitte?" Er starrte sie entgeistert an. „Und das hast du ganz alleine entschieden, ja?"

Amelia sah ihn trotzig an. „Ich denke, ich habe bereits vor einigen Tagen deutlich zum Ausdruck gebracht, dass ich dieses Kind nicht will. Und schließlich bin ich diejenige, die schwanger ist, nicht du."

Gordon ging einen Schritt auf sie zu. „Amelia, das kann nicht dein Ernst sein. Du hast schon ein Baby verloren. Jetzt dieses Kind abzutreiben, wäre Sünde. Du weißt, dass ich nicht gläubig bin, aber das Schicksal so zu versuchen, ist keine gute Idee. Wer weiß, ob du danach überhaupt noch Kinder kriegen kannst."

Sie reckte das Kinn in die Höhe. „Das liegt dann eben in Gottes Hand." Als sie seinen verletzten Gesichtsausdruck sah, ging sie zu ihm und legte ihm in einer überraschend versöhnlichen Geste die Hände auf die Schultern.

„Gordon, es tut mir leid, dass du so offensichtlich an einem Kind hängst. Ich hätte ja vom Prinzip her nichts dagegen, aber momentan ist es einfach nicht der richtige Zeitpunkt." Als er nichts sagte, sie nur traurig ansah, fügte sie hinzu: „Sieh es doch einmal so: Wenn ich jetzt ein Baby bekäme, glaube ich nicht, dass ich es lieben könnte. Das wäre dem Kind und dir gegenüber unfair." Sie küsste ihn flüchtig auf den Mund, drehte sich um und ging hinaus.

Gordon stand in der Küche, hörte, wie das Garagentor sich öffnete und der Motor ihres

Porsche aufheulte, als sie viel zu schnell herausfuhr. Dann schloss sich das Tor und das Motorengeräusch wurde vom Nebel geschluckt.

Er schaute vor sich hin, wiederholte im Kopf noch einmal, was sie gesagt hatte, und wusste, dass er ihre Argumente sachlich nicht widerlegen konnte. Aber tief in ihm drinnen zerbrach etwas, und er hatte das Gefühl, dass nichts je mehr so sein würde wie bisher.

*

Danach konnte er sich nur mit einiger Mühe auf den Artikel konzentrieren, den er schreiben sollte. Aber es half nichts, er musste drei Tage später fertig sein; am folgenden Montag hatte er Abgabetermin.

Oder hätte er ihr nachgehen und versuchen sollen, sie noch umzustimmen? Aber er hatte alle Argumente angeführt, die ihm wichtig waren. Er hatte noch den kleinen Funken Hoffnung, dass der Gynäkologe mit ihr sprechen und sie von ihrem Vorhaben abbringen würde. Er schien Gordon ein vernünftiger Mann zu sein, der mit Sicherheit solch eine weitreichende Entscheidung nicht mittragen würde, ohne wenigstens den Versuch zu unternehmen, Amelia dazu zu bewegen, dieses Leben nicht auszulöschen, als sei es eine Datei im Computer, die man nicht mehr benötigte und einfach per Mausklick in den Papierkorb verschob.

Als es klingelte, hatte er gerade einen Abschnitt zu Ende geschrieben und wollte sich dem letzten Thema zuwenden. Da Sally beim Einkaufen war, musste er selbst die Tür öffnen. Er stand seufzend auf. Wer immer das jetzt war, holte ihn aus seiner mühsam errungenen Konzentration.

„Professor McNeil?“ Ein Polizist in Uniform stand vor der Haustür. „Es tut mir leid, aber ich habe eine schlechte Nachricht für Sie. Darf ich reinkommen?“

Kapitel 8: Endlich ein Buch!

„Ach herrje!“ Lena mochte sich gar nicht ausmalen, wie man es schaffen konnte, solch einen Schicksalsschlag zu verwinden. Er hatte nicht nur von jetzt auf nachher seine Frau, sondern auch sein Kind verloren. „Kein Wunder, dass er ernst und etwas unnahbar wirkt.“ Sie sah vor sich hin und überlegte. „Trotz allem macht er auf mich nicht unbedingt einen verzweifelten Eindruck.“

„Jetzt nicht mehr. Eine Kollegin an der Uni, mit der er sich gut versteht, hat so lange auf ihn eingeredet, bis er sich einer Therapie unterzogen hat. Zuerst wollte er das nicht. Naja, du weißt ja, wie Männer so sind: ‚Sowas brauch ich nicht, ich doch nicht, ich bin doch nicht bekloppt‘, und so weiter. Aber irgendwann hat er dann doch nachgegeben. Und der Therapeut hat ihm wohl klarmachen können, dass der Unfalltod seiner Frau Schicksal war und nicht seine Schuld. Er konnte ja nichts dafür, dass sie zu schnell fuhr, obwohl es neblig war. Seitdem geht es ihm besser, aber ob er sich wirklich frei von Schuld fühlt, weiß ich nicht.“

„Hat er wieder eine Beziehung?“

Sally schüttelte den Kopf. „Nee, das hätte Lucy bemerkt. Und ich bin mir nicht sicher, ob er sich noch einmal auf eine Frau einlassen will."

Das konnte Lena verstehen. „Falls er sich ernsthaft in sie verliebt, ist da wohl wieder die Angst, auch sie zu verlieren."

„Aye, das denke ich auch."

*

Auf dem Rückweg ging Lena noch im Supermarkt vorbei und kaufte Kartoffeln und Milch. Sie wollte zu den Karotten, die sie zwei Tage zuvor geholt hatten, Kartoffelpüree machen. Fertige Frikadellen hatte sie in der Tiefkühltruhe entdeckt. Sie verstaute die Lebensmittel und bestückte eine Maschine mit Wäsche.

Als sie im Garten die Bank überprüfte – sie war komplett trocken – hörte sie hinter sich ein Räuspern. Sie drehte sich um und sah Gordon McNeil auf dem Gartenpfad neben der Tür stehen, die Hände hinter dem Rücken verschränkt.

„Wie ich sehe, haben Sie sich der alten Bank angenommen.“ Er kam etwas näher. „Respekt! Sie sieht aus wie neu.“

Da er trotz des Komplimentes ernst dreinschaute, bekam sie ein schlechtes Gewissen. Sie hatte einfach, ohne ihn zu fragen, seine Bank renoviert.

„Ich hoffe, das war in Ordnung so. Jetzt können Sie sich hier wieder hinsetzen und gemütlich lesen.“

„Oh, aye, ich verstehe.“ Er wippte auf und ab, dann sagte er: „Es ist nett von Ihnen, dass Sie sich die Arbeit gemacht haben, die Bank wieder ihrer einstigen Bestimmung zuzuführen. Aber ich sitze nie dort. Also, auch nicht, als sie noch neu war. Da hat immer nur -“ Abrupt hielt er inne und drehte sich zum Haus um. Er ging zur Tür und sagte leise: „meine Frau gesessen.“ Dann verschwand er im Inneren des Hauses.

Lena setzte sich, als er weg war, vorsichtig auf die frisch gestrichenen Planken und seufzte innerlich. Sie hatte nicht damit gerechnet, dass ihr Renovieren dieser Bank für ihn ein Problem darstellen würde. Jetzt hatte sie unwissentlich einen wunden Punkt bei ihm berührt.

Sie nahm einen Strauß Petersilie mit in die Küche, dann ging sie auf ihr Zimmer. Es war später

Vormittag und noch zu früh zum Kochen. Ihr fiel auf, dass sie keine Ahnung hatte, ob oder wann er mittags etwas essen wollte.

Sie setzte sich aufs Bett und durchwühlte ihre Handtasche. Sie hatte seit Tagen nicht mehr ihr Handy benutzt. Wie zu erwarten, war das Akku komplett leer. Sie lud es auf, dann sortierte sie ihre Habseligkeiten und zählte ihre Pfundnoten.

Zumindest ihrem Barvermögen bekam dieser Aushilfsjob sehr gut. Sie hatte in den vergangenen drei Tagen nichts davon verbraucht und hätte locker noch zwei Wochen jede Nacht in einer dieser teuren Pensionen nächtigen können. Wenn dann noch pro Woche Arbeit hier zweihundert Pfund dazukämen, hätte sie eine Basis für künftige Urlaube auf der Insel.

Sie hielt inne und horchte in sich hinein: Wollte sie denn diesen Job wirklich weitermachen? Ja, gestand sie sich ein. Sie fühlte sich in diesem Garten wohl und die allmähliche Beseitigung des Chaos dort tat ihr gut. Die Arbeit war leicht und sie konnte tun und vor allem lassen, was sie wollte. Und der Herr Professor … trotz seiner kühlen Art und der Melancholie, die ihn fast ständig umgab, mochte sie ihn irgendwie. ‚Nein', dachte sie, ‚mögen ist zu viel gesagt, er reizt mich. Den würde ich nicht von der Bettkante stoßen. Das Problem ist nur, dass er nie so weit kommen wird, sich auf mein Bett zu setzen‘.

Sie räumte auf, dann holte sie die Wäsche und hängte sie auf die Seile im Garten. Inzwischen war es nach zwölf; sie hatte Hunger und machte sich auf die Suche nach Professor McNeil.

Sie fand ihn, wie vermutet, an seinem Schreibtisch in der Bibliothek. „Ich wollte fragen, wann Sie zu Mittag essen wollen, und was.“

Er sah sie überrascht an. „Nun, ich will Ihnen keine zusätzliche Arbeit machen, wo Sie schon im Garten so fleißig waren. Aber ein frischer Salat wie neulich abends wäre nicht verkehrt.“

Sie nickte und streifte im Hinausgehen mit ihrem Blick die Bücherregale, die sich links und rechts von der Tür an den Wänden entlang bis zu der hohen Decke hinaufzogen. Gerne hätte sie einmal ganz in Ruhe die Schätze untersucht, die dort lagerten. Aber irgendwie hatte sie den Eindruck, dass er nicht wollte, dass sie die Bibliothek betrat, wenn er nicht da war.

Sie hatte, ohne zu fragen, wieder zwei Gedecke aufgelegt, denn Salat für eine Person anzurichten, erschien ihr lächerlich. Sie hatte dieses Mal auch Gurken, Pilze und Tomaten mit unter den grünen Salat gemischt.

Als Gordon McNeil hereinkam, schenkte sie sich gerade ein Glas Wasser ein. Auf ihren fragenden Blick hin, nickte er zustimmend. Dann setzte er sich und faltete seine dicke Stoffserviette auseinander. „Ich habe vorhin Ihren Blick gesehen, mit dem Sie meine Bücher bedacht haben. Ich könnte mir vorstellen, dass Literatur Sie reizt, wo Sie doch Englisch studiert haben."

„Stimmt. Solch eine Sammlung von Büchern zu besitzen ist mein Traum. Es gibt nichts Schöneres, als in einem Sessel zu sitzen, in einem spannenden Buch zu versinken und um sich herum alles zu vergessen."

Seine Gabel blieb auf dem Weg zum Mund stehen und er lächelte. „Geht mir genauso." Er kaute, dann sagte er: „Sie können sich gerne das eine oder andere ausleihen, wenn Sie möchten. Sie sollen ja hier nicht den ganzen Tag lang arbeiten."

Erfreut bedankte sie sich.

„Ich bitte Sie nur, die Bücher nicht außer Haus zu bringen." Auf ihren verständnislosen Blick hin erklärte er: „Also, ich meine, nicht zum Strand mitnehmen oder in ein Café."

„Auf diese Idee wäre ich nie gekommen."

Nach dem Essen ging er mit ihr zusammen in die Bibliothek zurück. „Bitte. Sehen Sie sich ganz in Ruhe um." Er erklärte ihr, nach welchem System er die Bücher sortiert hatte, dann setzte er sich an seinen Schreibtisch, um weiterzuarbeiten.

Mit den Augen scannte sie die Buchrücken und ging ein Stück weiter nach rechts, weil dort die geschichtliche Abteilung stand. In der Uni hatte sie zwar zwei Seminare über die britische Geschichte besucht, aber nur einen kurzen Ausblick auf die schottische Geschichte gehabt. Deshalb hätte sie gern mehr darüber erfahren.

Sie nahm einen Band und blätterte darin. Dann nahm sie einen anderen zur Hand. Der Autor hieß Nigel Tranter und hatte wohl zahlreiche Romane geschrieben, die sich sehr detailliert mit der schottischen Geschichte auseinandersetzten. Sie wählte einen aus, der im achtzehnten Jahrhundert und in der Nähe von Nairn spielte.

Natürlich hatte sie von der vernichtenden Schlacht von Culloden gehört, in der die Engländer massenweise Schotten massakriert hatten. Aber sie wollte begreifen, wie es zu solch einem grausamen Abschlachten eines Großteils des schottischen Volkes hatte kommen können. Ganze Clans waren ja an diesem und den folgenden Tagen ausgerottet worden.

Sie brühte sich einen Tee auf, nahm das Buch mit in den Garten und setzte sich in den Halbschatten auf die Bank. Das hatte sie schon, als sie sie zum ersten Mal entdeckt hatte, tun wollen.

Während einige Bienen um den Apfelbaum herumsummten und sie in ihrem Unterbewusstsein die entfernten Schreie der Möwen registrierte, flog ihr Geist 270 Jahre zurück in die Zeit, in der sich viele Schotten den jakobitischen Prinzen Charles, genannt Bonnie Prince Charlie, als ihr Oberhaupt wünschten.

*

Lena war so vertieft in diesen Roman, dass sie nicht bemerkte, wie die Zeit verging. Erst als sie sich eine zweite Tasse Tee holte, fiel ihr Blick auf die Uhr in der Küche. Erschrocken und über sich selbst verärgert, weil sie schon wieder ihre Zeit vertrödelt hatte, machte sie sich ans Gemüseschälen. Sie schaffte es geradeso, das Abendessen um sieben auf dem Tisch zu haben. Wieder hatte sie nur ein Gedeck aufgelegt, denn der Professor hatte ihr ja am ersten Abend unmissverständlich klar gemacht, dass dieses gemeinsame Essen die große Ausnahme war.

Sie hörte, wie er ins Esszimmer kam. Kurz überlegte sie, ob sie ihm servieren solle, aber dann dachte sie, das gehe zu weit. Sie lebten schließlich im 21. Jahrhundert, und er war nicht der adelige Großgrundbesitzer und sie die bettelarme Magd. Also blieb sie in der Küche.

Tranters Roman lag aufgeschlagen neben ihrem Teller und zwischen den Bissen las sie immer ein Stück weiter.

Sie war nicht über den zweiten Abschnitt hinausgekommen, als er in der Tür erschien, die zum Esszimmer führte.

Er räusperte sich. „Ehm ..., finden Sie es nicht auch seltsam, wenn Sie hier in der Küche essen und ich im Zimmer? Bringen Sie doch Ihren Teller hinüber."

Erstaunt kam sie seiner Aufforderung nach. Er hatte sich zwar Gemüse und Frikadellen genommen, aber noch nicht angefangen zu essen.

Sie beschloss, sich dieses Mal nicht wieder seiner Befragung auszusetzen. So sagte sie: „Sally erzählte mir, Sie seien Archäologe?“

Er blickte sie erstaunt an und nickte. „Ja. Es gibt in Inverness an der Uni, wo ich unterrichte, einen Fachbereich, der Archäologie mit unserer Umweltproblematik verbindet. Das finde ich spannend.“

Sie überlegte. „Ich bin mir nicht sicher, ob ein solches Studium auch in Deutschland angeboten wird. Aber ich verstehe auch nicht, was das eine mit dem anderen zu tun haben soll. Ich meine, das, was Sie bei Ausgrabungen finden, ist alt und gehört zur Vergangenheit. Aber unsere Umwelt schonender zu behandeln als wir das bisher getan haben, ist ein Bereich, der in der Zukunft liegt. Wie passt das zusammen?“

Er legte seine Serviette neben seinen Teller und sah sie aufmerksam an. „Sie bringen das gleiche Argument, wie meine Studenten am Anfang des Semesters. Am Ende haben sie verstanden, worum es geht.“ Er trank von seinem Wasser, faltete die

Hände vor seinem Gesicht und sagte: „Es ist ein zu komplexes Thema, um es auf die Schnelle zu erklären. Aber ich will versuchen, Ihnen einige Argumente nahe zu bringen.“

In der folgenden Viertelstunde erläuterte er seinen Standpunkt, führte etliche Gründe an und untermauerte einige Thesen.

Lena hörte nur mit halbem Ohr zu. Zum einen fand sie das Thema zwar spannend, aber sie hatte praktisch keine Ahnung von der Materie. Zum anderen war sie so auf ihn konzentriert, dass sie nicht genau auf das achtete, was er sagte.

Sein schmales Gesicht war meist ernst, aber seine Augen leuchteten und seine Gesichtszüge nahmen einen lebhaften Ausdruck an, der ihn um Jahre jünger erscheinen ließ. Er sprach klar, logisch, nahm die Hände zum Gestikulieren zu Hilfe, und sie dachte: ‚Er ist in seinem Element. Und er hat eine verdammt angenehme Stimme; wieso ist mir das bisher noch nicht aufgefallen‘? Sie hätte ihm stundenlang zuhören können und erwischte sich bei dem Gedanken, dass sie gerne einmal eine seiner Vorlesungen besucht hätte.

Recht unvermittelt hörte er auf zu reden. „So, das war in Kürze das Wichtigste, aber das muss Sie gelangweilt haben, wenn Sie sich mit diesem Thema bisher noch nicht auseinandergesetzt haben." Er begann, das inzwischen kalte Gemüse zu essen.

„Nein, Sie haben mich nicht gelangweilt, im Gegenteil. Sie haben eine sehr lebendige Art zu erzählen und ich habe mich gefragt, ob es möglich wäre, einmal eine Ihrer Vorlesungen zu besuchen. Aber wahrscheinlich geht das nicht, wenn man nicht an der Uni eingeschrieben ist."

Überrascht sah er zu ihr herüber. „Meinen Sie das ernst?" Als sie nickte, sagte er: „Es wäre überhaupt kein Problem; schließlich können Dozenten jederzeit einen Gasthörer mitbringen, und es ist ja nicht so, als seien im Auditorium alle Plätze belegt."

„Oh, tja dann ..."

„Überhaupt kein Problem! Am Dienstag fahren Sie mit mir. Die erste Vorlesung um neun dürfte die interessanteste für Sie sein. Danach muss ich allerdings noch zwei Seminare halten, im Büro nach dem Rechten sehen, und bin erst gegen 16 Uhr fertig. Aber Sie können sich ja in der Stadt umsehen. Ein Bus fährt vom Unigelände in die Stadtmitte, und wenn Sie genug gesehen haben, nehmen Sie eben den Zug hierher zurück."

„Klingt gut!“

In Hochstimmung wusch sie anschließend das Geschirr ab. Sie konnte sich nicht erklären, wieso sie sich so auf diese Vorlesung freute; schließlich hatte sie mit Archäologie nichts am Hut. Sie fand es zwar spannend, wenn in ihrer Kleinstadt beim Bau eines Hauses mal wieder die Überreste einer römischen Villa entdeckt wurden. Aber die Vorstellung, zu Ausgrabungen nach Ägypten oder in ein anderes Land zu reisen, wo es zu heiß zum Atmen war, und dort wochenlang im Sand herumzubuddeln, war für Lena völlig abwegig.

Sie hatte gerade die Töpfe abgetrocknet, als Professor McNeil in der Küchentür erschien. „Morgen Frühstück um acht?“

„Ich auch?“

Er nickte. „Gute Nacht!“ Und damit ging er hinaus.

Sie nahm sich einen Orangensaft, schlenderte in den Garten und setzte sich auf die Bank. Die untergehende Sonne zauberte rostrote Töne auf die Buchshecken, Grillen zirpten und ein lauer Wind ließ die Blätter des Ahorns tanzen.

Lena wurde nicht schlau aus ihm. Einerseits war er unnahbar und fast zynisch, andererseits ging er eindeutig auf sie zu. Er hätte alleine essen und morgen auch alleine frühstücken können. Laut Sallys Aussage tat er das sonst auch, wenn Lucy hier war.

Was also war bei ihr anders? Sie glaubte kaum, dass er ihr Gesellschaft leisten wollte, damit sie sich nicht so verloren fühlte. Das konnte ihm egal sein, denn in ein paar Tagen wäre sie weg und sein gewohnter Alltag würde weitergehen. Sie war auch nicht so vermessen zu glauben, dass sie intellektuell für ihn auf einem solch hohen Niveau war, dass er ihre Gespräche genoss.

Die ausufernden Lavendelbüsche in der Nähe des Brunnens wären morgen früh ihr erstes Opfer. Sie mussten von Unkraut gesäubert und dringend radikal zurückgeschnitten werden. Ein Schmetterlingspärchen landete auf den feinen weißen Härchen einer Pusteblume.

Oder war er einsam? Das war vielleicht die einfachste Erklärung. Sie beschloss, in ihrem Zimmer noch zu lesen.

Als sie es betrat, sah sie sofort zu ihrem Handy, das längst aufgeladen war. Wie zu erwarten, hatte sie mehrere SMS-Nachrichten von Erik. Sie löschte sie ungelesen. Und sie hatte drei verpasste Anrufe, alle von heute Nachmittag von ihrer Mutter. Es half nichts, Lena musste sie zurückrufen.

„Mein Gott, Kind, endlich meldest du dich! Sag mal, was ist denn los mit dir? Wo steckst du?"

„Wieso? Mir geht's gut, ich hab nur mein Handy erst heute aufgeladen, und ich dachte, ihr seid noch in Urlaub, deshalb hab ich nicht angerufen."

„Wir sind drei Tage früher zurückgefahren, weil es nur noch geregnet hat. Aber wo bist du eigentlich? Wir waren in eurer Wohnung und Erik sagte uns, du hättest deinen Koffer gepackt und seiest Hals über Kopf gegangen. Er ist völlig verzweifelt, weil er dich nicht erreicht. Wie kannst du ihm so etwas nur antun? Der arme Junge -"

„Mama, stopp! Erik ist kein armer Junge, sondern ein Idiot. Er hat mich betrogen, und das schon länger, und zwar mit meiner Kollegin Anna. Als ich es entdeckte, hab ich sofort Schluss gemacht, und das hat er deutlich mitgekriegt. Also kann er deshalb schon mal nicht verzweifelt sein. Dass er keinen Deppen mehr hat, der die Hälfte der Miete zahlt und ihn bekocht, bewäscht und so weiter, ist vielleicht ein Problem. Und hat er dir auch erzählt, dass er Vater wird?"

Sie hatte sich in Rage geredet, und zuerst war es kurz still am anderen Ende der Leitung. „Du bist schwanger?" Die Stimme ihrer Mutter klang mit einem Mal schrill.

„Ich nicht, aber Anna ist es wohl."

„Ach so...", sagte ihre Mutter dann kleinlaut, „das wusste ich nicht. Das heißt, ihr beiden seid ab sofort nicht mehr zusammen?"

„Natürlich nicht, unter diesen Umständen!"

„Ach, der ist doch solch ein Blödmann... Aber wo steckst du denn überhaupt?"

Lena atmete tief ein und überlegte, ob sie das preisgeben sollte. „Mama, ich bin in Urlaub, habe gerade einen Ferienjob angenommen, es geht mir gut und – oh, ich muss leider auflegen, mein Chef ruft, ich melde mich wieder, tschüüüs!" Und sie drückte die rote Taste.

Ihre Mutter war zwar vom Prinzip her ganz in Ordnung, aber sie mochte Erik gern. Und dieser Typ hatte die Fähigkeit, einen um den Finger zu wickeln. Bei ihrer Mutter wäre das ein kinderleichtes Spiel. Lena hielt es also durchaus für möglich, dass ihre Mutter ihm sagen würde, wo sie war, wenn sie es ihr verraten hätte. Sie war sich zwar recht sicher, dass er nicht hierherkäme; aber vielleicht hatte ihn die Neuigkeit, dass er Anna geschwängert hatte, ernüchtert, und er dachte, die unkomplizierte Beziehung mit Lena sei das kleinere Übel.

Kapitel 9: Ein Stück schottische Geschichte

Ihr erstes gemeinsames Frühstück mit dem Herrn Professor lief zunächst in aller Stille ab, und sie fragte sich schon, ob er auch ein Morgenmuffel war. Lena hasste es jedenfalls, wenn jemand morgens schon so fröhlich war, als hätte er gerade einen Sechser im Lotto gewonnen. Sie aß ihr Ei und butterte sich gerade ein Toast, als er von seinem Teller aufblickte.

„Sally hat mir erzählt, dass Sie eigentlich vorhatten, sich die Gegend hier anzusehen."

„Ich hatte geplant, nach Inverness zu fahren und natürlich ans Loch Ness; danach war ich mir nicht sicher, ob ich in den Westen in Richtung Meer fahren und mir die Isle of Skye ansehen sollte oder doch in den Norden gehen würde. Die Städtchen an der Küste sollen alt und sehr pittoresk sein."

Er kratzte den letzten Rest Eiweiß aus der Schale. „Sind sie auch. Unsere Gegend wimmelt von interessanten Stätten. Nun, ich dachte, da Sie gerade einen Roman über die Jakobiter lesen, hätten Sie vielleicht Lust, sich das alte Schlachtfeld von Culloden anzusehen."

Überrascht schaute Lena ihn an. „Ja, das würde mich in der Tat sehr interessieren."

Er nickte. „Gut! Ich habe heute Nachmittag in dem Besucherzentrum von Culloden beruflich zu tun; wenn Sie also wollen, nehme ich Sie mit. Während meiner Besprechung können Sie sich drinnen und auf den Außenanlagen umsehen."

„Das ist ja super!" Sie strahlte ihn an, dann sagte sie leise: „Sie müssen danach bestimmt sofort wieder hierher zurück und arbeiten, oder?"

Irritiert sah er sie an. „Wieso fragen Sie?"

„Ich möchte nicht unverschämt sein, aber wenn wir schon in Culloden sind, wäre doch der Weg zu Cawdor Castle nicht weit, oder?"

„Ach, der alte, graue Kasten? Und Macbeth lebte dort eh nicht."

„Das weiß ich!", sagte sie entrüstet.

„Dann wäre es interessanter, wenn Sie sich Brodie Castle ansehen würden. Es ist aus dem 16. Jahrhundert, hat etliche Antiquitäten, eine ansehnliche Bibliothek mit über 6000 Büchern und die Außenanlagen sind riesig und sehr schön. Aber wenn Sie bei Culloden durch sind, ist es zu spät, um zu diesem Schloss zu fahren."

„Ach so, daran habe ich jetzt nicht gedacht. Aber wäre vom Prinzip her Brodie Castle denn ein Umweg, um wieder hierher zurückzukommen?“

„Nun, Culloden Moor und das Besucherzentrum liegen etwa vierzehn Meilen von hier in Richtung Inverness. Brodie Castle liegt acht Meilen in die andere Richtung. Wenn Sie von Crovie herkamen, sind Sie nicht weit davon vorbeigefahren.“

„Nun, ich habe nicht auf die Umgebung geachtet, ich wurde ja abgeschleppt und habe mich auf die Straße konzentriert. Aber ich kann mir dieses Schloss auch ein anderes Mal ansehen.“ Sie wollte auf keinen Fall, dass er sich verpflichtet fühlte, sie in der Gegend herumzukutschieren anstatt zu tun, was er tun musste.

„Das könnten Sie in der Tat; von Nairn aus nehmen Sie den Zug in Richtung Aberdeen. Nach einigen Minuten sind Sie schon in Forres; von dort aus gehen regelmäßig Busse raus zum Schloss.“

*

An diesem Morgen gingen ihr der Haushalt und das Zurückschneiden des Lavendels so leicht von der Hand, dass sie bis zum Mittag viel mehr geschafft hatte als an den Tagen zuvor. Sie tänzelte im Haus herum, sang vor sich hin und war bester Laune. Am Nachmittag würde sie endlich das tun, was sie sich vorgenommen hatte: sich ein Stück historisches Schottland erobern! Und falls sie am Sonntag freibekam, wollte sie sich dieses Schloss ansehen.

*

Um zwei ging es los. Lena staunte nicht schlecht, als sie vor die Tür trat und ein grüner Bentley rückwärts aus der Garage fuhr. Während das Tor sich wie von Geisterhand gelenkt schloss, stieg Professor McNeil aus, ging um den Bentley herum und öffnete ihr die Beifahrertür. Sie starrte ihn an, weil sie sich vorkam wie in einem Fünfziger-Jahre-Film mit Fred Astaire oder Lauren Bacall. Verlegen bedankte sie sich und ließ sank in die dunkelgrünen Polster. Wow! Das war ein toller Bonus ihrer Arbeit; sie hätte sich nie träumen lassen, einmal in einem Bentley fahren zu können.

„Wo parken Sie denn diesen Wagen, wenn Sie an der Uni sind? Bestimmt nicht auf dem Campus, oder?“

Er war losgefahren und vorsichtig in die enge Nebenstraße eingebogen, die nach hundert Metern links aus der Stadt hinaus führte.

„Nach Inverness nehme ich ihn nicht mit, das wäre viel zu gefährlich, und außerdem ist es belastend für die Umwelt, wenn jeder ständig das Auto benutzt.“ Er blinkte und bog um die Kurve. „Nein, ich gehe zu Fuß zum Bahnhof und fahre mit dem Zug.“

„Und wann benutzen Sie dieses Auto? Es ist ein Juwel, das kann man doch nicht vor sich hin rosten lassen.“

Er sah sie mit hoch gezogenen Augenbrauen von der Seite her an. „Sieht es denn verrostet aus?“

„Nein, ich meine nur, wenn Sie schon solch ein tolles Auto haben, um das sicherlich viele Sie beneiden, wieso nutzen Sie es dann nicht?“

„Tu ich doch, heute zum Beispiel.“

Sie schwieg. Er versuchte wohl wirklich, umweltfreundlich zu leben, denn Lena konnte sich nicht vorstellen, dass er aus Kostengründen so selten sein Auto benutzte.

Als sie Nairn auf der A96 verließen, konzentrierte sie sich auf die Umgebung. Der Wagen schnurrte über die Straße, als berührten seine Räder kaum den Asphalt. Zur Rechten lag die Nordsee, von der sie immer mal wieder kurze Blicke erhaschte, wenn die Straße in Ufernähe entlangführte. Ein frischer Wind kräuselte die Wellen und trieb sie erbarmungslos ans Ufer. Auf der linken Seite wechselten sich kurze Wälder mit Feldern und dichten Büschen ab. Es war einiges los auf der Straße, was nicht verwunderte, da die A96 die einzige Hauptstraße war, die Aberdeen mit Inverness verband.

Sie waren etwas mehr als eine Viertelstunde unterwegs, als Professor McNeil bei einem Hinweisschild auf „Culloden Moor“ links abbog.

„Oh, sind wir schon da? Mir war nicht klar, dass es so nahe an Nairn ist.“

„Noch ein paar Minuten länger, und wir wären schon in Inverness.“

Er fuhr auf den Besucherparkplatz vor einem modernen einstöckigen Gebäude mit schrägen, kurzen Dächern. Sie stieg aus und bedauerte, dass die Fahrt schon zu Ende war.

Sie gingen auf den Eingang zu. Das modern gestaltete Gebäude wirkte wie ein Gebilde aus mehreren Rechtecken, die ineinander verschachtelt waren. Rechts lief eine braune Holzmauer entlang bis zur Glastür des Haupteingangs, links begrenzte eine alte Steinmauer den Pfad. Gegen den Eingang zu waren schwarze Platten in die Mauer eingelassen, auf denen die Namen der wichtigsten Clans zu sehen waren. Linkerhand zog sich das Gebäude in Richtung Schlachtfeld hin; die Wände waren aus meterhohem Glas.

Professor McNeil steuerte den Empfang an, während Lena sich in der Eingangshalle umsah. Kurz darauf kam er zu ihr, ein Ticket in der ausgestreckten Hand.

„Das ist Ihr Schlüssel zu dem Sesam-öffne-dich von Culloden. Hier drinnen bekommen Sie einige Informationen rund um die Schlacht selbst und ein bisschen Hintergrundwissen über die Jakobiner und die Aversion der Engländer gegen Prince Charles. Wenn Sie hier fertig sind, gehen Sie raus zum Schlachtfeld. Ich fürchte, heutzutage sieht das alles harmlos aus. Eine große Wiese mit ein paar Fähnchen und einigen Steinen am Wegrand, die an die Clans erinnern, die hier ausgelöscht wurden."

„Und wo werden Sie sein?"

„Ich habe, wie gesagt, eine Besprechung mit dem Kurator hier. Ich schätze, sie wird etwa zwei bis drei Stunden dauern. Aber so lange brauchen Sie auch, bis Sie überall durch sind. Haben Sie Ihr Handy dabei?“ Lena nickte. „Gut. Geben Sie mir Ihre Nummer, dann rufe ich Sie an, sobald die Besprechung zu Ende ist.“ Er musterte sie kurz, dann fügte er an: „Vielleicht könnten wir hier etwas zu Abend essen, bevor wir zurückfahren.“ Er speicherte ihre Nummer in seinem I-Phone ein, dann wies er sie in Richtung Anfang der Ausstellung.

Sie freute sich darauf, endlich mehr über diese Schlacht in Erfahrung zu bringen, denn sie war von allen Kämpfen, die in Schottland in den alten Tagen geführt wurden, einer der wichtigsten, wenn nicht der wichtigste überhaupt.

Bei ihrem Rundgang durch die Ausstellung erfuhr sie, dass nicht nur in kürzester Zeit mehrere Clans vollständig ausgemerzt wurden, sondern auch die alten Traditionen, wie das Tragen des Kilts, das Spiel auf dem Dudelsack und vor allem die gälische Sprache, ab sofort verboten waren.

Dieses neue Gesetz beraubte die Schotten ihrer Identität, die sie seit Generationen mit der Muttermilch aufgesogen hatten. Die niederschmetternde Niederlage auf Drumossie Moor, wie Culloden damals genannt wurde, war das letzte Aufbäumen der Schotten gegen die verhasste englische Herrschaft.

Vor diesem Hintergrund wurde Lena klar, wie wichtig vielen modernen Schotten heutzutage eine Unabhängigkeit wäre. Das Land war ja in dieser Hinsicht gespalten. Viele wollten diese komplette Loslösung von England nicht, weil ihnen bewusst war, dass sie wirtschaftlich besser dran waren, wenn sie weiterhin zu England gehörten.

Aber es gab eben auch viele Schotten, junge Leute vor allem, die aus einem tiefen Stolz heraus die Loslösung von ihren jahrhundertealten Feinden herbeisehnten. So ungünstig es vom wirtschaftlichen Standpunkt her war, es wäre ein später Triumph für die verletzte und gedemütigte Seele dieses Volkes.

*

Die Außenanlage war weitflächig angelegt; Lena musste fast einen Kilometer gehen, bis sie die ersten Gedenksteine erreicht hatte. Der gepflasterte Weg führte an zahlreichen dieser Steinmahnmäler vorbei. Weiter vorne blickte sie auf eine großflächige Wiese, auf der je eine gelbe und eine rote Fahne im Juliwind flatterten. Die gelbe stand für die schottischen Truppen, die rote symbolisierte die englische Seite.

Es war eigenartig friedlich da draußen und es gelang ihr einfach nicht, die düstere Atmosphäre dieser Schlacht heraufzubeschwören: die ausgemergelten und verzweifelten Schotten, die entschlossen um ihre Freiheit und Würde gegen eine englische Übermacht kämpften; die Engländer, die ihre Gegner gnadenlos niedermetzelten, von ihrem Recht überzeugt; der Pulver- und Schweißgeruch, die Schreie der Verwundeten und Sterbenden, der permanente Knall der alten Gewehre und Geschosse.

Als sie später mit Professor McNeil in der Cafeteria saß und einen Lammeintopf aß, erzählte sie ihm von ihren Eindrücken. „Ich war sehr berührt von der Trauer und Verzweiflung, die sich regelrecht über mich legte, als ich in der Ausstellung das

Ausmaß dieses Abschlachtens hunderter unschuldiger Menschen begriff. Aber als ich dann draußen auf dem eigentlichen Schlachtfeld stand, war diese Stimmung komplett verflogen. Ich konnte sie nicht heraufbeschwören."

„Mit Ihrer Enttäuschung, dass Sie nicht die Atmosphäre gespürt haben, die, ich sage mal, den Ereignissen von damals angebracht wäre, stehen Sie nicht allein. Ich habe niemanden getroffen, der von dort draußen kam und sagte: ‚Furchtbar, das Ganze'. Deshalb wurde das Besucherzentrum gebaut, damit die Menschen von heute eine leise Ahnung davon bekommen, wie schlimm die Tage im Frühjahr 1746 für die Menschen damals waren."

Er trank von seinem Eistee. „Sie müssten eigentlich einmal um den 16. April herum hier sein. An dem Wochenende, das diesem Datum am nächsten liegt, wird jedes Jahr wieder die Schlacht mit Laiendarstellern nachgestellt. Da es um diese Jahreszeit oft regnet oder zumindest windig ist, wirkt die Vorstellung ziemlich echt."

„Tja, das würde ich in der Tat gerne einmal sehen. Aber um diese Zeit sind bei uns in Deutschland oft schon die Osterferien zu Ende. Obwohl …" Sie überlegte, „im nächsten Jahr fällt Ostern spät, da könnte es klappen."

„Sagen Sie mir rechtzeitig Bescheid, damit ich Ihnen eine Karte reservieren kann."

Überrascht sah Lena ihn an. „Das würden Sie für mich tun?"

„Klar, warum nicht?"

Sie lächelte zaghaft. „Könnten Sie sich vorstellen, mit mir dorthin zu gehen? Ich denke, alleine würde es mir keinen Spaß machen."

Er schaute sie nachdenklich an, dann verklärten seine Züge sich zu einem strahlenden Lächeln, das leider nur den Bruchteil einer Sekunde anhielt.

„Naja, als Dankeschön dafür, dass Sie so spontan eingesprungen sind, als ich jemanden brauchte, könnte ich mir das durchaus vorstellen."

Sie strahlte. „Danke!"

Irgendwie war die Vorstellung, mit ihm zusammen diese nachgestellte Schlacht zu erleben, äußerst reizvoll. Er konnte ihr bestimmt etliche Informationen liefern, die das ganze Spektakel noch eindrucksvoller machen würden. Und sie würde ihn wiedersehen …

Während sie zum Auto gingen, wurde ihm bewusst, dass er sich in ihrer Gegenwart immer wohler fühlte, und er freute sich darauf, sie im folgenden Jahr wieder zu treffen. Vielleicht konnte sie ein paar Tage bleiben ... Dann überlegte er krampfhaft, wie er es anstellen könnte, wieder mit ihr zusammen eine Tour zu unternehmen.

Auf der Rückfahrt nach Nairn sagte er plötzlich: „Hören Sie, eigentlich wäre jetzt noch Zeit, um zu Brodie Castle zu fahren. Aber ich muss heute noch einige wichtige Anrufe erledigen und ein Referat fertiglesen. Doch falls Sie für Sonntag noch keine festen Pläne haben, könnte ich Sie hinfahren. Ich muss in Forres, das nebenan liegt, sowieso noch einen lange ausstehenden Besuch wahrnehmen; danach würde ich Sie wieder abholen.“

Zwar war sie enttäuscht, dass er sozusagen nur wieder ihren Chauffeur spielen würde, aber sie würde wenigstens nicht den Zug und den Bus nehmen müssen. Außerdem konnte sie nicht erwarten, dass der Herr Professor mit seiner Angestellten das Schloss würde besichtigen wollen.

„Das wäre sehr nett von Ihnen“, sagte sie deshalb zurückhaltend.

Kapitel 10: Ein Schloss und eine Vorlesung

Samstagsmorgens traf sie Sally im Supermarkt und erzählte ihr von Culloden und dass sie dienstags in eine Vorlesung würde mitgehen können.

„Na Mädchen, da kannst du dich mal nicht beklagen. Er ist ja ansonsten so unnahbar zu jedem."

„Nun, ich würde nicht behaupten, dass er sich mir gegenüber anders verhält. In Culloden hatte er eine Besprechung, und von Inverness aus werde ich irgendwann allein mit dem Zug zurückfahren müssen, da er den ganzen Tag über zu tun hat."

Als sie in der Backwarenabteilung vorbeikamen, entschied Lena spontan, Sally zum Kaffee einzuladen. Schließlich hatte sie sie kostenlos in Ihrer Pension übernachten lassen und ihr diesen Job vermittelt, um den sie inzwischen dankbar war.

„Weißt du was, Sally, wenn du am Montag noch nichts vorhast, komm doch nachmittags zu mir. Der Professor wird an diesem Tag an der Uni einen Vortrag halten und danach essen gehen, da muss ich ihn nicht bekochen. Ich backe uns einen deutschen Apfelkuchen!"

Sally strahlte übers ganze Gesicht. „Das mach ich sehr gerne!“

Lena freute sich auch. Sie mochte Sally inzwischen richtig gern, und sie würden Zeit zum Klönen haben, wenn sie nicht für abends das Essen richten musste.

*

Sonntags fuhren sie am frühen Nachmittag los; es hatte morgens noch kräftig geregnet, aber inzwischen strahlte die Sonne von einem fast wolkenlosen Himmel. Es würde ein herrlicher Nachmittag werden.

Brodie Castle lag nur eine gute Viertelstunde östlich von Nairn. Als Gordon McNeil auf den Parkplatz fuhr, drehte Lena sich zu ihm um.

„Und Sie sind sicher, dass Sie nicht doch mitkommen wollen?“

Er schaute sie mit seinen unergründlichen blauen Augen an, dann sah er auf seine Armbanduhr. „Tja, vom Prinzip her könnte ich Sie in der Tat begleiten, aber höchstens für eineinhalb Stunden. Danach habe ich in Forres eine Einladung zum Tee. Die muss ich einhalten.“ Er schaute zur Windschutzscheibe hinaus, dann wandte er sich wieder ihr zu. „Sie ist eine frühere Mitarbeiterin von der Uni. Sie war jahrelang meine Sekretärin, aber als ihr Mann zum Pflegefall wurde, gab sie ihre Arbeit bei uns auf. Es geht ihr nicht so gut, und ich wollte sie schon seit langem besuchen. Sie wäre enttäuscht, wenn ich nicht käme.“

„Okay.“ Sie verstand seine Motivation.

„Wir könnten uns die Außenanlagen gemeinsam ansehen, und wenn ich nach Forres fahre, gehen Sie ins Schloss hinein. Ich habe mir das schon öfter angeschaut. Ich ruf Sie wieder an, wenn ich von Forres wegfahre. Das gibt Ihnen die Zeit, zum Parkplatz herauszukommen.“

Lena war nicht darauf vorbereitet, dass diese Außenanlagen so weitläufig waren. Sie erfuhr aus dem Plan des Parks, dass das Gebiet einundsiebzig Hektar umfasste, einen Garten mit angelegten Beeten, einen großen Teich, einen Garten, der von einer Mauer eingefasst war und ein Waldstück beinhaltete, auf dem man in Hochsitzen Rehe, Rebhühner und andere frei lebende Tiere beobachten konnte. Sie beschränkten sich auf den angelegten Garten mit dem schönen Teich und schafften es gerade noch, den ummauerten Teil einmal zu umrunden, bevor Professor McNeil zum Parkplatz davoneilte.

Lena war fasziniert von der Vielfalt an Blumen, Sträuchern und Bäumen und der liebevollen Art, mit der dieses Kleinod angelegt worden war und offensichtlich regelmäßig gepflegt wurde.

Sie verstand jetzt auch, warum viele alte Anwesen vom *National Trust for Scotland* verwaltet wurden. Der riesige Apparat, der hunderte von Herrenhäusern und Schlössern unter Vertrag hatte, sorgte dafür, dass diese Anwesen in Stand gehalten wurden. Etliche der heutigen Eigentümer hatten bei weitem nicht das Vermögen, ihr jeweiliges Anwesen so in Schuss zu halten, wie es der Trust konnte, der sich der Denkmalpflege verschrieben hatte. Dank der Einnahmen durch die Touristen, die jedes Jahr zu Tausenden kamen, um einen Bruchteil der Vergangenheit zu erleben, war dies möglich.

Im Tearoom trank Lena einen Tee und aß ein Schoko-Muffin, bevor sie sich die Innenräume des Schlosses mit der hellbraunen Fassade anschauen wollte. Es war nur möglich, dies auf einer Führung zu tun.

Leider kam ihr persönlicher Höhepunkt gleich zu Anfang: die Bibliothek! Sie hätte dort gerne länger verweilt, aber, wie bei geführten Touren so üblich, musste sie mit dem Pulk weitergehen.

In den diversen Räumen war ein Sammelsurium an französischen Möbeln, alten Bildern in Goldrahmen, prunkvollem Geschirr und antikem Spielzeug untergebracht. Das Schloss selbst wurde zwar schon im 11. Jahrhundert erwähnt, aber in seiner jetzigen Form stammte es aus dem Sechzehnten. Die Ausstellungsstücke, die sich an Prunk gegenseitig übertrafen, waren aus verschiedenen Epochen bunt zusammengewürfelt.

Sie stand im Souvenirshop und blätterte in einem historischen Roman, als ihr Handy klingelte: Ihr Abholdienst war bereit!

Auf dem Heimweg erzählte sie Gordon McNeil von ihrer Sehnsucht, für eine Nacht in dieser Bibliothek eingeschlossen zu werden.

Er lachte aus vollem Hals. Erstaunt sah sie zu ihm hinüber. So fröhlich hatte sie ihn noch gar nicht erlebt. Dieser Mann konnte tatsächlich richtig lachen! Sein gesamtes Gesicht veränderte sich dadurch; er wirkte entspannt und der Hauch von Melancholie, der ihn sonst immer umwehte, war komplett verschwunden.

„Wenn Sie es schaffen, das irgendwie zu bewerkstelligen, bin ich mit von der Partie! Das ist auch einer meiner vergeblichen Wunschträume."

Sie musste unwillkürlich lächeln. „Naja, wer weiß, vielleicht klappt es ja doch irgendwann. Kennen Sie nicht zufällig jemanden aus dem Brodie-Clan, der Ihnen die Chance geben würde, zumindest in seiner Gegenwart für ein, zwei Stunden dort zu bleiben?"

Er zögerte, dann meinte er: „Ich kenne tatsächlich jemanden, er ist sogar ein Kollege von mir. Allerdings ist er auch ziemlich hochnäsig, und ich glaube nicht, dass er mir den Zutritt gestatten würde."

*

Dienstagsmorgens begleitete sie den Professor zum Bahnhof, wo sie den Zug nach Inverness nahmen. Auch diese Strecke war kurz und die Uni nur knapp eine Meile vom Bahnhof entfernt, so dass sie innerhalb weniger Minuten auf dem Campus der Universität standen.

Das moderne Gebäude war eines von mehreren, die zur *University of the Islands and Highlands* gehörte, wie der Professor ihr erklärte. Eine Außenstelle befand sich auf der Insel Skye.

Er ging auf eine von mehreren Informationstafeln in der geräumigen Eingangshalle zu und drückte ihr gleich darauf eine Broschüre in die Hand.

„Im Internet ist die Information natürlich ausführlicher, aber das hier vermittelt Ihnen einen Eindruck, was man an dieser Uni alles studieren kann."

Sie folgte ihm durch Gänge und eine Treppe hinauf.

„Ich muss noch in mein Büro; Sie können schon einstweilen in den Hörsaal gehen." Er wies auf eine Tür zu ihrer Linken, die angelehnt war.

Lena stieß sie ein Stück weit auf und sah, dass erst zwei Studentinnen in dem Saal saßen. Sie balancierten Laptops auf ihren Knien und bemerkten sie gar nicht.

Sie stieg einige Stufen hoch und ließ sich im hinteren Teil des großen Saales nieder. Sie hatte keine Ahnung, wie viele Studenten sich innerhalb der nächsten halben Stunde hier einfinden würden, aber sie wollte auf keinen Fall im vorderen Bereich sitzen.

Während sie darauf wartete, dass die Vorlesung begann, studierte sie das Informationsblatt, das der Professor ihr besorgt hatte. Verblüfft stellte sie fest, dass das Angebot an Studiengängen immens war und einige Kurse mit anderen vernetzt waren. Es wurden sogar Kurse für Gälisch angeboten, was sie ungemein gereizt hätte.

Prinzipiell wäre ein Fernstudium vom Ausland aus möglich gewesen, aber wenn sie wieder eine volle Stelle hatte, würde sie nicht genug Zeit haben, um sich zusätzlich einem berufsbegleitenden Studium zu widmen. Seufzend legte sie die Broschüre beiseite.

Der Saal hatte sich inzwischen bis zur Hälfte gefüllt, was sie wunderte. Sie hätte nicht gedacht, dass so viele junge Leute heutzutage sich für Archäologie interessierten. Allerdings war es vielleicht eher der Umweltaspekt, der sie reizte. Schließlich waren sie die erste junge Generation, die sich mit dessen Problematik würde auseinander setzen müssen.

Als Professor McNeil hereinkam und hinter das Stehpult trat, verebbte das allgemeine Stimmengemurmel. Von hier oben wirkte er ganz anders als Lena ihn kannte. Er war relativ groß, was ihr eigenartigerweise bisher nicht aufgefallen war. Und, wie sie der Broschüre hatte entnehmen können, war er wohl einer der jüngsten Professoren an der Uni.

Eine Studentin schräg vor Lena neigte sich zu ihrer Kommilitonin und flüsterte: „Heute trägt er wieder dieses sexy Leinenhemd, das ihm so gut steht. Ich könnte ihn mit Haut und Haaren verschlingen!"

Lena lächelte vor sich hin und dachte: ‚Ich auch'! Sie sah sich um und registrierte, dass kaum männliche Studenten anwesend waren.

Konnte es sein, dass manche Studentinnen nur wegen ihm seine Vorlesungen besuchten? ‚Nun, wundern würde es mich nicht, er ist nun mal äußerst attraktiv'.

Während sie ihren Gedanken freien Lauf gelassen hatte, hatte er das Mikrofon justiert und zu sprechen begonnen. Seine Stimme klang laut und deutlich zu Lena herauf. Er stellte das Thema der heutigen Vorlesung vor: „Spuren der Kelten in Schottland“.

Angesichts der Tatsache, dass diesem Volk viele Mythen anhingen, von denen die meisten wohl nicht stimmten, war sie gespannt auf seinen Vortrag. Die Kelten hatte das Meiste mündlich von Generation zu Generation weitergegeben und somit existierten wenige schriftliche Aufzeichnungen, und die waren in der alten Ogham-Schrift abgefasst, deshalb gab es kaum verlässliche Quellen.

Professor McNeil begann seinen Vortrag mit einer Power-Point-Präsentation; das erste Foto zeigte eine Ogham-Tafel mit Runen, die auch für die germanischen Stämme typisch waren.

Eineinhalb Stunden später war die Vorlesung zu Ende. Lena hatte einiges gelernt, unter anderem, dass durchaus Zeugnisse keltischer Kultur zu finden waren, dass diese aber wesentlich weniger an Information lieferten, als etliche Esoterikzirkel und Keltenbegeisterte oft vorgaben. Sie nahm sich vor, in Inverness nach einem guten Buch über dieses Thema Ausschau zu halten. Auch über die Druiden, die zugleich Priester, Gelehrte und Advokaten des Rechts waren, wollte sie mehr erfahren.

Die Studenten verließen nach und nach den Hörsaal, einige Frauen gingen zum Stehpult und stellten Fragen. Lena hielt sich im Hintergrund, bis sie alle gegangen waren. Sein Blick richtete sich in den Saal, und als er sie sah, huschte kurz ein Lächeln über seine Züge.

„Na, haben Sie sich sehr gelangweilt?“, fragte er sie, als er seinen Laptop und seine Aktentasche nahm. Dann gingen sie zusammen hinaus.

„Im Gegenteil. Ich fand Ihren Vortrag äußerst spannend und interessant. Ich werde mir gleich in der Stadt ein gutes Buch zu diesem Thema kaufen.“

Abrupt hielt er inne. „Auf keinen Fall, das Geld können Sie sich sparen. Ich habe in meiner Bibliothek so viele Bücher über die Kelten stehen. Da können Sie sich die nächsten Wochen ohne Pause festlesen.“

*

Widerstrebend verließ sie den Campus, in der Handtasche die Broschüre über die Studiengänge, die angeboten wurden. In der Nähe vom Bahnhof setzte sie sich in ein Café und blätterte wieder darin. Es gab hier so viele Kurse, die sie interessiert hätten. Das Angebot war wesentlich umfangreicher und interessanter als das an deutschen Universitäten.

Als ihr Tee kam, dachte sie, dass sie am liebsten hierbleiben und an dieser Uni weiterstudieren würde.

Der Gedanke erschreckte sie, denn ihr wurde mit einem Schlag bewusst, wie wohl sie sich in diesem Land fühlte. Sie mochte gar nicht daran denken, dass sie in spätestens drei Wochen Schottland verlassen musste. Eine Traurigkeit stieg in ihr hoch, die sie sich nicht erklären konnte. Aber irgendwie fühlte sie sich hier zu Hause und gut aufgehoben, so, als würde sie hierher gehören.

Kapitel 11: Und er quält sich doch noch

Nachdem sie gezahlt hatte, schlenderte sie gemächlich durch die Straßen. Der Fluss Ness teilt die Stadt. Sie sah drei Brücken und überquerte den Fluss auf der Fußgängerbrücke mit den dicken Seilen. Da sie nicht ganz schwindelfrei war, lief sie langsam in der Mitte der leicht schwankenden Brücke, die Augen auf den Boden gerichtet. Sie war erleichtert, als sie auf der anderen Seite ankam.

Dort bummelte sie an diversen Geschäften entlang. Etliche der Souvenirläden offerierten den typischen Schottlandkitsch, hauptsächlich Nessie in allen möglichen Ausführungen: als grünes Plüschtier mit großen, roten Augen; als Keramikmonster, auf Karten und Kugelschreibern. Sie betrachtete sich die Auslagen, ohne etwas zu kaufen.

Nach einem Salat und einem Cappuccino entschied sie, dass sie sich das Schloss, in dem der geschichtlich verbürgte Macbeth gelebt hatte, ein anderes Mal anschauen würde. Für diesen Tag hatte sie genug von Inverness gesehen, also machte sie sich auf den Rückweg zum Bahnhof.

In einer Seitenstraße entdeckte sie eine Boutique. Sie führten Kleider, Röcke und Oberteile in nostalgischem Look.

Ein langes Kleid mit floralem Design in diversen Brauntönen zog Lena an; es hing im Schaufenster und schien ihr zuzurufen: Nimm mich mit! Der ursprüngliche Preis war rot durchgestrichen, und sie hielt die Luft an, denn es war weit heruntergesetzt und in einer Preiskategorie, die sie sich durchaus leisten konnte.

Sie hatte, als sie am Morgen in die Küche kam, ein Kuvert mit ihrem Namen darauf vorgefunden; darin lagen die zweihundert Pfund für ihre erste Woche. Sie hatte sie eingesteckt; schließlich konnte man nie wissen, wann man sie brauchen würde.

Jetzt stand sie vor der Boutique und überlegte, ob sie hineingehen sollte. In diesem Moment kam eine Verkäuferin heraus und lächelte sie an. „Es würde Ihnen bestimmt gut stehen, und ich glaube, es ist auch Ihre Größe. Möchten Sie es nicht anprobieren?“ Als sie sah, dass Lena zögerte, sagte sie: „Natürlich ganz unverbindlich!“

Lena dachte: ‚nur mal anziehen‘, und folgte ihr. Hinter dem Vorhang in der Ecke zog sie Shirt und

Jeans aus und stieg in diesen Traum aus weicher Baumwolle. Das Kleid reichte bis an ihre Knöchel, war herrlich bequem und saß wie angegossen.

Als sie in den Spiegel schaute, sah ihr eine schlanke junge Frau in einem hübschen Kleid entgegen, die einem Gemälde aus dem neunzehnten Jahrhundert hätte entsprungen sein können. Sie nahm ihre langen Haare hoch und stellte sich vor, dass sie sie hochstecken könnte, dann öffnete sie den Vorhang und trat hinaus.

Die Verkäuferin sah sie und bekam große Augen. „Oh, entschuldigen Sie, wenn ich das so sage, aber dieses Stück wurde für Sie gemacht! Das Braun Ihrer Augen und Ihr leicht gebräunter Teint passen perfekt zu diesen Farben. Es steht Ihnen einfach hervorragend!“

Lena war zwar bewusst, dass die Frau Umsatz machen wollte, aber sie fand auch, dass das Kleid gut zu ihr passte und sie fühlte sich sehr wohl darin. Am liebsten hätte sie es gar nicht mehr ausgezogen.

Die Verkäuferin kam zu ihr und nahm, wie Lena zuvor, ihre Haare zurück, dann ließ sie sie fallen und sagte: „Und ich habe die perfekten Ohrringe dazu!“

Sie ging zu einer Glasvitrine neben der Kasse, öffnete sie und entnahm ihr ein Paar. Es waren zierliche rotbraune Steine, die an einem langen, dünnen Strang hingen.

„Das sind Granaten, die Fassung ist vergoldetes Silber.“ Sie gab Lena einen Ohrring.

Sie steckte ihn in ein Ohrloch und die Frau hielt ihr einen Handspiegel vors Gesicht – diese Ohrringe waren ein Traum!

„Ich gebe Sie Ihnen zehn Pfund billiger. Ab morgen hätte ich sie eh heruntergesetzt.“

Lena war sich nicht sicher, ob es ein Fehler war, so viel Geld auszugeben, aber sie musste sowohl das Kleid als auch den Schmuck haben. „Ich nehme beides!“

Die Frau lächelte. „Sie haben eine gute Wahl getroffen!“

Als sie später im Zug saß, überlegte sie, dass die neunzig Pfund, die sie insgesamt bezahlt hatte, wirklich nicht zu viel waren für ein schönes Kleid mitsamt Ohrringen.

Als Kind hatte sie schon immer ein langes Kleid haben wollen, aber nicht eine Abendrobe, sondern solch ein legeres Kleid, das man zum Beispiel zu Volksfesten tragen konnte. Sie nahm sich vor, es mittwochs Sally vorzuführen, und war gespannt, was sie dazu sagen würde.

*

Ihr blieb die Luft weg. Sie hatten bei Kirschkuchen und Earl Grey alle möglichen Neuigkeiten ausgetauscht, dann ging Lena nach oben, steckte sich die Haare mit einer Spange hoch, zog Kleid und Ohrringe an und präsentierte Sally ihre neuen Errungenschaften.

„Mädchen, ich weiß nicht, was ich sagen soll. Du siehst einfach hinreißend aus! Dieses Kleid wurde wie für dich gemacht. Und die Ohrringe – sie sind so hübsch!“

Sie hieß Lena, sich im Kreis zu drehen, dann sagte sie plötzlich: “Und ich weiß auch schon, zu welcher Gelegenheit du das tragen wirst.“ Sie zeigte mit einem Finger auf sie. „Am Samstag zu unserem Ceilidh!“

Lena starrte sie an. „Wozu?“

„Ein Ceilidh ist eine Veranstaltung, bei der Musik gemacht und getanzt wird. Manchmal werden auch Geschichten aus den alten Tagen erzählt. Es ist eine große Sache, weißt du. Der ganze Ort wird da sein. Naja …" Sie grinste schief. „Außer unserem Professor. Den kriegst du auf kein Fest."

Lena fühlte, wie sich Enttäuschung in ihr breit machte, obwohl sie sich nicht wirklich hatte vorstellen können, dass er sich auf solch eine heitere Veranstaltung einlassen würde.

„Warum ist er immer so ernst? Ich meine, das mit seiner Frau ist natürlich schlimm, aber es ist drei Jahre her. Man müsste meinen, das sei Zeit genug, um den Tod eines Partners zu überwinden; zumindest soweit, dass man wieder Abwechslung sucht, oder?"

Sally seufzte. „Tja, ich sehe es genauso, aber Gordon McNeil wohl nicht. Er war nicht immer so, weißt du. Als er hierherkam, war er jung verheiratet." Sie sah vor sich hin, dann schüttelte sie den Kopf. „Er war damals schon ein Hingucker, und seine Frau war eine kühle, dunkelblonde Schönheit. Die beiden waren verliebt und glücklich, das konnte man sehen, wenn sie zusammen waren. Sie gingen miteinander einkaufen, am Strand spazieren, und einmal waren sie sogar auf unserem jährlichen Ceilidh.“

Sie kniff die Augen zusammen. „Genau, das muss in dem Sommer gewesen sein, als sie ein paar Tage später diesen Unfall hatte. Seitdem hat er jedes Fest gemieden wie die Pest.“

Lena begann zu verstehen. „Vielleicht ist es die letzte glückliche Erinnerung, die er an sie beide hat. Und seit sie tot ist, glaubt er vielleicht, er habe kein Recht mehr auf Glück.“

„Aye, das kommt hin. Aber es ist solch ein Jammer. Ich meine, sieh ihn dir doch an; er ist einfach ne Sahneschnitte und noch viel zu jung, um für den Rest seines Lebens alleine zu bleiben.“

*

Als sie später die Beete wässerte, die sie vom Unkraut befreit hatte, dachte sie über die Unterhaltung mit Sally nach. Es war wirklich sehr schade, dass Gordon McNeil sich gefühlsmäßig so abkapselte, denn Lena war sich sicher, dass er alles andere als oberflächlich war. Diesen Menschen unter der kühlen Fassade hätte sie sehr gern kennengelernt.

Sie hatte mit Sally vereinbart, dass sie und ihr Bruder sie am Samstag um sechs Uhr abholen würden. Sally hatte ihr versprochen, zuvor bei ihr vorbeizukommen, um ihre Haare hochzustecken. „Dann wirken deine neuen Ohrringe viel besser, Mädchen!“, hatte sie gesagt.

*

Mittwochs abends saßen der Professor und Lena am Tisch und aßen Huhn in Weißweinsauce, das sie zubereitet hatte. Sie hatte auf der Suche nach Gewürzen ein dünnes Kochbuch gefunden, in dem das Rezept stand. Da die Anweisungen klar verständlich waren, hatte sie sich daran gewagt.

Der Professor war recht schweigsam, und sie fragte sich, ob sie schuld an seiner schlechten Laune war. Nachdem sie stumm vor sich hin gegessen hatten, hielt sie die angespannte Atmosphäre nicht länger aus. Sie legte ihr Besteck hin.

„Habe ich etwas falsch gemacht oder etwas getan, das Sie so verärgert hat, dass Sie nicht mit mir reden?“

Überrascht sah er von seinem Teller auf, dann legte auch er sein Besteck hin. „Es tut mir leid, Sie können ja nichts dafür.“ Sie sah ihn fragend an. „Haben Sie dieses Gericht zubereitet, weil Sie es gerne essen oder öfter kochen?“

„Schmeckt es Ihnen nicht?“

Er wehrte mit beiden Händen ab. „Nein, nein, im Gegenteil, es schmeckt hervorragend.“

„Nun, ich habe in der Schublade neben der Mikrowelle ein Buch gefunden, in dem genau dieses Rezept aufgeschrieben war. Da ich es immer einmal hatte zubereiten wollen, aber nicht genau wusste, wie, habe ich es versucht.“ Er sah die ganze Zeit über unter sich. „Es tut mir leid, wenn es nicht so geworden ist, wie Sie es mögen.“

„Darum geht es nicht.“ Es presste die Worte zwischen den Lippen hervor. „Entschuldigen Sie mich.“ Damit legte er seine Serviette ab, stand auf und verließ das Esszimmer.

Ungläubig sah Lena ihm nach. Was war das denn jetzt? Sie hatte das deutliche Gefühl, dass er missbilligte, dass sie das Gericht gekocht hatte. Aber warum?

Ihr war der Appetit inzwischen auch vergangen. Sie räumte den Tisch ab, stellte das Geschirr in die Spülmaschine und nahm sich ausnahmsweise einen Sherry. Sie trank einen Schluck, ging hinaus in den Garten und setzte sich auf die Bank.

Es war ein warmer Abend, ein laues Lüftchen wehte würzigen Lavendelduft zu ihr herüber, und allmählich lockerte sich ihre Anspannung.

Sie musste eingeschlafen sein, denn plötzlich stand er im Halbdunkel vor ihr. Sie erschrak und fuhr auf.

„Bitte, ich wollte Sie nicht erschrecken!“ Und zu ihrer grenzenlosen Überraschung setzte er sich auch. Zwar nicht direkt neben sie, aber immerhin auf dieselbe Bank. Er streckte die linke Hand aus; darin lagen zwei Bücher.

„Die habe ich Ihnen herausgesucht, weil Sie sich doch über die Druiden informieren wollten. Die beiden sind ein guter Einstieg in das Thema.“

Sie konnte die Titel nicht lesen, weil es bereits zu dunkel war, und sie war auch weder in der Laune, sich jetzt auf dieses Thema einzulassen noch ihm überschwänglich zu danken.

„Danke, ich sehe sie mir morgen an."

Die Worte kamen knapp heraus, da sie sich zuvor über ihn geärgert hatte und seine in ihren Augen übertriebene Reaktion immer noch nicht verstehen konnte.

Sie legte die Bücher zwischen sie auf die Bank, verschränkte die Arme vor der Brust und schaute stur geradeaus.

Eine Weile saßen sie so, dann seufzte er. „Schauen Sie, Lena, es tut mir leid, dass ich Sie vorhin habe alleine sitzen lassen. Das war unhöflich von mir, und ich bin Ihnen eine Erklärung schuldig."

„Stimmt!"

„Nun, Sie können es nicht wissen, aber dieses Rezeptbuch hat meine verstorbene Frau zusammengestellt. Seitdem sie … tot ist, hat niemand es je benutzt." Er tat einen tiefen Atemzug. „Huhn in Weißweinsauce war ihr Lieblingsgericht."

„Oh nein!", stöhnte Lena auf. „Und ich dumme Gans musste ausgerechnet dieses Essen aussuchen. Es tut mir sehr leid!"

Sie hätte sich verfluchen können. Mit ihrer unüberlegten Art war sie wieder einmal voll ins Fettnäpfchen getreten und hatte ihn verletzt.

Zu ihrer Überraschung legte er seine linke Hand auf ihren Unterarm. „Nein, Lena, bitte machen Sie sich keine Vorwürfe! Sie konnten das nicht wissen. Außerdem -“ Er schwieg abrupt und nahm seine Hand wieder weg.

An der Stelle, wo sie gelegen hatte, spürte sie eine intensive Wärme aufsteigen. Sie war plötzlich verunsichert und verlegen, weil seine kurze Berührung in ihr ein Wirrwarr an Gefühlen ausgelöst hatte. Sie hätte ihn am liebsten in den Arm genommen und getröstet und, ja, ihn geküsst. Oder gehofft, dass er sie küssen würde. Um diese plötzliche Emotion zu überspielen, sagte sie: „Außerdem?“

Er stand so abrupt auf wie zuvor im Esszimmer. „Vergessen Sie‘s!“ Er ging ein paar Schritte von der Bank weg, dann drehte er sich zu ihr um. Es war inzwischen ganz dunkel und sie konnte seinen Gesichtsausdruck nicht erkennen.

„Vielleicht hat Sally Ihnen ja erzählt, dass meine Frau vor drei Jahren gestorben ist. Genug Zeit zum Trauern, sollte man meinen. Aber ich mache mir immer noch Vorwürfe, dass ich an ihrem Tod schuld bin. Wir hatten kurz vor ihrem Unfall einen heftigen Streit, daraufhin ist sie Hals über Kopf losgefahren. Es war neblig, sie fuhr wohl auch zu schnell, weil sie wegen unseres Streites spät dran war. Und dann kam sie von der Straße ab.“ Er atmete tief ein und aus. „Eine gute Stunde später, als der dichte Nebel sich gelichtet hatte, fand der Postbote ihren Wagen. Er steckte in einem Baum am Straßenrand. Amelia muss durch den heftigen Aufprall sofort tot oder zumindest bewusstlos gewesen sein. Das war wenigstens ein kleiner Trost, also, ich meine, dass sie nicht hat leiden müssen.“

Lena reagierte automatisch. Sie stand auf und ging auf ihn zu. „Es war nicht Ihre Schuld. Sie hätten diesen Unfall nicht verhindern können. Er war nicht vermeidbar, egal, was Sie getan hätten.“

Er hatte sie die ganze Zeit über angesehen, jetzt nickte er. „Es mag sein, dass Sie recht haben.“ Er ging zur Küchentür, dann drehte er sich noch einmal um. „Schlafen Sie gut, Lena. Und danke.“

Sie sah ihm hinterher, wie er mit hängenden Schultern das Haus betrat und dachte, es müsste jemanden geben, der ihm diesen Schuldkomplex nahm. Er tat ihr leid, aber sie wusste nicht, wie sie ihm hätte helfen können.

*

Donnerstagsmorgens, als sie in die Küche kam, lag ein Zettel auf dem Tisch:

Musste schon los, gehe aber heute nicht in den Club. Bin am Nachmittag zurück, G.

Sie staunte über das „G“ für Gordon; schließlich nannten sie sich nicht bei den Vornamen. Dabei fiel ihr auf, dass er sie an den Tagen zuvor mehrmals mit „Lena“ angesprochen hatte. War das ein Zeichen dafür, dass seine unnahbare Haltung bröckelte?

Die Hoffnung, die sie bei dem bloßen Gedanken durchströmte, gefiel ihr gar nicht. Es konnte ihr völlig egal sein, wie er sich ihr gegenüber verhielt. Noch ein bis zwei Wochen und ihr Job hier wäre zu Ende.

Das Besorgniserregende war nur, es war ihr ganz und gar nicht egal. Sie sehnte sich danach, dass er ihr gegenüber zugänglicher war, nicht so distanziert, so formell. Bei der Hausarbeit hing sie Tagträumen nach und versuchte sich vorzustellen, wie es sich anfühlen würde, wenn er sie in den Arm nähme.

*

Abends beim Essen unterhielten sie sich über das eine der Bücher, die er ihr ausgeliehen und das sie nachmittags zu lesen begonnen hatte. Er tat so, als habe die nächtliche Erklärung seinerseits nie stattgefunden, aber sie hatte den Eindruck, als ginge es ihm besser als zuvor.

Sie nutzte eine Gesprächspause. „Übrigens, ich wollte fragen, ob ich am Samstag ab vier Uhr nachmittags frei haben könnte. Sally und ihr Bruder nehmen mich mit auf das Ceilidh."

Er schaute sie kritisch an, und sie dachte schon, er würde sie wieder allein sitzen lassen, weil sie die Tanzveranstaltung überhaupt nur erwähnt hatte. Aber dann lächelte er kurz und sagte: „Selbstverständlich können Sie so früh wie nötig Schluss machen." Mehr sagte er nicht.

*

Lena hatte im Laufe der Woche alles erledigt, was ihrer Meinung nach im Haushalt anstand, so dass der Professor wirklich keinen Grund haben würde, zu bereuen, dass er ihr frei gegeben hatte. Samstagsmorgens wusch sie die Haare und ließ sie im Freien trocknen. Als Sally um vier kam, um sie ihr hochzustecken, war Lena geduscht und ihr neues Kleid lag auf dem Bett.

Sally hieß sie auf den Stuhl setzen, dann begann sie ihr Werk. Sie hatte diverse Haarnadeln mitgebracht, von denen sie sagte, dass sie bei dieser Hochfrisur unentbehrlich seien. Sie plapperte munter drauflos, wie immer. Dann schielte sie zum Bett.

„Mädchen, das Kleid ist wirklich ein Traum, aber welche Schuhe ziehst du dazu an?“

Lena erschrak. Darüber hatte sie nicht nachgedacht. Aber weder ihre Turnschuhe noch ihre Sandalen kamen in Frage.

Sally grinste. „Dachte ich's doch! Ich hab dir mal vorsichtshalber ein Paar Pumps von mir mitgebracht. Sie stehen seit Jahren unbenutzt im Schrank. Seit ich zugenommen hab, kann ich sie nicht mehr tragen. Hab sie auch früher höchstens ein- oder zweimal angehabt. Warte.“

Sie steckte sich eine Haarnadel zwischen die Lippen und ging in den Flur. Gleich darauf kam sie mit einer Schuhschachtel zurück, die sie Lena in den Schoß legte. „Probier sie mal an, die müssten dir passen.“

Lena hob den Deckel, faltete das raschelnde Papier auseinander und staunte: zwei Pumps in hellbraunem, weichem Leder mit etwa acht Zentimeter hohem Absatz, auf dem Fußrücken prangte eine zierliche Spange aus Gold. Sie waren elegant und passten perfekt zu dem Kleid, das sie tragen würde.

„Oh Sally, ich weiß nicht, was ich sagen soll!“

Sie nahm die Schuhe aus der Packung und hielt sie Lena hin. „Freu dich nicht zu früh, ich würde sie erst mal anprobieren.“

Lena bückte sich und schlüpfte in den rechten Schuh hinein. Er passte wie angegossen; der linke auch. Vorsichtig stellte sie sich. Sie ging zunächst wie auf rohen Eiern in der kleinen Kammer hin und her; aber bald war sie sicherer auf den Beinen.

Sally nickte zufrieden. „Mit denen könntest du Aschenputtel spielen! Nur schade, dass der Prinz nicht auch dort sein wird.“

Als ihr Bruder gut eine Stunde später an der Haustür klingelte, war Sally schon wieder gegangen und Lena war dabei, ihr Handy auszuschalten. Vorsichtig stieg sie in den hohen Pumps die Treppe hinab, als der Professor selbst gerade die Tür öffnete.

„Ah, Horace, haben Sie sich herausgeputzt zum jährlichen Tanzvergnügen?“, sprach er ihn an.

Der Werkstattbesitzer drehte verlegen seinen Hut in den Händen. „Aye, sir. Ich wollte nur die junge Dame abholen.“

Lena kam den Gang entlang. „Bin schon fertig!“

Gordon McNeil drehte sich zu ihr um, und beide Männer sahen ihr entgegen. Sie sah in vier bewundernde Augen.

Sallys Bruder fing sich als erster wieder. „Mann, Mädchen, da machen Sie unseren schottischen Gören aber ganz schön Konkurrenz heute Abend. Und die Jungs werden Schlange stehen!“

Ihr Gesicht nahm die Farbe einer Aubergine an, aber sie schaffte es zu lächeln. „Danke für das Kompliment!“

An der Tür lächelte sie auch den Professor an. „Bis morgen früh!“

Er sagte nichts, aber er schaute sie mit einem Gesichtsausdruck an, den sie zuvor noch nicht bei ihm gesehen hatte. Hätte sie es nicht besser gewusst, wäre sie auf die Idee verfallen, dass eine

Art Bewunderung und noch etwas anderes, was sie nicht greifen konnte, sich in seinen Gesichtszügen zeigte.

Sie drehte sich zu Sallys Bruder um, stieg die Stufen vor der Tür hinunter und ging zu dem schwarzen Landcruiser, der in der Einfahrt stand.

Sally saß auf dem Rücksitz und winkte ihr zu. Als Lena sich neben ihr in die Polster fallen ließ und den Rock hochnahm, damit er nicht in der Tür eingeklemmt wurde, zwickte sie ihr in die Wange und strahlte: „Dem Professor ist eben ganz anders geworden, als er dich gesehen hat. Geschieht ihm ganz recht!“

Das Auto mit den dreien bog um die Ecke und Gordon schloss die Haustür. Er atmete tief aus; unwillkürlich hatte er die Luft angehalten. Sie war ja wirklich attraktiv mit ihrem ovalen, leicht gebräunten Gesicht, den dichten schwarzen Haaren und den langen Wimpern. Aber eben in diesem Kleid hatte sie unwiderstehlich ausgesehen.

Er war sich dessen bewusst, dass er sie angestarrt hatte, aber er konnte nicht anders. Er hatte zunächst ihre gesamte Erscheinung wahrgenommen, aber dann auf ihren Ausschnitt geschaut, als sie näher kam. Das Kleid war nicht zu tief ausgeschnitten, aber man konnte den Ansatz ihrer festen Brüste sehen, und er stellte sich automatisch vor, wie sie unter dem Stoff aussah. Der Gedanke versetzte ihn spontan in eine starke Erregung und ihm war klar, dass er eifersüchtig war auf die Männer, die bei dem Ceilidh mit ihr tanzen würden. Das konnte er nicht zulassen!

Ohne sich dessen bewusst zu sein, was er tat, ging er in sein Bad, um zu duschen. Er würde später nur kurz dort vorbeischauen, so zufällig.

Kapitel 12: Pure schottische Lebensfreude

Als sie im Gemeindesaal ankamen, wimmelte es schon vor Menschen, die fröhlich lachend und in Erwartung eines schönen Festes zusammenstanden und erzählten, Gläser in den Händen.

In der Eingangshalle waren Tische aufgebaut, die alles boten, was das Herz begehrte, wenn man hungrig und durstig war. Aus dem großen Saal, in dem das eigentliche Ceilidh stattfand, hörte man Dudelsackklänge. Sie probten noch.

Lena sah sich um und stellte fest, dass alle Altersstufen vertreten waren. Junge Paare und Teenies, Männer und Frauen in mittleren Jahren, die in Grüppchen zusammenstanden, Ältere, die sich weiter vorne Sitzplätze im Saal ergattert hatten, um das Geschehen von dort aus zu verfolgen.

Sally und Horace brauchten über zehn Minuten, bis sie den Saal erreicht hatten. Überall trafen sie auf Nachbarn, Bekannte und Freunde. Und alle stellte Sally ihr vor.

„Das sind Emma und Walter, sie wohnen in dem Haus schräg gegenüber der Pension. Und hier ist eine alte Schulfreundin von mir, Moira. Wir hatten uns aus den Augen verloren, weil sie einen Engländer geheiratet hat. Jetzt ist sie wieder daheim, wo sie hingehört."

Horace schüttelte einem kräftigen Mann die Hand und beugte sich über die ausgestreckte Hand der zierlichen Frau daneben. „Habt ihr es dieses Jahr mal wieder geschafft!"

Sally drückte die Frau an ihren ausladenden Busen. „Lena, das sind meine Freundin Janice und ihr Mann John. Ich kenne die beiden schon länger als ich zurückdenken kann, stimmt's?"

Der Mann drückte Sally so fest an sich, dass Lena dachte, ihr bliebe die Luft weg. „Na, altes Mädchen! Ich hoffe, du hast mir den zweiten Tanz reserviert?"

„Na klar doch, wie immer!" Sie klopfte ihm lachend auf die Schulter, dann sah sie sich nach freien Plätzen um.

„Da drüben!" Horace wies mit dem Finger auf einige leere Stühle nahe am Eingang.

Die Bühne war zwar etwas weiter weg, aber Lena fand das nicht schlecht. „Diese Dudelsäcke haben ein ziemliches Volumen, das muss ich nicht direkt vor mir haben“, sagte sie, als Sally sich beschwerte, sie seien nicht nah genug am Geschehen.

So sicherte Sally die Plätze, während Horace und Lena zurück in die Halle gingen, um für Speis und Trank zu sorgen.

Lena hatte gerade ihren Lammeintopf gegessen, als die Bühne zum Leben erwachte. Ein Dudelsackspieler und einige junge Frauen in Trachten kamen aus einem Raum dahinter. Sie trugen Kleider, die den deutschen Dirndeln nicht unähnlich waren. Der Dudelsackspieler stellte sich im vorderen Bereich auf und trat ans Mikrofon. Er begrüßte die Anwesenden, die begeistert in die Hände klatschten und mit lauten Rufen ihrer Vorfreude Ausdruck verliehen.

Lena verstand kaum etwas von dem, was er sagte. Aber sie vermutete, dass er das Programm für den heutigen Abend ankündigte. Dann legte er mit dem Dudelsack los und die Frauen begannen zu tanzen.

Lena starrte vor allem auf die Füße, die in schnellem Rhythmus über die Tanzfläche steppten. Die Schrittfolge wirkte recht kompliziert. Mal blieben die Füße auf dem Boden, mal wurden mit den Fußspitzen die Waden angetippt oder ein Fuß nach vorne oder hinten gestreckt.

Lena versuchte, ein Schema auszumachen, nach welchem die Frauen tanzten, musste aber passen. Sie dachte bei sich, dass man wohl ziemlich lang üben musste, bis man diese Schritte beherrschte.

Sally beugte sich zu ihr. „Sie tanzen einen Reel."

„Kannst du das auch?", wollte Lena wissen.

„Nee, als junges Mädchen hab ich's mal eine Zeit lang ausprobiert. Aber ich krieg die schnelle Schrittfolge nicht hin."

Nach drei Dudelsackliedern, bei denen viele der Anwesenden lautstark mitsangen, kam eine zierliche Rothaarige auf die Bühne, begleitet von einem Mann, der ein Instrument trug, das aussah wie eine Gitarre, nur war es kleiner. Sie begann mit einer klaren Altstimme auf Gälisch zu singen.

Es war eine einfache Melodie, die der Mann mit einigen gezupften Klängen begleitete. Lena verstand natürlich kein Wort von dem, was die Frau sang, aber die Atmosphäre und die Mimik der Sängerin deuteten darauf hin, dass es ein eher trauriges Lied war. Das nächste war lebendiger, aber auch wieder auf Gälisch.

Sie beugte sich zu Sally hinüber. „Verstehst du, was die Frau singt?“

Sally schüttelte den Kopf. „Ich kann kein Gaelic, aber es klingt so schön, findest du nicht?“

Lena stimmte ihr uneingeschränkt zu.

Die Darbietungen wechselten sich ab: mal bekamen sie Dudelsackmusik geboten, mal sang jemand alte Lieder, zwischendurch wurde eine Geschichte erzählt.

Auch davon verstand Lena nur einen Teil, aber es ging um irgendeine unglückliche Liebe einer Frau zu einem Highlander, der in den Kampf zog und nicht wiederkam. Bevor die Stimmung kippte, wurden noch einmal fröhliche Lieder gespielt, bei denen die Leute mitklatschten und –sangen, dann war Pause.

Sie holten sich etwas zu trinken, dann ging es weiter. Sally rieb sich aufgeregt die Hände. „Nun kommt der aktive Teil des Abends. Bisher haben alle nur zugehört, jetzt wird getanzt!“

Als Lena sah, wie sich nach und nach immer mehr Paare aus dem Publikum auf der Tanzfläche aufstellten, fragte sie alarmiert: „Müssen jetzt die Zuschauer tanzen?“

„Na klar, Mädchen, das macht Spaß! Horace und ich fangen mal an, dann kannst du sehen, wie’s funktioniert. Bei der zweiten Runde, wenn ich mit John tanze, tanzt Horace mit dir.“

Lena sah, wie sich die Paare formierten: die Frauen in einer Reihe, die Männer ihnen gegenüber. Panik überfiel sie. „Das kann ich nicht, ich weiß ja nicht mal, wie die Tänze heißen, geschweige denn, was ich tun muss!“, protestierte sie.

„Das macht nix, das kriegst du schon raus. Schau einfach zu, dann weißt du, wie’s geht.“

Damit standen Sally und Horace auf und gesellten sich zu der langen Reihe von Leuten, die sich ganz offensichtlich auf diese Qual freuten.

Kurz darauf setzte die Musik ein. Die Männer hüpften mehr oder weniger auf der Stelle, die Frauen mal nach links oder rechts, dann nach vorne und hinten; dann gingen Männer und Frauen aufeinander zu, nahmen sich an den Händen und tanzten im Kreis. Dann stellten sie sich auf die andere Seite des Paares zu ihrer Rechten und warteten. Die Paare, die bisher nicht getanzt hatten, wiederholten jetzt die Schritte. Dann ging jedes zweite Paar an den Anfang der Reihe und irgendwie ging das Ganze wieder von vorne los. Aber zwischendurch tanzten auch einmal zwei Frauen und deren Partner miteinander, dann wechselten die Paare die Partner und stellten sich wieder in der Reihe auf.

Lena war völlig verwirrt. Sie hatte keine Ahnung, wie sie es schaffen sollte, auch nur annähernd diese Schrittfolge einzuhalten. Auch wusste sie nicht, wann sie auf wen zugehen sollte. Die Musik war lebendig, manche jauchzten, und alle schienen sich zu amüsieren. Nur Lena saß wie auf glühenden Kohlen und überlegte sich, ob sie einen dezenten Abgang würde machen können. Aber irgendwie hatte sie das Gefühl, dass Sally sich darüber ärgern würde.

In dem Moment war der Tanz beendet und ehe sie es sich versah, stand Horace vor ihr, verbeugte sich und streckte seine Hand aus.

Es wäre unhöflich gewesen, ihn abzuweisen, also stand sie auf.

„Ich hab sowas noch nie getanzt, ich glaube, ich kann das nicht."

„Ach, iwo, kommen Sie und amüsieren Sie sich einfach. Sie müssen hier ja keinen Tanzwettbewerb bestreiten." Und damit führte er sie neben Sally, die ihrem alten Freund gegenüberstand.

Die Musik startete und die Frauen begannen ihre Schrittfolge, während die Männer auf ihrem Platz mit den Füßen stampften. Lena schaute neben sich auf Sallys Füße und versuchte zu imitieren, was sie tat. Aber der Rhythmus war sehr schnell, und ehe sie es sich versah, kam schon Horace auf sie zu, nahm ihre Hand und drehte sie im Kreis herum. Dann stellte er sich in die Mitte und ging mit ihr an den Anfang der Reihe. Dort blieben sie stehen, bis wieder die Frauen neben Lena zu tanzen begannen.

Wie es dazu kam, wusste sie nicht, aber plötzlich stand ihr gegenüber ein junger Mann, der sie anlachte und Horace stand neben ihm. Sally stand jetzt auf einmal links von ihr und begann wieder mit der schnellen Schrittfolge. Lena schaute auf ihre Füße, die sich in Anbetracht ihrer Leibesfülle erstaunlich schnell bewegten.

Die nächsten beiden Durchgänge liefen so ab wie die bisherigen, aber allmählich konnte Lena sich einen Teil der Schritte merken. Nach dem vierten

Wechsel, ihre Augen waren wie bisher auf den Boden gerichtet, liefen Männer und Frauen wieder aufeinander zu. Als sie aufsah, blickte sie in die Augen von Gordon McNeil.

Sie musste ihn völlig verdutzt angesehen haben, denn als er ihre Hände ergriff und sie im Kreis drehte, lächelte er amüsiert.

„Wo kommen Sie denn so plötzlich her?“, wollte sie wissen.

„Ich war mir nicht sicher, ob Sie diesen Teil mit dem Tanzen mögen würden. Deshalb -“

Den Rest seiner Erklärung verstand sie nicht mehr, da sie bereits wieder auseinander gingen und der nächste Partner ihr schon gegenüberstand.

Sie absolvierte wie in Trance ihre Schrittfolge ab, und bekam, als sie aufschaute, gerade noch mit, wie der Professor mit dem Mann neben ihm tauschte, so dass er wieder ihr gegenüberstand.

Bei der nächsten Drehung sagte er: „Und da dachte ich mir, ich sehe mal nach Ihnen. Vielleicht wollen Sie ja früher nach Hause.“

Wieder absolvierten sie die Schrittfolge und wieder tauschte er mit dem Mann neben sich.

„Und Sie sollten nicht allein im Dunkeln durch die Straßen laufen müssen."

In diesem Moment stieß sie jemand von hinten an und da sie darauf nicht gefasst war, verlor sie das Gleichgewicht und fiel dem Professor buchstäblich in die Arme. Er hielt sie reflexartig fest.

Sie stand da, an ihn gepresst, und spürte, wie ein Kribbeln ihren Körper von oben bis unten durchfuhr. Gleichzeitig spürte sie seine starken Arme, die sie festhielten, und sie wollte nicht, dass der Augenblick aufhörte.

Aber ihr Kopf reagierte rational, wie meistens, und sie ging einen Schritt zurück, murmelte „Entschuldigung" und fühlte, wie ihr die Schamesröte ins Gesicht schoss.

Um sie herum hatten die anderen weitergetanzt und schon kam ein alter Mann auf sie zu, packte sie und drehte sie so schnell herum, dass sie glaubte, er wolle sie in der Luft herumwirbeln.

Als sie gerade dachte, ‚das wird mir zu viel hier', packte sie eine Hand und zog sie energisch an den Tanzenden vorbei und von der Bühne herunter.

Gordon McNeil drehte sich zu ihr um. „Wenn Sie wollen, bringe ich Sie nach Hause."

Sie nickte nur, nahm ihre Handtasche und folgte ihm nach draußen. Die Straßen waren nass und ein frischer Geruch hing in der Luft. Sie atmete tief durch.

Als sie an seinem Auto ankamen, das er ein Stück weiter weg geparkt hatte, hielt er ihr wieder die Tür auf.

Sie sagte: „Danke, dass Sie mich gerettet haben. Das war kein Vergnügen für mich.“

„Das ist ja auch kein Wunder. Ich vermute mal, dass Sie noch nie einen schottischen Volkstanz absolviert haben.“

„Stimmt!“

Daraufhin sagte er nichts mehr und Lena schwieg auch. In ihrem Kopf drehte sich noch alles, sie fühlte sich leicht schwindlig und hatte das Gefühl, als hörte sie alle Geräusche nur wie durch Watte.

In der Garage stieg sie aus und ging zu der Tür, die von dort aus ins Haus führte. Der Professor folgte ihr. Sie trat zur Seite, weil sie mit ihrem Körper das Schlüsselloch verdeckt hatte.

Er stellte sich neben sie und als sie ihn ansah, verharrte seine Hand mit dem Schlüssel in der Luft.

Seine Augen hielten sie gefangen und sie sah nur noch diesen Blick: intensiv, warm und eigenartig vertraut. Ihre Knie verwandelten sich in etwas Wabbeliges, das drohte, sie einknicken zu lassen. Ihr Puls raste und sie dachte: ‚Küss mich endlich, verdammt‘!

Sein Gesicht näherte sich ihrem - da miaute draußen eine Katze. Sie fuhren auseinander, der magische Moment war vorbei!

Er schloss die Haustür auf, ging hinein, sie folgte ihm, er schloss hinter ihr ab.

Als sie sich zu ihm umdrehte, sagte er: „Es ist spät, wir sollten uns zurückziehen."

Na toll! Der Herr Professor Selbstbeherrschung war wieder zurück! Sie nickte, nicht fähig zu sprechen, und ging, so schnell es ihr in Sallys Pumps möglich war, die Treppe hoch. Irgendwie verschwammen die Stufen vor ihren Augen.

In ihrer Kammer warf sie Schuhe und Kleid in die Ecke, die Ohrringe landeten auf einem Berg Schmutzwäsche. Sie war stinkesauer, sie war enttäuscht – sie war verliebt!

Verdammt, sie hatte doch gewusst, dass sie ihn wieder verlassen musste. Sobald Lucys Fuß in Ordnung war, waren ihre Arbeit und ihr Aufenthalt hier beendet. Wieso konnte sie dann in dieser kurzen Zeit ihre Gefühle nicht unter Kontrolle halten?

Sie lag noch lange wach und wälzte verzweifelte Gedanken. Irgendwann gegen Morgen musste sie dann eingeschlafen sein.

Gordon ging in sein Schlafzimmer, schloss energisch die Tür hinter sich und hätte sich ohrfeigen können. Wieso hatte er sie nicht in den Arm genommen, als sie im Haus waren, und sie endlich geküsst? Er hatte den Eindruck, dass sie das auch gewollt hätte. Schon, als der Rüpel auf dem Ceilidh sie umgerannt hatte und er sie in seinen Armen hielt, hätte er sie am liebsten geküsst und danach in eine Ecke gezerrt, um sie zu lieben. Eben hatte er die Gelegenheit dazu, sie waren endlich allein, und was tat er? Er laberte dummes Zeug und trat den Rückzug an.

Er zog sich aus und legte sich ins Bett. Gedanken überschlugen sich in seinem Kopf und plötzlich wusste er, warum er nicht bereit war, in dieser Situation mit Lena zu schlafen: Als er zum ersten und letzten Mal bei einem Ceilidh gewesen war, war das mit Amelia. Sie waren danach heimgegangen und hatten sich geliebt – und danach hatte sie zum ersten Mal davon gesprochen, dass sie schwanger sein könnte und das Verhängnis hatte seinen Lauf genommen. Eine knappe Woche später hatte sie den Unfall.

Hätte er Lena jetzt geliebt, hätte er befürchtet, dass auch ihr danach etwas zustoßen würde.

Kapitel 13: Feigling!

Gegen zehn Uhr wachte sie auf. Zuerst dachte sie: ‚was soll's', es ist ja Sonntag. Aber dann fiel ihr ein, dass sie vor etwa zwei Stunden das Frühstück hätte fertig haben sollen. Sie rannte ins Bad, wusch sich Gesicht und Hände, zog einen Morgenmantel über und eilte die Treppe hinunter in die Küche.

Dort stand eine Kanne Tee auf dem Tisch und ein Zettel klemmte darunter.

Ich habe bereits gefrühstückt, im Kühlschrank sind noch Spiegeleier. Zum Abendessen bin ich zurück. G.

Sie sank auf einen Küchenstuhl. Er hatte es doch tatsächlich geschafft, sich selbst Tee zu kochen und sogar noch Spiegeleier zu machen, und das alles auch für sie. Das fand sie irgendwie rührend. Ihre Wut vom vorigen Abend verpuffte und an ihre Stelle trat eine Melancholie, wie sie sie längst nicht verspürt hatte, als ihr klar wurde, dass Erik sie betrog.

Dieses Gefühl war so intensiv, dass es ihr beinahe die Luft nahm. Sie fühlte sich, als wäre sie knapp am Ziel vorbeigeschossen. Dabei wusste sie nicht einmal, was dieses Ziel hätte sein sollen.

Sie trank den Tee kalt und löffelte die Spiegeleier im Stehen in sich hinein. Dann ging sie nach oben, zog ein Paar Shorts und ein T-Shirt an und verließ das Haus.

Sie musste dort raus, sich beruhigen und an etwas anderes denken als daran, dass sie sich danach sehnte, dass Gordon McNeil sie in den Arm nahm und küsste und küsste und küsste.

Sie eilte die Gässchen entlang, bis sie zum Strand kam. Dort ging sie ans Ufer und ohne zu zögern tauchte sie mit beiden Füßen ins Wasser. Die Kälte nahm ihr den Atem. Sie keuchte auf, ging aber weiter, entschlossen, sich dieses Mal wenigstens bis zu den Knöcheln ins Wasser zu wagen.

Es waren noch nicht viele Menschen hier, vielleicht waren sie alle bei diesem Ceilidh gewesen und hatten noch länger geschlafen als Lena.

Sie lief ein ganzes Stück den Strand entlang, bis zu einem Café, das sich halb hinter den Dünen versteckte. Dort trank sie einen Orangensaft, in der Hoffnung, den Kopf frei zu bekommen.

Als sie wieder zurückging, war die Watte in ihrem Hirn der nüchternen Erkenntnis gewichen, dass dieser eine Kuss gestern Abend, wenn er denn geschehen wäre, auch nichts geändert hätte. Noch eine Woche und sie war dort weg!

Als sie die Haustür aufschloss, klingelte das Telefon. Es war Sally. Sie wollte wissen, wieso Lena so plötzlich gegangen war.

Sie erklärte es ihr so diplomatisch wie möglich. „Aber der erste Teil mit der Dudelsackmusik, den Frauen in Trachten und der schönen Geschichte hat mir sehr gut gefallen. Und ich bin froh, dass Horace und du mich mitgenommen habt“, schloss sie versöhnlich.

„Naja, dann hattest du wenigstens ein bisschen Spaß, Mädchen.“

Sie stellte sich unter die Dusche, dann fing sie an, das Abendessen vorzubereiten. Als dieses Mal das Telefon klingelte, war es der Professor.

„Lena, hören Sie, wäre es ein Problem für Sie, wenn ich einen alten Freund zum Abendessen mitbringen würde? Ich habe ihn heute Mittag getroffen; er ist ein Experte auf dem Gebiet der Kelten und könnte Ihnen bestimmt etliches Interessante erzählen.“

„Das klingt gut. Bringen Sie ihn ruhig mit, es ist genug Essen für alle da.“ Sie ging in die Küche und während sie Kartoffeln schälte, dachte sie: ‚Dieser Feigling! Es kommt mir fast so vor, als wolle er nicht mit mir allein sein‘.

Aber das war ja lächerlich. Er hatte diesen Moment vor der Tür sicherlich schon längst vergessen, und es war an der Zeit, dass sie sich so benahm, wie es sich für eine erwachsene Frau gehörte: Sie hatte hier einen Ferienjob angenommen, der bald zu Ende war. Sie könnte in Inverness am Flughafen ihren Koffer deponieren und für eine einwöchige Reise mit dem Bus nur ihre Reisetasche mitnehmen.

Dann würde sie heimfliegen und sich um eine neue Arbeitsstelle bemühen. Und ihre Eltern würden sich bestimmt freuen, wenn ihre Tochter für einige Wochen wieder daheim wohnte.

*

Sie zog sich um zum Essen; sie wollte es zwar nicht übertreiben, aber sie kannte diesen anderen Mann nicht, und sie wollte ihm nicht in Shorts und Shirt gegenübertreten.

Professor McNeil und James Thomson kamen kurz nach halb sieben. Dieser Thomson war Lena auf Anhieb sympathisch. Er hatte einen offenen Blick, war freundlich und, im Gegensatz zu Gordon McNeil, kein bisschen herablassend.

Der Professor schenkte ihnen allen, auch Lena, zur Feier des Tages einen Single Malt ein, dann unterhielten sie sich im Wohnzimmer sehr angeregt.

Thomson sagte: „Nennen Sie mich doch James“, und dann fragte er Lena, wie ihr das Ceilidh gefallen habe. Sie erfuhr von ihm, dass diese Tanzveranstaltung eine alte Tradition hatte. Für die Menschen in vergangenen Jahrhunderten, in denen es weder Zeitungen noch Radios oder Fernsehapparate gab und die Geschichten und Legenden von früher nur mündlich weitergegeben wurden, war eine solche Veranstaltung das absolute Highlight. Alle im Ort trafen sich, um zusammen zu singen, zu tanzen und die alten Geschichten wieder lebendig werden zu lassen.

Dann fragte er sie, was sie denn über die Kelten wissen wolle. Bald waren sie in ein angeregtes Gespräch vertieft, das nur ab und zu von einer kurzen Bemerkung oder Ergänzung vonseiten des Professors unterbrochen wurde.

Plötzlich wurde ihr bewusst, dass der Braten längst gar sein musste. Sie entschuldigte sich, eilte in die Küche und stellte zu ihrer grenzenlosen Erleichterung fest, dass der Liter Rotwein, den sie eine knappe Stunde zuvor angegossen hatte, noch nicht eingekocht war.

James lobte das Essen und beneidete seinen Freund Gordon um ‚diese gute Köchin'.

Und Lena dachte: ‚Das ist der erste Braten seit langem, der mir wirklich gut gelungen ist'. Diese Tatsache und James' Lob hoben ihre Stimmung beträchtlich. Und da er ihr sympathisch und sehr nett war, richtete sie ihre ganze Aufmerksamkeit auf ihn und sie flirtete sogar ein bisschen, was ihm durchaus zu gefallen schien.

Nach dem Essen räumte sie den Tisch ab und brachte die Küche in Ordnung, dann zog sie sich zurück – schließlich wollte sie den Bogen nicht überspannen. James bedankte sich für das gute Essen und die interessante Unterhaltung.

Lena strahlte ihn an und bedachte Gordon McNeil mit einem Blick, der besagen sollte: „Sehen Sie, dieser Mann hat wenigstens Manieren!"

Als sie eine Stunde später im Bett lag und den Abend Revue passieren ließ, wurde ihr bewusst, dass Gordon McNeil sehr wohl registriert hatte, dass sie mit James geflirtet hatte, und anhand seiner grimmigen Miene glaubte sie, dass ihm das ganz und gar nicht gefallen hatte. Wenigstens dieser kleine Triumph war ihr vergönnt.

K 14: Das war's dann wohl ...

Am nächsten Morgen, es war der Montag in der dritten Woche, war weder vom Professor noch von James etwas zu sehen. Sie richtete dennoch das Frühstück für zwei Personen und ging mit Tee und Toast in den Garten, um auf der Bank, die ihr Lieblingsplatz war, das kostenlose Vogelkonzert zu genießen.

Sie blieb eine Stunde draußen, wässerte die Beete und zupfte hie und da Unkraut. Als sie ins Esszimmer kam, war ein Gedeck benutzt, das andere nicht.

‚Auch gut', dachte sie, nahm sich Toast, Butter und Marmelade und schenkte sich eine zweite Tasse Earl Grey ein. Danach erledigte sie das Nötigste, dann packte sie eine Tasche für den Strand, weil ihr am Tag zuvor bewusst geworden war, dass sie trotz des warmen Wetters noch keinen einzigen richtigen Strandtag verbracht hatte, seit sie hier war.

Zu ihrer Überraschung traf sie dort Sally mit ihrer alten Freundin Moira. Die drei verbrachten einen schönen Tag miteinander, klönten, gingen spazieren und Lena schaffte es sogar, fast bis zu den Knien im Wasser zu stehen, das ihr gar nicht mehr so eisig vorkam.

Die beiden Frauen waren zwar etliche Jahre älter als Lena, aber sie waren nett, hatten eine gehörige Portion Humor und das Herz auf dem rechten Fleck, so dass es ein rundum unbeschwerter Tag wurde.

*

Am späten Nachmittag kam sie zurück, wusch ihre Badesachen aus und hängte sie auf, dann schälte sie Gemüse für den Eintopf, den sie für abends kochen wollte.

Sie registrierte zwischendurch, dass das Telefon klingelte, aber bis sie sich die Hände gewaschen hatte und in den Gang geeilt war, hörte sie, wie der Professor sich meldete. Sie schnippelte weiter und ließ dann die Brühe mit den Zutaten aufkochen. Sie schaltete gerade die Temperatur zurück, als Gordon McNeil in die Küche kam.

Er blieb in der Tür stehen, die Hände auf dem Rücken verschränkt, wie meistens. Als sie ihn fragend ansah, räusperte er sich. „Ich fürchte, Lucys

Knöchel hat sich schneller erholt als erwartet. Sie rief gerade an und teilte mir mit, dass sie ihre Arbeit wieder aufnehmen könne."

Lena fühlte sich, als habe sie jemand in vollem Lauf ausgebremst. Sie schluckte krampfhaft und versuchte, ihre Enttäuschung zu verbergen.

„Ab wann?" Sie würgte die Worte heraus.

„Sie kommt ab übermorgen wieder."

„Oh, so früh schon …" Es rutschte ihr heraus, ehe sie es schlucken konnte, und ihr Gesichtsausdruck hätte einem Halbblinden signalisiert, dass ihr diese Ankündigung alles andere als willkommen war. Während sich ihre Kehle zuschnürte und ihr klar wurde, dass das für gewöhnlich die Vorstufe zu einem Tränenausbruch war, versuchte sie unbekümmert zu klingen.

„Ich hätte ja sowieso in spätestens einer Woche hier aufhören müssen."

Bevor er bemerkte, wie es wirklich um sie stand, musste sie dort weg. Da er jedoch den Küchenausgang blockierte, drehte sie sich um und floh förmlich in den Garten hinaus.

Sie rannte den Pfad entlang, vorbei an den Kiefern, bis zum hinteren Ende. Dort war sie bisher noch nicht gewesen. Eine Tür, die schief in den Angeln hing, ging auf die Seitenstraße, die den Hügel hinauf zu einem Park führte. Sie glaubte, den Professor ihren Namen rufen zu hören. Aber sie wollte nur weg. Sie riss so lange an der Tür, bis sie quietschend nachgab, dann eilte sie den Weg hinauf.

Als sie an dem Flüsschen Nairn ankam, das durch den Park fließt, ließ sie sich keuchend auf einer Bank am Ufer nieder. Und da endlich fielen die erlösenden Tränen, die ihr fast den Atem genommen hatten.

Wie hatte sie nur so bescheuert sein und sich in diesen arroganten Schotten verlieben können? Was hatte sie sich denn vorgestellt? Dass er ihr die gleichen Gefühle entgegenbringen würde? Solch ein Blödsinn! So etwas passierte nur im Märchen.

Sie saß dort, mit tränennassem Gesicht, den würzigen Geruch von wildem Knoblauch in der Nase, der auf der Wiese neben der Bank wuchs, und fragte sich, was nun werden sollte.

In spätestens zwei Wochen musste sie zurück nach Deutschland. Die Aussicht auf ihr früheres Jugendzimmer und diese leidige Jobsuche, die ihr bevorstand, waren ihr schon jetzt zuwider. Aber es half nichts. Sie würde sich, sobald sie Arbeit hatte, ein Zimmer in einer WG suchen, aber dieses Mal in einer reinen Frauen-WG.

*

Sie blieb fast eine Stunde lang dort oben, dann ging sie langsam wieder zurück. Ein letztes gemeinsames Abendessen noch, das würde sie irgendwie überstehen müssen, ohne sentimental zu werden. Und während er frühstückte, würde sie ihre Taschen packen und von dort verschwinden. Der nächste Tag war ein Dienstag, da war der Professor erst abends zu Hause, also würde sie ihn jetzt bzw. in der Frühe zum letzten Mal sehen.

Bei diesem Gedanken kamen wieder die Tränen. Sie hatte gerade die Gartenpforte hinter sich geschlossen und war auf dem Weg ins Haus zurück. Stattdessen lehnte sie sich an den Stamm einer alten Kiefer im hinteren Teil des Gartens und heulte.

Sie wollte nicht weg, verdammt! Nicht von Schottland mit seinen freundlichen Menschen; nicht von dieser rauen Landschaft und dem Meer, das sich an jedem Tag in einer anderen Gestalt präsentierte; nicht von den lila-braunen Bergen der Highlands; nicht von der melodischen Sprache, die direkt in ihr Innerstes drang – nicht von Gordon, diesem unnahbaren und doch liebenswerten Mann, seinen blauen Augen, die ihr direkt in die Seele zu sehen schienen, und dem unwiderstehlichen Lächeln, das sie nur wenige Male hatte erleben dürfen.

*

Als sie sich beruhigt hatte, ging sie den Pfad entlang aufs Haus zu. Der Garten lag im Schatten, die Küche war leer, der Professor war nirgends zu sehen. Sie rührte den Eintopf um, dann rannte sie die Treppe hoch ins Bad und wusch ihr Gesicht. Die Augen waren vom Weinen geschwollen und rote Flecken bedeckten ihr Gesicht. Verzweifelt, weil sie nicht wollte, dass Gordon McNeil sehen würde, dass sie geweint hatte, kramte sie in ihrer Kosmetiktasche herum.

Schließlich fand sie ein Döschen mit Makeup, das sie als Probe geschenkt bekommen hatte. Normalerweise benutzte sie so etwas nicht, weil sie die Paste auf ihrer Haut nicht mochte. Aber jetzt deckte die hellbraune Farbe wenigstens zum Teil die Flecken ab. Sie atmete tief durch, dann ging sie wieder hinunter.

Sie rührte noch einmal die Gemüsesuppe durch, schnitt Brot auf und holte tiefe Teller. Alles schien wie in Zeitlupe abzulaufen. Sie deckte den Tisch, brachte das Brot und den Eintopf und stellte ihn auf den Untersetzer.

Es war alles fertig, es war kurz vor sieben, wo war er nur? Sonst war er immer pünktlich. Jetzt, wo sie wusste, dass sie nicht länger bei ihm bleiben konnte, wollte sie den Abschied so schnell wie möglich hinter sich bringen.

Draußen frischte der Wind auf. Sie stellte sich ans Fenster. Eine dunkle Wolkenbank schob sich vor die Sonne, in der Ferne hörte sie Donnergrollen. Der Ast einer Kiefer war abgebrochen und wirbelte über den Pfad in Richtung Gartentor.

Sie hörte, wie die Tür zum Esszimmer geöffnet wurde. Er war da. Sie wappnete sich innerlich. Nur jetzt keine Gefühle zeigen! Sie drehte sich um.

Er stand neben seinem Stuhl, die Hände auf dem Rücken, und sah zu ihr herüber. Sie hatte das Zimmer dunkel gelassen, nur die Beleuchtung der Vitrine warf ein schwaches Licht auf den gedeckten Tisch. Sie hoffte, dass er so nicht mitbekam, in welcher emotionalen Verfassung sie war und dass sie geweint hatte.

So konnte sie auch sein Gesicht nicht deutlich erkennen, was vielleicht auch besser war. Je genauer sie es sich einprägen würde, desto weher würde es tun, ihn vergessen zu müssen.

Da der Kloß in ihrem Hals wieder zu wachsen begann, drehte sie sich zum Fenster um. „Es wird wohl bald gewittern."

Sie bekam keine Antwort. ‚Sag etwas', dachte sie, ‚oder setz dich zumindest, damit wir diese Farce hier zu Ende bringen können'.

Er räusperte sich. „Lena, bringst du mir deine Sprache bei?"

Sie schluckte. Sie hatte erwartet, dass er etwas völlig anderes sagen würde, z.B. ‚Ich kann Sie morgen zum Bahnhof fahren, wenn Sie möchten'.

Oder: ‚Das Kuvert mit Ihrem restlichen Honorar liegt in der Küche‘.

Verblüfft drehte sie sich zu ihm um. Er stand nur noch zwei Meter von ihr weg.

„Ihnen Deutsch beibringen?“ Sie glaubte, den Anflug eines Lächelns zu sehen, aber es war zu dunkel, um es genau erkennen zu können.

Er nickte. „Aye!“

Sie begann zu schwitzen und schluckte krampfhaft. „Wie viele Wörter wollen Sie denn lernen?“

Er zog die Augenbrauen hoch. „Ach, viele. So viele wie möglich.“

Bildete sie es sich nur ein oder hatte sich der Sicherheitsabstand zwischen ihnen wieder verringert? Sein Blick, der ihren festhielt, war so intensiv, dass sie glaubte, innerlich zu brennen. Ihr Puls raste, ihre Zunge klebte am Gaumen. War es möglich, dass …?

Er trat noch einen Schritt näher.

„Aber das würde eine Weile dauern.“ Ihre Worte kamen als heiseres Flüstern heraus. Sie bekam kaum Luft.

Er trat einen weiteren Schritt näher, so dass er direkt vor ihr stand. „Das hoffe ich doch. Ich hoffe, es dauert eine ganz, ganz lange Weile!“

Und dann - endlich – küsste er sie.

Kapitel 15: Das Leben ist wunderbar – oder?

Am nächsten Morgen hatte Gordon es plötzlich eilig. „Ich lasse heute das Frühstück ausfallen, bin schon viel zu spät dran. Ich hab doch heute ein Gespräch mit dem Dekan unserer Fakultät.“ Er hastete in die Dusche.

Lena kuschelte sich in die Kissen und dachte daran zurück, dass sie vorhin in Gordons Schlafzimmer und in seinem Bett aufgewacht war statt in der Kammer im ersten Stock.

Sein Kuss vom Abend zuvor, der zunächst zärtlich war und dann immer fordernder wurde, hatte dazu geführt, dass beide das Abendessen nicht mehr als höchste Priorität angesehen hatten.

Wie sie schließlich in seinem Bett gelandet waren, wusste sie nicht mehr so genau. Sie erinnerte sich an seine Lippen auf ihrem Mund, ihrem Hals, ihren Brüsten; an seine Hände, die über ihren Körper wanderten und Gefühle in ihr auslösten, die sie so überwältigten, dass sie nur noch aus Begierde und deren Erfüllung bestand. Ihr ganzes Wesen, jede Zelle ihres Körpers verlangte nach diesem Mann, der ihr so vertraut schien, als habe sie ihn nicht erst zwei Wochen zuvor getroffen.

An diesem Morgen war sie aufgewacht und hatte sich, noch ganz verschlafen, gestreckt wie eine Katze. Dann hatte sie den Kopf gedreht und direkt in Gordons blaue Augen geschaut.

„Einen guten Morgen, meine Schöne!“ Er beugte sich zu ihr und küsste sie, dann zog er sie zu sich herüber, so dass ihr Kopf in seiner Armbeuge lag. Sie kuschelte sich an ihn, den linken Arm über seinem Bauch, und seufzte zufrieden.

Sein Zeigefinger fuhr zärtlich über ihre Wange. „Ich warte übrigens seit gestern Abend auf eine Antwort!“

Sie sah ihn fragend an. „Eine Antwort?“

„Aye. Wirst du hierbleiben und mir Deutsch beibringen?“

„Ich soll wirklich bleiben?“ Lena stützte sich auf einen Ellbogen und schaute Gordon amüsiert an. „Wie stellst du dir das vor?“

Er nahm eine ihrer schwarzen, vollen Locken und drehte sie um einen Finger. „Ganz einfach! Du holst deine Sachen aus dem Kabuff da oben und bringst sie hier runter. In der Kleiderkammer ist mehr als genug Platz dafür."

Lena lachte fröhlich. „Und weiter?"

„Nun, lass sehen..." Er zog sie zu sich herunter, küsste sie und drehte sie auf den Rücken. Sein Finger zog langsam eine imaginäre Linie von ihrer Wange über ihren Hals.

Dann flüsterte er: „Wenn ich dich zwischendurch aus dem Bett lasse, kannst du eigentlich tun, was du möchtest: an der Uni alle Kurse belegen, die dich interessieren; dir die interessanten Städtchen in der Umgebung ansehen, von mir aus auch Cawdor Castle, wenn es denn sein muss. Aber zuvor siehst du dir das Schloss in Inverness an, denn dort hat der historische Macbeth gelebt."

„Das weiß ich bereits, Herr Professor!", unterbrach sie ihn tadelnd.

Sein Finger fuhr bis zu einer Brustwarze und verweilte dort. Ein zweiter Finger kam zum Einsatz.

Lena stöhnte auf und bog ihm ihren Oberkörper entgegen.

„Du kannst an den Strand gehen, dich mit Sally treffen, wenn du magst; lesen, so viel du willst; Gälisch lernen. Und natürlich bringst du mir

Deutsch bei, z.B. ‚Bringst du mir ein Bier mit, Schatz‘? und ‚Komm endlich ins Bett‘.

Lena war keines klaren Gedankens mehr fähig. Sie war so erregt, dass sie kaum noch Luft bekam. „Gordon, bitte ...“ Es kam als heiseres Flüstern heraus.

Da glitt er auf sie und erlöste sie.

*

Als er aus dem Bad kam, bückte er sich zu Lena hinunter und küsste sie noch einmal ausgiebig. „Ich fahre jetzt in die Uni und du solltest es bis heute Abend um sechs schaffen, wenigstens angezogen zu sein. Ich bringe nämlich James mit. Wir müssen arbeiten.“

Lena setzte sich auf. „Was soll ich kochen?“

Er zog ein hellblaues Jackett über, das die Farbe seiner Augen hatte. „Du musst nichts kochen, du arbeitest ab sofort nicht mehr für mich. Wir können etwas bestellen.“

„Aber es macht mir nichts aus, ich koche gerne.“

„Dann denk dir etwas aus. Es schmeckt alles gut, was du bisher zubereitet hast.“ Er sah sie an. „Und du bist sicher, dass es in Ordnung für dich ist, wenn James mit uns isst?“

„Ja, klar, ich mag ihn.“

„So, so ...“ Er sah sie gespielt streng an. „Und wie sehr magst du ihn?“

Sie robbte im Bett nach vorne und zog ihn an seiner Krawatte zu sich herunter. „Nun, er ist zwar auch Schotte, aber ich mag ihn längst nicht so sehr wie einen gewissen Professor für Archäologie und so weiter.“ Dann küsste sie ihn genüsslich.

„Das will ich doch hoffen!“

*

Nachdem Gordon weg war, ging Lena in das Bad im ersten Stock, ließ Wasser in die Wanne einlaufen und schüttete Badeschaum mit Lavendel hinein. Während sie darauf wartete, dass die Wanne sich füllte, packte sie ihre Utensilien in den Kulturbeutel. Das war der einzige Nachteil daran, dass sie ab jetzt unten schlafen würde – ab und zu ein Vollbad zu nehmen war ein willkommener Luxus in ihrem Alltag gewesen. Obwohl, dachte sie,

Gordon hatte bestimmt nichts dagegen, wenn sie ab und zu hier badete.

Sie stieg in die Wanne und tauchte unter. Dann lehnte sie sich an den Rand und trällerte einen Song nach dem anderen vor sich hin. Sie fühlte sich so leicht und beschwingt wie seit langem nicht mehr. Sie blies in einen großen Schaumball hinein und genoss es, die Seifenpartikel wie bei einer Pusteblume in alle Richtungen fliegen zu sehen.

Sie schloss die Augen und dachte an die vergangene Nacht zurück. Es hatte sich so richtig angefühlt mit Gordon.

Unvermittelt schob sich die Erinnerung vor ihr inneres Auge, wie es war, wenn sie mit Erik Sex hatte. In der ersten Zeit, nachdem sie zusammengekommen waren, hatte sie meist einen Orgasmus gehabt. Danach eher selten. Um Erik nicht zu brüskieren bzw. um nicht als prüde zu gelten, hatte sie ihn oft nur vorgetäuscht.

Mit einem wohligen Schauder dachte sie wieder an die vergangenen Stunden mit Gordon zurück. Mit ihm hatte sich Liebe machen völlig anders angefühlt. Er war zärtlich und leidenschaftlich zugleich und sie hatte gar nichts vortäuschen müssen. Und jetzt fühlte sie sich ausgeglichen und im Reinen mit sich selbst. Sie hätte zerspringen können vor Glück! ‚Wer hätte das gestern Mittag vermutet', dachte sie.

Als das Wasser nur noch lauwarm war, trocknete sie sich ab, zog sich an und frühstückte in Ruhe. Dann beschloss sie, nach einigen dringenden Hausarbeiten – sie wollte Lucy schließlich keinen Saustall hinterlassen – einkaufen und vorher noch bei Sally vorbeizugehen. Ihr musste sie unbedingt von ihrem neuen Glück erzählen.

Verspätet dachte sie daran, dass sie auch ihre Mutter darüber informieren musste, dass sie plante, zunächst einmal in Schottland zu leben. Sie wusste zwar noch nicht, wie die Beziehung zu Gordon sich entwickeln würde, aber irgendetwas sagte ihr, dass er der Richtige war.

Als sie zwei Tage zuvor mit ihrer Mutter telefoniert hatte, hatte sie Lena darüber informiert, dass ein Schreiben der ADD gekommen war. Wie üblich, bekam sie einen zeitlich befristeten Vertrag, dieses Mal sogar nur bis Ende Januar 2015, und sie hätte nur sechzehn Wochenstunden.

Das war kein Anreiz, nach Deutschland zurückzugehen, einmal ganz abgesehen davon, dass sie sich nicht mehr vorstellen konnte, ohne Gordon zu sein.

Dennoch, dachte sie, musste sie für ein paar Tage nach Deutschland zurück, um wenigstens ein paar Kleidungsstücke und persönliche Dinge einzupacken, das Finanzielle zu regeln, vor allem auch, um bei der Bank den Dauerauftrag für die halbe Wohnungsmiete für Erik zu löschen.

*

„Nein!“ Sally schlug die Hände vors Gesicht, dann lachte sie und umarmte Lena stürmisch. „Mädchen, das glaub ich jetzt nicht! Ist das super! Du und unser Professor ...“ Sie hielt Lena von sich weg und sah sie liebevoll an. „Das habt ihr euch beide verdient, aber sowas von!“

Sie setzte sich wieder hin und wischte sich verstohlen eine Träne aus dem Augenwinkel. „Ich freu mich so für euch, denn ich war richtig traurig, dass du weggehen würdest. Ich hab dich nämlich inzwischen in mein Herz geschlossen.“

Auch Lena kämpfte mit den Tränen. „Ich dich auch. Und ich hätte dich sehr vermisst! Und Horace und Nairn und – naja, Gordon hätte mir sehr gefehlt.“ Beim letzten Wort schluchzte sie auf und ohne Überleitung saß sie plötzlich da und heulte zum Gotterbarmen.

„Na, na, ist ja gut.“ Sally setzte sich neben sie und strich ihr über die Haare. „Dich hat's ganz schön erwischt, hm?“ Lena nickte stumm. „Muss ein ziemlicher Schock für dich gewesen sein, als du hörtest, dass Lucy schon eine Woche früher als geplant zurückkommt.“

Lena schniefte. „Ich war so verzweifelt, Gordon verlassen zu müssen. Mir war zuvor nicht klar gewesen, wie viel er mir bedeutet.“

Sally grinste. „Nun, ich hab schon bemerkt, dass du dich in ihn verguckt hast. Und dass du ihm nicht gleichgültig bist, hab ich auch vermutet. Spätestens, als er bei dem Ceilidh auftauchte, war mir das klar. Aber dass er noch rechtzeitig die Kurve kriegt und dich festhält, überrascht mich schon.“

Lena war plötzlich verunsichert. „Meinst du, er meint es ernst, dass ich bleiben soll?“

Sally sah sie verwirrt an. „Ja, sicher, Mädchen. Du kennst ihn doch inzwischen gut genug, um zu wissen, dass er meint, was er sagt. Wenn er denn etwas sagt.“

Sie lachten beide.

„Und wenn er will, dass du bleibst, redet er nicht nur von ein paar Tagen. Er meint natürlich für immer!“

„Naja, abwarten.“ Lena war noch skeptisch. „Im Moment sind wir beide euphorisch. Aber wir kennen uns doch kaum. Vielleicht passen wir gar nicht zusammen, das muss sich erst noch zeigen.“

*

Sie hatte mit Gordon vereinbart, auf kurz nach sechs zu kochen, so dass die beiden Männer danach ohne Unterbrechung würden arbeiten können. Sie wollte Geschnetzeltes mit Nudeln und Salat zubereiten. Das Gericht kannte Gordon noch nicht und sie hoffte, es würde ihm schmecken.

Viertel vor sechs hatte sie gerade den Tisch fertig eingedeckt, als es klingelte. Überrascht blickte sie auf. Hatte er etwa den Schlüssel vergessen? Sie ging zögerlich zur Haustür und öffnete.

Eine gutaussehende Frau stand vor ihr. Lena schätzte sie auf etwas älter als vierzig. Sie trug ein dunkelbraunes Leinenkleid, war schlank, hatte dunkelblonde Haare, die ihr bis auf die Schulter reichten, und schön geformte braune Augen.

Beide starrten sich zunächst an, dann schaute die Frau verunsichert drein. „Entschuldigung, habe ich mich in der Hausnummer geirrt? Hier wohnt doch Gordon, ich meine, Professor McNeil?“

‚Sie nennt ihn beim Vornamen‘, dachte Lena, und sagte: „Sie haben sich nicht geirrt. Aber Professor McNeil“ – sie benutzte ganz bewusst den Nachnamen – „ist noch nicht zu Hause.“

„Ach so.“ Die Frau sah Lena nachdenklich an, dann streckte sie ihr die Hand hin. „Entschuldigen Sie, ich habe mich noch nicht vorgestellt. Ich bin Diane Frazer, eine Kollegin von Gordon.“

Lena nahm die dargebotene Hand. Sie war kühl trotz der hohen Außentemperatur. Sie dachte zwar, ‚Wer bist du wirklich‘, aber sie sagte höflicherweise: „Freut mich, Sie kennenzulernen. Ich bin Lena Kiefer. Ich habe hier ausgeholfen, weil die Haushälterin krank war.“

Das entsprach inzwischen nicht mehr ganz den Tatsachen, aber was sonst hätte sie sagen sollen? ‚Ich bin seine neue Freundin‘ hätte eigenartig geklungen, also hatte sie sich für die einfache Version entschieden.

Diane hatte Lena ihrerseits von oben bis unten gemustert. Jetzt lächelte sie, etwas herablassend, wie Lena dachte. „Ach so, ich hatte mich schon gewundert, wieso Lucy nicht geöffnet hat. Nun -“ Sie sah auf den Stapel Unterlagen in ihrer Hand. „Gordon hat das heute Morgen bei mir liegen gelassen. Und ich glaube, er braucht es, wenn er später mit James arbeitet.“

Lena dachte ‚heute Morgen‘ und ‚bei mir‘? Diese Frau war definitiv Konkurrenz! Aber sie gab sich einen Ruck und trat zur Seite. „Möchten Sie vielleicht hereinkommen und auf Gordon warten? Er müsste jeden Augenblick heimkommen.“

Bei ‚Gordon‘ und ‚heimkommen‘ zog Diane die Augenbrauen hoch, sagte aber nur: „Gern, wenn es Ihnen nichts ausmacht.“ Und schon ging sie an Lena vorbei und, ohne zu fragen, ins Wohnzimmer.

‚Sie kennt sich also hier aus‘, dachte Lena, inzwischen doch ziemlich beunruhigt.

Als sie die Haustür schließen wollte, öffnete sich das Garagentor und ein grüner Bentley glitt schnurrend in die Einfahrt. Hinter ihm parkte ein schwarzer Mercedes, den Lena als James’ Auto wiedererkannte.

Sie drehte sich um und rief in Richtung Wohnzimmer: „Da sind sie!“, in der Hoffnung, dass diese Frau herauskommen, die Unterlagen abliefern und gleich wieder verschwinden würde. Aber weder kam sie noch gab sie Lena eine Antwort.

Inzwischen war Gordon in die Garage gefahren und James aus dem Auto gestiegen. Als er Lena an der Tür stehen sah, winkte er und lachte. „Hallo Lena, schön, dich zu sehen!“

Sie lächelte zurück. „Ich freue mich auch, dich wiederzusehen!“

Er kam die Stufen herauf und begrüßte sie mit Küsschen auf beide Wangen. Dann gingen sie hinein. Gordon kam durch die Tür in der Garage. Er stellte seine Aktentasche neben den Schuhschrank, strahlte Lena an und sagte: „Hm, es riecht gut!“

Lena war etwas enttäuscht, dass er sie nicht küsste, aber vielleicht mochte er diese Zurschaustellung seiner Gefühle gegenüber anderen nicht, nicht einmal, wenn es sich um seinen Freund handelte.

„Vor einigen Minuten ist eine Frau gekommen, die sagte, sie sei deine Kollegin.“ Lena musterte ihn kritisch.

Gordon sagte verwirrt: „Meine Kollegin? Ich erwarte niemanden!“, als in der Tür zum Wohnzimmer Diane erschien.

„Hallo, ihr beiden!“ Sie lächelte charmant.

„Ach, Diane!“ Gordon ging ihr entgegen. „Das ist eine Überraschung!“

Lena dachte: ‚Sie lächelt richtiggehend verführerisch‘.

James, der hinter Lena stand, errötete bis unter die Haarwurzeln und dachte: ‚Heute ist mein Glückstag‘.

Diane ging auf Gordon zu und sagte: „Du hast deine Unterlagen über die Frankreich-Sache liegen gelassen. Die braucht ihr doch jetzt, oder?“

Lena war in die Küche gegangen, James kam hinter Gordon her. Er lachte Diane freudig an. „Grüß dich. Welch eine schöne Überraschung, dich hier zu treffen!“

Er ging an Gordon vorbei, der seine Unterlagen entgegennahm, fasste Diane an den Schultern und hauchte Küsschen auf ihre Wangen.

Sie bedachte ihn mit einem netten Lächeln. „Hallo, James, ich freue mich auch, dich zu sehen!“

„Und dafür bist du extra hierhergefahren?“, fragte Gordon. „Das ist sehr lieb von dir.“

Diane zuckte mit den Schultern. „Kein Problem. Ich war vorhin am Strand, das habe ich schon lange nicht mehr gemacht. Insofern hat sich der Weg gelohnt."

„Kommt, lasst uns ins Wohnzimmer gehen, anstatt hier blöd im Gang herumzustehen." Gordon bugsierte die beiden hinein. „Ich bin gleich wieder da."

Er lief durch den Essraum in die Küche, wo Lena in einem Topf rührte. Er ging zu ihr, drehte sie zu sich herum und küsste sie hungrig. Dann hielt er sie ein Stück von sich weg und lächelte sie liebevoll an. „Ich hab dich vermisst!"

„Ich dich auch!" Sie war etwas besänftigt.

Er presste sie an sich und küsste sie wieder. „Ich bin zwar hungrig und wir haben Gäste. Aber rate mal, was ich jetzt am liebsten tun würde." Seine Hand fuhr ihren Rücken hinunter.

Lena atmete tief ein. „Falls du die gleiche Fantasie hast wie ich, vermute ich mal, dass es nichts mit Essen zu tun hat."

Seine Zunge wanderte ihre Lippen entlang. „Richtig geraten." Er löste sich widerstrebend von ihr. „Apropos Gäste: Hast du genug gekocht, so dass Diane mitessen kann? Sie hat extra meine Unterlagen vorbeigebracht, weil ich sie nachher brauche. Sie wohnt ja in Inverness und somit nicht gerade um die Ecke. Ich würde mich gerne bei ihr bedanken, indem ich sie zum Essen einlade. Ist das okay?“

Lena drehte sich wieder zum Herd um, damit er ihre Enttäuschung nicht sah. „Ja, sicher, es ist genug für alle da.“

„Super! Und wann essen wir?“

„Es ist praktisch fertig. Ich lege noch ein Gedeck auf, dann bringe ich den Salat.“

Diane freute sich. „Tja, also, wenn es keine Umstände macht, bleibe ich gern.“

James rückte ihr den Stuhl gegenüber von sich zurecht. „Freu dich auf ein köstliches Essen. Letztes Mal hat Lena hervorragend gekocht.“

„Du kennst diese Frau?“, fragte Diane überrascht. Sie beäugte ihn kritisch.

James musste lächeln. „Ja, ich war am Sonntag schon einmal zum Essen hier. Da gab es deutschen Braten, und der schmeckte himmlisch!“

Gordon hatte inzwischen eine Flasche Wein aus der Vorratskammer geholt. „Lena hat Kalbfleisch für uns zubereitet, dazu passt ein trockener

Weißwein, wie sie mir sagte.“ Er holte vier Gläser aus der Vitrine.

Diane schaute verblüfft zu, als er sie auf dem Tisch verteilte. Dann ging er in die Küche.

„Isst diese Frau denn auch mit?“, fragte sie.

James sah sie irritiert an. „Warum denn nicht? Sie ist doch keine simple Hausangestellte, und wir leben nicht mehr im 19. Jahrhundert.“

„Ich dachte, sie vertritt Lucy“, sagte Diane.

„Nun, sie ist eine deutsche Touristin, die zufälligerweise gerade zur Stelle war, als Lucy ausfiel. Eigentlich ist sie Lehrerin für Englisch und Geschichte an einem Gymnasium.“

Diane hob die Hände vors Gesicht. „Oh je, wie peinlich! Ich fürchte, ich habe sie behandelt, als sei sie ein Lakai. Das tut mir leid.“

In diesem Moment kamen Gordon und Lena herein. Er trug eine Schüssel mit Nudeln, sie den Salat. Als sie die Terrine mit dem Fleisch geholt hatte, stellte sie einen weiteren Teller nebst Besteck vor Diane hin und faltete eine Serviette.

Diane bedankte sich. „Lassen Sie, das kann ich doch selbst tun. Ich hatte ja keine Ahnung, dass Sie hier nur freundlicherweise ausgeholfen haben. Ich dachte, Sie seien eine – nun ja, Haushälterin oder so."

Lena lächelte und setzte sich gegenüber von Gordon hin. „Nein, bin ich nicht. Und ich bin froh, dass ich diesen Job nicht auf Dauer ausführen muss. Ich hatte zwar einen guten Arbeitgeber" – sie sah zu Gordon und grinste frech – „aber auf Dauer gesehen hätte ich mich geistig etwas unterfordert gefühlt."

Sie reichte Diane die Salatschüssel. „Bitte, bedienen Sie sich doch!"

„Wann kommt Lucy wieder?", fragte James und nahm die Schüssel von Diane entgegen.

„Sie sagte, morgen", meldete sich Gordon zu Wort. „Ich hoffe, ihr Knöchel ist schon wieder so belastbar, dass sie ihre Arbeit hier verrichten kann."

„Naja, ich kann ihr doch anfangs noch zur Hand gehen", meinte Lena.

Diane sah sie mit großen Augen an. „Dann bleiben Sie noch hier, obwohl Lucy wiederkommt?"

Aller Augen waren auf Lena gerichtet. ‚Sag etwas', flehte sie Gordon stumm an.

Er räusperte sich. „Lena plant, noch zu bleiben. Sie möchte sich gern einiges in der Umgebung ansehen. Schließlich gibt es hier viele geschichtsträchtige Stätten, die es sich anzuschauen lohnt."

Während Lena ihren Salat hinunterwürgte, dachte sie: ‚Da hat Gordon sich aber schön herausgehalten. Wieso sagt er nicht, dass wir zusammen sind'?

„Du solltest unbedingt weiter in den Norden hochfahren", sagte James jetzt. „Dingwall, Tain und Dornoch bis hoch zu John o' Groats. Das sind ganz entzückende alte Städte."

Lena nickte. „Das hatte ich mir bereits vorgenommen."

James neigte sich ihr zu und sagte verschwörerisch: „In Tain gibt es eine der größten Whiskybrennereien in ganz Schottland. Und sie machen einen hervorragenden Whisky. Davon musst du unbedingt versuchen."

„Das können wir gleich nach dem Essen tun", warf Gordon lächelnd ein. Er sah zu Lena, die allerdings bewusst seinen Blick mied.

Danach drehte sich die Unterhaltung um allgemeines. Lena beteiligte sich kaum daran. Ihr war klar, dass die Situation für Gordon nicht einfach war. Schließlich hatten sie erst am Abend zuvor zusammengefunden, aber er hätte so etwas sagen können, wie: ‚Lena und ich haben uns ineinander verliebt, deshalb bleibt sie'. Dass er es nicht tat, konnte daran liegen, dass er über Privates nicht gern sprach.

Es war aber auch möglich, dass es ihm mit seinem Angebot, dass sie bleiben solle, nicht so ernst war, wie Lena angenommen hatte. Und vor dieser Diane wollte er offenbar nicht zugeben, dass Lena für ihn mehr war als die Vertretung seiner Hausangestellten.

Bevor sie das Dessert brachte, stellte Lena das schmutzige Geschirr in die Spülmaschine. James kam in die Küche, um ihr zu helfen. „Das musst du nicht", wehrte Lena ab.

Er grinste sie an. „Du auch nicht! Ab morgen ist ja Lucy wieder da."

Lena nahm ihren ganzen Mut zusammen. „Kennst du Diane schon länger?"

„Ja, etwa seit zwei Jahren, als sie anfing, für die Uni in Inverness zu unterrichten. Sie ist im gleichen Fachbereich wie Gordon, und die beiden haben oft miteinander zu tun, weil ihre Themen sich überschneiden. Da ergibt es sich schon mal, dass man sich auch privat trifft, zum Essen, z.B."

Lena sagte nichts mehr und dachte: ‚Aha, man trifft sich also auch privat'. Und was genau bedeutete das?

Sie brachte den Schokoladenpudding und die Erdbeeren in den Essraum. Nachdem alle begeistert ihr Dessert verspeist hatten, stand sie auf.

„Ich lasse euch dann mal allein, ihr habt schließlich noch viel zu tun." Und mit einem deutlichen Blick zu Diane, der besagte: ‚Verschwinde endlich', ging sie in die Küche.

„Tja", Diane stand auf. „Dann gehe ich auch mal wieder. Es ist schon ziemlich spät, und ihr beiden solltet jetzt wirklich anfangen."

Die Männer standen auch auf. „Es tut mir leid, Diane." Gordon lächelte sie entschuldigend an. „Normalerweise könnten wir uns jetzt einen schönen Abend machen. Aber, ehrlich gesagt, würde ich diesen Artikel gerne abschließen, bevor die Ferien und damit die Korrekturen beginnen."

Auch James machte ein enttäuschtes Gesicht. Er hätte es definitiv vorgezogen, jetzt nicht mit Gordon arbeiten zu müssen, sondern sich mit ihm, Lena und Diane ins Wohnzimmer zurückzuziehen. Vielleicht hätte es sich sogar ergeben, dass er sich auf der Couch neben sie hätte setzen können.

Er schluckte seine Enttäuschung hinunter und sagte: „Ein anderes Mal klappt es bestimmt. Wir sollten wieder einmal miteinander essen gehen. Vielleicht hat Lena ja Lust, uns zu begleiten."

Gordon lächelte überrascht. „Gute Idee, James!"

Diane dachte: ‚Was finden die beiden nur an dieser Lena? Sie ist doch viel zu jung'! Dann sagte sie: „Also, Jungs, viel Spaß beim Arbeiten!", holte ihre Handtasche aus dem Wohnzimmer und ging kurz in die Küche. „Das Essen war sehr lecker."

Lena sah nur kurz vom Spülen auf. „Danke." Sonst sagte sie nichts.

Diane verabschiedete sich von James und Gordon, dann ging sie widerstrebend.

Lena sah ihr vom Küchenfenster aus zu, wie sie in einen weißen Mini stieg, und dachte: ‚Arrogante Ziege! Wie kann Gordon nur mit dir zusammenarbeiten'? Irgendwie fühlte sie sich bei den dreien minderwertig, so, als gehöre sie nicht dazu und könne ihnen nicht das Wasser reichen.

Als sie fast fertig war mit Abtrocknen, kam Gordon herein. Er sah sie tadelnd an. „Das ist nicht deine Aufgabe, Schatz. Das macht ab sofort Lucy und du hast Hausarbeitsverbot!"

Er sah sie streng an, milderte seinen Vorwurf aber mit einem langen Kuss. Dann holte er eine Flasche Mineralwasser aus der Speisekammer. “Lena, ich fürchte, du wirst dich heute Abend allein beschäftigen müssen. James und ich haben jetzt echt zu tun."

„Ich weiß, und ob du's glaubst oder nicht, mir wird nicht langweilig werden!" Sie sagte es ziemlich schnippisch.

Gordon runzelte die Augenbrauen, ging dann aber ohne Kommentar hinaus, um James in der Bibliothek Gesellschaft zu leisten.

*

In denkbar schlechter Laune ging Lena mit einem Glas Wein die Treppe hinauf, zog sich aus und legte sich in der Kammer aufs Bett. Sie nahm sich den

Roman von Nigel Tranter vom Nachttisch und begann zu lesen. Sie versuchte es zumindest. Aber sie konnte sich nicht wirklich auf das konzentrieren, was sie las, zu sehr hatte sie sich heute Abend geärgert.

Sie war frustriert. Und enttäuscht. Und … ach, irgendwie hatte sie sich den Abend anders vorgestellt. Sollte er sie doch suchen, wenn James später ging. Wenn er sie vor anderen schon nicht wie seine Partnerin behandelte, konnte sie genauso gut die Nacht hier oben verbringen.

Jedenfalls hatte sie nicht vor, sich in seinem Schlafzimmer ins Bett zu legen, um dort auf ihn zu warten. Das hätte so gewirkt, als wolle sie unbedingt mit ihm schlafen. ‚Das will ich ja auch', dachte sie, ‚aber zeigen werde ich ihm das nicht'.

Trotzig blätterte sie einige Seiten zurück und begann, das Kapitel noch einmal von vorne zu lesen, in der Hoffnung, sich besser darauf konzentrieren zu können.

Kapitel 16: Sexuelle Not

Gordon saß mit James bis kurz vor elf über den Unterlagen, die sie im Detail durchgingen. Dann hatten sie alles Wichtige besprochen und hörten erleichtert auf. Sie waren müde, es war ein langer Tag gewesen.

„Trinkst du noch einen wee dram, bevor du fährst? Sozusagen, um uns noch etwas Gutes zu tun?“

James nickte. „Das ist eine hervorragende Idee, da sag ich nicht nein.“

Sie gingen ins Wohnzimmer und Gordon schenkte ihnen beiden ein gutes Maß des honigfarbenen Wassers des Lebens ein. Alle Zimmer waren dunkel und von Lena keine Spur zu sehen.

„Wollen wir nicht Lena fragen, ob sie uns Gesellschaft leisten möchte?“, fragte James. „Wo steckt sie eigentlich?“

Gordon zuckte die Schultern. „Tja, gute Frage. Ich habe keine Ahnung, aber es ist ziemlich spät. Vielleicht ist sie schon zu Bett gegangen.“

Sie prosteten sich zu, dann sagte James: „Wie hat es sich ergeben, dass sie noch bleibt? Ich meine, ich freue mich darüber, sie ist sehr nett. Und ich hoffe, dass ich sie noch einmal sehe, bevor sie wieder nach Hause zurückkehrt."

Gordon schwenkte seinen Whisky im Glas. „Nun, ich wollte eigentlich noch nicht darüber sprechen, weil alles noch so frisch ist, aber wie es aussieht, wird Lena wohl noch eine ganze Weile hier sein." Als James ihn fragend ansah, lächelte er sanft. „Wir haben uns ineinander verliebt und ich habe ihr vorgeschlagen, doch einfach zu bleiben."

James schlug sich auf die Schenkel. „Mann, das ist ja super! Wieso rückst du denn jetzt erst damit raus? Das hättest du doch vorhin schon sagen können."

Gordon zog die Augenbrauen hoch. "Wie denn? Das alles hat sich erst gestern Abend ergeben, und ich bin nicht einmal sicher, ob sie auch wirklich auf Dauer bleibt. Ich meine, im Moment gefällt es ihr hier, aber ich weiß nicht, ob sie sich vorstellen kann, für immer hier zu leben. Schließlich sind ihre Familie und Freunde in Deutschland."

„Und vielleicht wartet dort auch ein Mann auf sie?", warf James ein.

Gordon schüttelte den Kopf. „Ich glaube eher nicht. Sie ist wohl relativ spontan aus ihrer bisherigen Wohnung ausgezogen und sie sagte mir auf meine Nachfrage hin, dass sie momentan weder berufliche noch private Verpflichtungen habe. Aber ich weiß nichts Genaues."

James hob sein Glas. „Dann drücke ich dir feste die Daumen, dass sie sich in dich genauso verliebt hat wie du dich in sie."

„Danke!" Gordon prostete ihm wieder zu. „Und was ist mit dir, alter Freund? Willst du dein Singledasein nicht auch einmal aufgeben? Du bist schließlich ein Mann in den besten Jahren, und wir werden alle nicht jünger."

James wiegte den Kopf hin und her. „Das ist nicht so einfach. Aber es gibt da schon eine Frau, die mich interessiert."

„Ach ja?" Gordon setzte sich überrascht auf. „Und wer ist sie? Kenne ich sie?"

James verzog spöttisch sein Gesicht. „Du kennst sie sogar ziemlich gut." Als Gordon ihn fragend musterte, seufzte er. „Naja, ich dachte eigentlich, es sieht jeder, dass ich in sie verliebt bin, und zwar seit dem ersten Tag, als du sie mir vorgestellt hast." Er gab sich einen Ruck. „Ich rede von Diane."

„Diane?“ Gordon sah man seine Verblüffung deutlich an. „Das ist ja eine Überraschung! Aber klar, sie ist eine nette Frau.“ Er schüttelte den Kopf. „Mann, das ist ja ein Ding! Hast du es ihr gesagt?“

James schüttelte den Kopf. „Nein, sie weiß es nicht.“

„Oh …“ Er musterte seinen Freund. „Und wieso nicht? Du bist zwei Jahren in sie verliebt und du hast es ihr nicht einmal gesagt? Ich glaube nicht, dass sie das weiß“, sagte er nachdenklich.

„Nun, es ist nicht jeder so mutig wie du!“, entgegnete James entrüstet.

„Ha!“ Gordon schlug sich auf die Schenkel. „Ich hab lange genug gebraucht!“ Als James zweifelnd die Augenbrauen hochzog, setzte er hinzu: „Naja, Lena hat mir auf Anhieb gefallen. Und dann habe ich sie ja jeden Tag gesehen. Ich saß oft in der Bibliothek und sollte eigentlich arbeiten. Stattdessen erging ich mich in sexuellen Fantasien. Aber ich hatte nicht den Mut, sie umzusetzen. Ich meine, ich kannte sie ja kaum.“

„Und wodurch hat sich das Blatt gewendet?“, fragte James interessiert.

„Durch Lucys Anruf, dass sie eine Woche früher als geplant ihre Arbeit wieder aufnehmen könne.

Mein erster Gedanke war: ‚Oh nein, dann geht Lena weg'. Aber ich konnte doch nicht zu Lucy sagen: ‚Machen Sie ruhig noch eine Woche krank'! Ich habe Lena dann gleich darüber informiert und sie – naja, sie versuchte, unbekümmert zu klingen. Aber sie hat mich angesehen wie ein waidwundes Reh, und noch ehe ich etwas dazu sagen konnte, rannte sie raus in den Garten. Ich bin ihr hinterher gelaufen und rief sie, aber sie reagierte nicht." Er schüttelte den Kopf. „Ich wusste, dass sie irgendwann wieder zurückkommen würde. Also ging ich an meinen Schreibtisch und überlegte, wie ich sie zum Bleiben überreden könnte."

James beugte sich vor. „Und wie hast du das geschafft?"

Gordon zuckte mit den Schultern. „Ich habe sie gefragt, ob sie mir Deutsch beibringt." Er grinste verlegen. „Nicht sehr einfallsreich, fürchte ich. Aber es hat funktioniert, sie hat zugestimmt."

James lachte vergnügt. „Ach, ist das herrlich!" Er trank seinen Whisky aus, dann wurde er wieder ernst. „Tja, aber so einfach ist es bei Diane und mir nicht. Ich meine, soll ich vielleicht zu ihr sagen: ‚Diane, hör zu, ich bin schon seit dem ersten Tag, als wir uns begegnet sind, in dich verliebt. Ich finde dich hübsch, attraktiv, charmant, witzig und einfach umwerfend‘.“

Gordon nickte. „Vielleicht zählst du nicht gleich all diese Eigenschaften auf, aber vom Prinzip her schon.“

„Wie bitte?“ James beugte sich aufgeregt vor. „Das kann ich doch nicht tun. Stell dir mal vor, sie ist in jemand anderen verliebt oder sie mag mich überhaupt nicht, findet mich langweilig, öde, sonst wie doof, was weiß ich. Diese Ablehnung könnte ich gar nicht gut verkraften.“

„Dieses Risiko wirst du eingehen müssen. Ich habe keine Ahnung, wie Diane über dich denkt. Ich weiß nur, dass sie keinen festen Freund hat. Sie hat mir, kurz nachdem sie zu uns kam, bei einer Fete in der Uni erzählt, dass sie sich von ihrem Mann getrennt hat, und um einen neuen Lebensabschnitt anzufangen, kam sie hierher.“

„Sie ist noch verheiratet? Das hat sie nie erwähnt!“

Gordon schüttelte den Kopf. „War, die Scheidung ist längst durch. Aber ich habe keine Ahnung, ob sie sich wieder fest binden will.“

„Tja …“, meinte James zweifelnd. „Aber wenn sie sich für mich interessieren würde, hätte sie das doch bestimmt schon irgendwann einmal gezeigt.“

Gordon sah nachdenklich vor sich hin. „Nun, vielleicht hat sie ja doch jemanden. Aber ich würde es trotzdem wagen; nimm einfach deinen Mut zusammen und lad sie mal ein.“

James lächelte schief. „Ich weiß nicht, ob ich mich das traue.“

*

James fuhr kurz danach weg. Gordon trug die Gläser in die Küche und ging hinüber ins Schlafzimmer. Es war zu dumm, dass es so spät geworden war. Er hätte Lena am liebsten vor ein paar Stunden, als er heimgekommen war, ins Bett gezerrt und sie leidenschaftlich geliebt. Er sehnte sich so sehr nach ihr, dass es ihn schon beinah erschreckte. Was hatte diese junge Deutsche nur mit ihm angestellt?

Er schlich auf Zehenspitzen ins Bad, zog sich aus, putzte die Zähne und ging nach kurzer Überlegung ohne Pyjama ins Schlafzimmer. Er würde ihn wahrscheinlich sowieso nicht gleich brauchen. Ob

Lena schon eingeschlafen war? Er wusste nicht, ob er es wagen konnte, sie zu wecken. Aber er war so angetörnt, dass er glaubte, nicht bis zum Morgen warten zu können.

Zunächst konnte er im Dunkeln nichts ausmachen, aber bald gewöhnten sich seine Augen an die Schwärze. Nanu, die Fensterläden waren noch offen; wieso hatte sie die nicht geschlossen? Es war immerhin kurz vor Mitternacht. Er schloss sie, dann sah er zum Bett hinüber und blieb erschrocken stehen. Es war leer!

Wo steckte sie denn nur, zum Kuckuck? „Lena?"

Keine Antwort. Nun zog er im Bad doch seinen Schlafanzug an. Ob sie in ihrer Kammer war? Aber wieso das denn? Diese Zeiten waren ja nun endgültig vorbei. Er schlich in den Gang hinaus und mit nackten Füßen die Treppe hoch.

Oben klopfte er an ihre Tür. „Lena? Bist du da drin?" Zögerlich trat er ein.

Sie lag auf dem schmalen Bett, das Buch von Nigel Tranter aufgeschlagen neben sich, wohin es offenbar gerutscht war, als sie eingeschlafen war. Die Nachttischlampe brannte noch. Ihre Haare lagen verwuschelt über ihrer linken Wange und der eine Arm war nach oben gebeugt wie bei einem kleinen Kind. Ihr T-Shirt war hochgerutscht und gab den Blick auf ihren Magen und den Bauchnabel frei. Der Anblick sorgte dafür, dass sein Glied noch steifer wurde.

Er blieb vor ihrem Bett stehen und überlegte, was er nun tun sollte, dann zog er vorsichtig den Roman aus ihren Fingern und legte ihn auf den Nachttisch.

Sie murmelte etwas vor sich hin und drehte sich zur Seite, weg von ihm. Entschlossen, nicht so schnell aufzugeben, flüsterte er: „Rutsch mal ein Stück“, und schubste sie sacht in Richtung Wand. Dadurch war gerade genug Platz für ihn frei, um sich neben sie zu quetschen. Er lag auf der Seite und legte seinen linken Arm über ihre Hüfte. Wenn er sich in der Nacht drehen würde, fiele er aus dem Bett. Wie konnte jemand nur solch eine schmale Schlafstatt bauen?

Er küsste sanft ihr linkes Schulterblatt, während sein Glied in der Pyjamahose neugierig eine Möglichkeit suchte, dahin zu gelangen, wo es jetzt am liebsten gewesen wäre.

Er strich ihre Haare über dem Ohr weg und steckte seine Zunge in die Muschel. Vergebens. Sie brummte zwar wieder etwas vor sich hin, was er nicht verstand, aber sie wachte einfach nicht auf.

Frustriert und zutiefst enttäuscht drehte er sich zentimeterweise um, so dass er mit dem Rücken zu ihr lag. Er würde sie jedenfalls nicht alleine hier oben schlafen lassen. Aber seine Erektion würde wohl oder übel bis zum nächsten Morgen warten müssen.

*

Um halb sechs war für Gordon die Nacht vorbei. Er hatte versucht, irgendeine Liegeposition zu finden, die einigermaßen bequem war, aber dies war in dem schmalen Bett einfach nicht möglich. Gegen Morgen war er aus schierer Erschöpfung für etwa eineinhalb Stunden weggesackt, aber nachdem ein starker Harndrang ihn zwanzig nach fünf weckte, war an Schlaf nicht mehr zu denken.

Als er aus dem Bad zurückkam, fiel ihm schlagartig ein, dass ja Lucy an diesem Tag wieder ihren Dienst aufnehmen würde. Und sie kam, wie gewöhnlich, bestimmt schon kurz nach sieben. Er musste heute nicht in die Uni, somit würde sie das Frühstück für acht Uhr richten. Es wäre nicht auszudenken, wenn sie ihn und Lena hier oben erwischen würde.

Er sah auf Lena hinunter. Sie hatte sich wieder auf die Seite gedreht und streckte ihm ihren Po entgegen. Ihr Slip war auf einer Seite heruntergerutscht, und Gordons mühsam bezwungene Begierde erwachte von neuem. Er zog sich aus, drehte sie an der Schulter auf den Rücken und legte sich auf sie. Die Schonzeit war vorbei!

Lena tauchte ganz allmählich aus einem Traum auf, den sie gar nicht verlassen wollte. Sie träumte, dass sie im Bett lag, Gordon war über ihr und liebkoste sie.

Sie stöhnte und murmelte: „Bitte mach weiter."

Der Traum schien sich überraschenderweise nach ihrem Wunsch zu richten, denn Gordon tat genau das. Die Gefühle, die sie überschwemmten, wurden so intensiv, dass sie glaubte, sie nicht mehr aushalten zu können. In diesem Moment spürte sie, wie er in sie eindrang.

„Oh Gott, ja!"

Sie öffnete plötzlich die Augen und sah zu ihrer Verblüffung, dass Gordon wirklich über ihr war und sich rhythmisch in ihr auf- und ab bewegte.

„Was tust du da?"

„Ich befolge deine Anweisungen“, presste er zwischen den Zähnen hervor.

„Aber ich habe doch geschlafen.“

„Das kam mir in den letzten Minuten nicht so vor.“

Danach sprachen sie beide nicht mehr. Als sie sich schließlich schwer atmend voneinander lösten, wurde ihr allmählich bewusst, dass er sie bereits liebkost haben musste, als sie noch geschlafen hatte.

Sie stützte sich auf einen Ellenbogen und blitzte ihn verärgert an. „Du Schuft! Das war unfair! Du hast die Situation schamlos ausgenutzt!“

„Wie bitte?“ Er sah sie verdutzt an. „Welche Situation denn? Ich werde ja wohl noch mit meiner Freundin schlafen dürfen, wenn mir danach ist. Und da du dich mir letzte Nacht entzogen hast, indem du aus irgendwelchen unerfindlichen Gründen nicht dort warst, wo du hingehörst, nämlich in mein Bett, war ich gezwungen, so lange durchzuhalten, bis du endlich wieder aus Morpheus‘ Armen aufgetaucht bist.“

Bei der Erwähnung an letzte Nacht fiel Lena wieder schlagartig ein, warum sie in der Kammer übernachtet hatte. „Ich hatte nicht das Gefühl, dass du mich vermissen würdest, wenn ich nicht unten schlief."

„Solch ein Blödsinn! Wie kommst du denn darauf?"

„Nun, als du heute Morgen mit mir schlafen wolltest, hast du dich darauf besonnen, dass ich ‚deine Freundin bin', wie du so schön sagtest. Aber vor dieser Diane und James konntest du das nicht zugeben. ‚Lena bleibt noch, weil sie sich die Gegend hier ansehen will'", äffte sie ihn nach.

Nun setzte er sich auch auf. „Moment mal, du hast doch nicht erwartet, dass ich den beiden gleich brühwarm erzähle, dass wir das Bett miteinander teilen?"

„Naja, das hättest du nicht sagen müssen. Aber z.B., dass wir uns ineinander verliebt haben und du mich deshalb gebeten hast zu bleiben." Sie sah ihn verunsichert an. „Oder habe ich da etwas falsch verstanden?"

Er strich ihr liebevoll die Haare aus dem Gesicht und zog sie zu sich herunter, um sie zu küssen.

„Nein, du hast gar nichts falsch verstanden. Und ich hoffe sehr, dass du bleibst. Aber schau mal, für mich ist das mit uns noch so neu, dass ich mich erst daran gewöhnen muss, dass ich wieder eine Frau an meiner Seite habe.“

Etwas besänftigt kuschelte sie sich an ihn. „Und was hat Diane damit gemeint, dass du gestern Morgen bei ihr diese Unterlagen vergessen hast, die sie dann unbedingt vorbeibringen musste?“

„Ich verstehe nicht ganz.“

„Naja, warst du bei ihr in der Wohnung? Sie hat gesagt: ‚Gordon hat *heute Morgen* diese Unterlagen *bei mir* vergessen‘.“

„Ach das. Nein, ich war in ihrem Büro, weil dort der Drucker steht, an dem ich mir diese Papiere ausgedruckt habe. Dann sind wir ins Gespräch gekommen, ich war abgelenkt, und als mein Telefon nebenan klingelte, bin ich in mein Büro zurückgegangen und habe die Unterlagen liegen gelassen.“

„Ach so.“ Lena kam sich blöd vor. Sie hatte doch tatsächlich gedacht, dass Gordon in Dianes Wohnung war, dabei war die Situation wohl harmlos gewesen.

Er riss sie aus ihren Gedanken. „Hör mal, wenn wir beide angezogen sein wollen, wenn Lucy hier auftaucht, müssen wir ins Bad.“

„Oh Gott, Lucy kommt ja ab heute wieder! Das hatte ich ganz vergessen.“ Lena krabbelte über ihn hinweg und ging zu dem Spint, um sich frische Unterwäsche zu nehmen. „Am besten wird es sein, wenn wir uns aufteilen. Ich dusche hier oben und du unten.“

„Das kommt überhaupt nicht in Frage! Du duschst auch unten. Wenn du ab und zu hier ein Bad nehmen willst, habe ich natürlich nichts dagegen. Aber in dieser Kammer übernachtest du nicht mehr und du benutzt mein Bad – ich wollte sagen, unser Bad - unten. Ich will dich hier oben nicht mehr sehen. Ist das klar?“

„Aye, aye, sir!“ Sie hielt die Hand wie ein Matrose an die Seite ihrer Stirn und grinste ihn frech an. Als er mit einem Ruck aus dem Bett aufstand und mit „Na warte!“ drohte, rannte sie quietschend aus dem Zimmer.

Kapitel 17: Jetzt ist erst einmal reisen angesagt!

Als Lucy kurz nach sieben kam, waren beide angezogen. Lena war dabei, ihre Kleidung und anderen Kleinkram in das Schlafzimmer unten zu bringen und Gordon ordnete seine Unterlagen in der Bibliothek.

Lucy begrüßte Lena schüchtern und zog sich in die Küche zurück, um das Frühstück zu richten. An ihrem verlegenen Blick erkannte Lena, dass Sally sie eingeweiht haben musste, was ihr Verhältnis zu Gordon anging. Nachdem das Frühstück auf dem Esstisch stand, zog sie sich diskret in das obere Stockwerk zurück.

Lena und Gordon ließen sich Zeit. Entgegen seiner sonstigen Angewohnheit, Zeitung zu lesen, unterhielt er sich mit ihr.

„Ich muss während der nächsten Wochen nur sporadisch an die Uni, es sind Semesterferien bis Ende Oktober.“ Er köpfte sein Ei, dann fügte er an: „Ich muss zwar etliche Arbeiten und Referate korrigieren, aber ich habe durchaus Zeit, um zuvor mit dir wegzufahren.“

„Echt? Das ist ja super!“ Lena strahlte zunächst, dann sagte sie: „Eigentlich muss ich dringend mal nach Hause. Ich muss einiges erledigen und ich brauche, wenn ich länger hier bleibe, auch ein paar persönliche Unterlagen und Klamotten.“

Gordon sah sie prüfend an. „Möchtest du allein nach Deutschland reisen?“

„Würdest du denn mitkommen wollen?“, fragte sie hoffnungsvoll.

„Wenn du das möchtest, gerne. Dann lerne ich deine Eltern kennen und sie wissen, mit wem du dich hier herumtreibst.“

„Oh, Gordon ...“ Sie stand auf, ging zu ihm und küsste ihn stürmisch. „Das ist super! Wann fliegen wir?“

Er lachte, zog sie auf seinen Schoß und strich ihr eine vorwitzige Locke aus der Stirn. „Naja, ich wollte noch ein, zwei Dinge erledigen, aber vom Prinzip her können wir am Wochenende los.“

*

Sie hatte ihre Eltern informiert, dass ihr neuer Freund mitkommen würde. Natürlich waren sie gespannt darauf, den Mann kennenzulernen, der es fertiggebracht hatte, dass ihre Tochter bei ihm in Schottland bleiben wollte.

Lena hatte Gordon beim Wort genommen und ihm wenigstens ein paar deutsche Wörter beigebracht. Ihre Eltern waren begeistert, als er sie mit „Guten Tag!“ begrüßte und sich auf Deutsch bedanken konnte.

Sie blieben eine Woche in Speyer. Ihre Eltern waren in ihrer früheren Wohnung gewesen und hatten das meiste, das ihrer Tochter gehörte, abgeholt. Nur ein paar wenige Kleinigkeiten waren noch dort.

Lena erledigte einiges. Sie rief als erstes bei der ADD an, um Bescheid zu sagen, dass sie dieses Mal die zeitlich befristete Stelle nicht annehmen würde.

Dann ging sie zur Bank, rief einige Freunde an, den meisten schrieb sie E-Mails, weil fast alle in Urlaub waren.

Aber vor allem streifte sie mit Gordon durch die Straßen. Er war angenehm überrascht von dieser alten Stadt am Rhein. Nach einem ersten Besuch im Dom holte er sich in der Touristeninformation ein Büchlein über die Geschichte Speyers. Während

Lena mit ihren Erledigungen beschäftigt war, las er darin.

„Hast du gewusst, dass noch vor Christi Geburt einmal eine germanisch-keltische Siedlung hier war?"

Lena lächelte. „Natürlich! So etwas lernen wir schon in der Grundschule, Herr Professor!" Sie beugte sich zu ihm und küsste ihn, was gar nicht so einfach war, da er seine Nase schon wieder in das Buch steckte.

„Es heißt hier, dass die Historiker sich nicht sicher sind, ob Speyer im Jahre neun oder doch schon zehn vor Christus gegründet wurde."

„Ja, und da es heutzutage keine Zeitgenossen mehr gibt, die man befragen könnte, wird dieses Rätsel wohl auch nicht mehr gelöst werden." Sie faltete Blusen und legte sie vorsichtig in einen Koffer.

„Jedenfalls war die Gruppe von Menschen, die hier lebte, nicht mehr sehr groß. Ein bis zwei Dutzend höchstens." Er las weiter. „Und dann kamen eines Tages fünfhundert römische Legionäre, weil sie hier ein Kastell bauen wollten."

„Das taten sie auch. Es war eines von etlichen, die sie entlang des Rheines anlegten, als Befestigung der Grenze ihres Reiches. Später war Speyer einmal eine richtige römische Kleinstadt.“

Lena faltete ein Kleid, dann hielt sie inne. „Überleg dir nur, wie das für diese Handvoll Menschen damals gewesen sein muss. Du gehst deinem normalen Tagewerk nach und ganz plötzlich kommt eine Schar von Soldaten, die auch noch bleiben wollen. Die Leute müssen doch Panik gehabt haben.“

*

Am nächsten Tag sahen sie sich das Judenbad an, eines von dreien weltweit, das noch in seiner ursprünglichen Form besteht. Danach wollte Gordon unbedingt die Altstadt sehen.

Sie schlenderten Hand in Hand durch die Gässchen, über holpriges Kopfsteinpflaster, vorbei an einem früheren Kloster, dann bog Lena in Richtung einer Fußbrücke ab. „Hier gehen wir zurück.“ Auf Gordons überraschten Blick hin erklärte sie: „An der Straßenecke da vorne habe ich mit meinem letzten Freund gewohnt. Da muss ich jetzt nicht unbedingt vorbeigehen.“

Gordon nickte verständnisvoll. Schließlich hatte auch er so seine Ecken, die ihn an seine Frau erinnerten und die er nach Möglichkeit mied, wie zum Beispiel ihr früheres Schlafzimmer.

Sie kehrten in einem Café ein und tranken einen Bitter Lemon. Dabei erzählte Lena ihm schließlich von Erik.

Als sie geendet hatte, nahm Gordon ihre Hand. „Bist du über ihn hinweg?“, fragte er behutsam.

Sie schaute vor sich hin, dann nickte sie. „Ja, über ihn schon. Und dabei warst du eine große Hilfe.“ Sie trank den letzten Schluck. „Aber darüber, dass er mich betrogen hat, nicht.“

*

Als sie wieder zurück in Schottland waren, packte Lena ihre Koffer aus und richtete sich ein. Sie kam sich noch eigenartig vor, weil es ‚Gordons Haus‘ war und sie nicht daran gewöhnt war, dass täglich jemand anderes anwesend war. Sie sprach das Thema am ersten Abend an, als Gordon sich über Lucys Essen aufregte.

„Ich bin offensichtlich von deiner Kocherei und dem guten Essen bei dir daheim schon verwöhnt. Diesen Fraß hier bekommt man kaum runter.“

Lena nutzte die Gelegenheit. „Hör mal, jetzt, wo ich auch hier wohne, ist es doch nicht notwendig, dass Lucy jeden Tag kommt. Ich hatte mir schon überlegt, dass ich das Kochen übernehmen könnte. Ich habe ja in Deutschland auch regelmäßig das Essen zubereitet, und es macht mir grundsätzlich Freude.“

„Tja, ehrlich gesagt, wäre mir das am liebsten.“

„Gut. Und ich frage mich, ob es nicht reicht, wenn Lucy an drei statt an sechs Tagen hier ist. Schau mal, so viel hatte ich nicht zu tun. Den Garten kann ich mit ihr zusammen übernehmen, die Wäsche und das Saubermachen kann sie allemal an drei Tagen erledigen. Wenn ich koche, gehe ich auch selbst einkaufen, somit braucht sie das höchstens einmal zwischendurch zu tun. Und uns das Frühstück zubereiten können wir ja wohl selbst.“

Er lächelte sie an. „Das käme mir zupass, denn wir könnten ihr sagen, dass sie in dem Fall morgens erst um zehn oder so hier zu sein braucht.“ Er grinste anzüglich. „Jetzt, wo ich wieder einen Grund habe, morgens länger im Bett zu bleiben, passt es mir gar nicht, wenn sie schon kurz nach sieben hier ist.“

Lena schmunzelte vergnügt. „Wenn das so ist, dann sag ihr doch Bescheid, dass sie ab September nur noch dreimal die Woche kommen soll.“

Wie sich herausstellte, war Lucy gar nicht enttäuscht, dass sie nur noch eine halbe Stelle bei dem Professor haben würde.

„Das kommt gut, denn meine Mutter hat bisher in der Videothek geputzt. Das kann sie aber jetzt nicht mehr, weil sie woanders eine ganze Stelle übernommen hat. Dann könnte ich von Montag bis Samstag jeden Morgen zwischen sieben und neun dort saubermachen.“

Als dies auch geklärt war, packten Gordon und Lena die Koffer, weil er ihr die Umgebung zeigen wollte. Es war inzwischen Mitte August und er hatte zwei lange Wochen Zeit.

„Ich fahre mit dir über Dingwall und Tain bis an die Nordküste hoch, dann rüber in den Westen und ab Oban durch das Glencoetal zurück. Und du wirst so viel über unsere Geschichte lernen, dass sie dir zu den Ohren herauskommt!“

Lena betrachtete dies nicht als Drohung, sondern als einmalige Chance, sich mit einem Thema zu beschäftigen, das sie brennend interessierte.

*

Es waren wunderschöne Tage. Die beiden verstanden sich gut, sie entdeckten etliche Gemeinsamkeiten, und in den Nächten erlebte Lena eine Leidenschaft, Zärtlichkeit und Liebe, die sie mit Erik so nie erfahren hatte.

Aber sie lernte nicht nur Gordon besser kennen, sondern auch sein Land, dessen besondere Eigenart sie in sich aufsog.

Die kleinen alten Städte, die seit langer Zeit dem Leben trotzten; die wilde Landschaft der Highlands, ungezähmt und manchmal unberechenbar wie das Meer, das die Menschen dort oben prägte; die Menschen selbst: freundlich, aber auch stur. Ein raues Volk, das das Erbe einer schweren Vergangenheit im Blut hatte; der Kampf ums Überleben hatte die Generationen zuvor geprägt. Heutzutage lebten viele vom Tourismus, aber immer noch war ihr Leben hart.

*

Sie waren in Plockton, der sogenannten Perle der Highlands, einem touristisch aufgemotzten Dorf, wo an der Meerespromenade Palmen wuchsen. Gegen Abend gingen sie dort spazieren, die Tagestouristen waren bereits weitergefahren, die anderen in ihre Hotels zurückgekehrt, und allmählich senkte sich Ruhe über den kleinen Ort. Sie saßen auf einer Bank und schauten aufs Meer, das ruhig vor ihnen lag.

Gordon war den ganzen Tag über stiller gewesen als sonst. Zuvor war er auf der Reise regelrecht aufgeblüht und Lena spürte, dass er es genoss, ihr sein Land zu zeigen. Aber an diesem Tag war er wortkarg, und Lena fragte sich, was los war. Sie hatte inzwischen begriffen, dass er manchmal schlechte Laune hatte, ohne dass es dafür einen ersichtlichen Grund zu geben schien. Dann wartete sie, bis er entweder wieder zugänglich war oder bis er ihr eine Erklärung für sein unnahbares Verhalten lieferte.

So hatte sie ihn auch an diesem Tag nicht gedrängt. Nachdem sie eine Weile auf der Bank gesessen hatten, seufzte er plötzlich auf.

„Heute hätten Amelia und ich Hochzeitstag gehabt.“ Er sah sie von der Seite her an. „Es ist eigentlich eine Zumutung, dir gegenüber von meiner Frau zu sprechen, aber irgendwie habe ich das Gefühl, du verstehst es.“

Lena sah ihn ernst an. „Gordon, wenn du über Amelia reden willst, dann tu es. Es macht mir nichts aus.“

Er nickte, sah unter sich und sagte eine Weile nichts. Dann fing er an zu sprechen. Es fiel ihm sichtlich schwer, über seine Gefühle zu reden. Er sprach vor allem über seine Verzweiflung, als sie das zweite Baby abtreiben wollte. „Ich konnte es einfach nicht nachvollziehen, verstehst du. Für mich war es das, was ich mir am meisten wünschte: Vater zu werden, eine Familie zu haben. Und ich habe wirklich alles versucht, sie davon zu überzeugen, das Kind zu behalten. Aber ich hatte das Gefühl, überhaupt nicht zu ihr durchzudringen. Sie war ... sie kam mir so verändert vor, nicht wie die Frau, in die ich mich einmal verliebt hatte. Und je mehr sie sich gegen das Baby wehrte, desto stärker habe ich sie unter Druck gesetzt.“ Er schwieg und sah aufs Meer hinaus.

Lena legte ihm sanft die Hand auf die Schulter. „Gordon, ich weiß nicht, was ich sagen soll. Ich kann dich voll und ganz verstehen. Aber vielleicht war Amelia ein Mensch, dem die Karriere einfach über alles ging. Andererseits musstest du für euer gemeinsames Kind kämpfen, du hattest gar keine andere Wahl!“

„Das habe ich mir auch gesagt. Aber, verstehst du, dadurch, dass ich ihr an diesem Morgen wieder einmal Vorwürfe gemacht und versucht habe, sie von ihrem Vorhaben abzubringen, war sie für ihren Arzttermin zu spät dran. Also fuhr sie zu schnell und -“

„Und dafür und für den Unfall gibst du dir die Schuld.“

Er nickte heftig. „Natürlich doch.“

„Aber Gordon, sieh mal, erstens konntest du nicht ahnen, dass sie zu schnell fahren würde. Zweitens musstest du an diesem Morgen versuchen, sie umzustimmen, weil sie doch den Termin für die Abtreibung vereinbaren wollte. Und, ganz ehrlich, ich denke, jeder hätte sich so verhalten wie du. Damit hast du aber keine Schuld auf dich geladen. Sie fuhr zu schnell, obwohl sie kaum Sicht gehabt haben kann. Daran bist du nicht schuld, und folglich auch nicht an ihrem Unfall. Das war Schicksal.“

Er atmete tief aus, dann sah er sie an. „Das hat der Therapeut auch gesagt. Aber irgendwie ist es nicht zu mir durchgedrungen.“ Er fuhr ihr zärtlich über die Wange. „Aber jetzt schon. Ich fühle mich wirklich leichter.“ Er nahm sie in den Arm, und sie verweilten eine Weile so.

*

Als sie Ende August wieder zurück in Nairn waren, waren sie am ersten Abend essen und Gordon schlug vor, über den Strand zurückzugehen.

Es dämmerte, doch die Luft war noch angenehm warm. Arm in Arm schlenderten sie am Wasser entlang und Lena fühlte sich rundherum zufrieden und glücklich. Es waren nur wenige Menschen unterwegs, und als sie an den Dünen abbogen, um in den Ort zurückzukommen, zog Gordon sie an sich und küsste sie. Auch seine Hände waren nicht passiv.

Sie überließ sich ihm ganz und spürte, wie ihr Verlangen wuchs. ‚Wenn er so weitermacht‘, dachte sie, ‚schaffen wir es nicht mehr bis nach Hause‘.

Als habe er ihre Gedanken gelesen, hielt er sie ein Stück von sich weg. „Hast du schon einmal an einem Strand Liebe gemacht?“

„Nein.“ Sie grinste vergnügt. „Aber ich hab’s mir immer gewünscht.“

„Ich auch!“ Er lächelte sie schelmisch an. „Ist dir kalt?“

Sie schüttelte den Kopf.

„Dann lass uns in die Dünen gehen, da sind wir vor neugierigen Blicken sicher.“

Er nahm sie an der Hand und sie rannten die letzten Meter, bis sie die erste große Düne erreicht hatten. Er zog sein Jackett aus und breitete es auf dem sandigen Untergrund aus. „Voilà!“

„Es wird knittern.“

„Und wenn schon, sowas kann man bügeln, denke ich zumindest.“

Sie legte sich auf das weiche, seidige Innenfutter, Gordon ließ sich neben ihr nieder. So lagen sie Arm in Arm, die Blicke in den Himmel gerichtet, an dem ganz schwach die ersten Sterne funkelten. Auf dem Dünenkamm hinter ihnen tummelte sich ein Schwarm blauer Falter in den gelben Blüten.

Gordon neigte sich zu ihr und küsste sie sanft. Seine Hände begannen, über ihren Körper zu wandern.

Aber dieses Mal wollte Lena sich nicht seiner Führung überlassen. Sie setzte sich auf ihn und begann, die Knöpfe seines Hemdes zu öffnen. Langsam. Dann zog sie die Hemdzipfel aus der Jeans, beugte sich über ihn und küsste seine Brust. Ihre Zungenspitze fuhr gemächlich nach unten in Richtung seines Nabels. Seine Atmung beschleunigte sich.

Und während Lenas und Gordons ganze Aufmerksamkeit auf die intensiven Gefühle ihrer Körper gerichtet war, flog ihr Geist in dem uralten Bestreben von Liebenden, eins zu werden, gemeinsam mit dem Schwarm von Schmetterlingen gen Himmel.

Kapitel 18: Die ersten Zweifel nagen

Am nächsten Morgen rief Lena ihre Mutter an. Sie redete begeistert über die vergangenen zwei Wochen.

Heike Kiefer erzählte ihrem Mann abends von dem Telefonat. „Sie war völlig hin und weg, so habe ich unsere Tochter noch nie erlebt! Ich müsste dir einen Roman erzählen, wenn ich alles wiedergeben wollte. Gemütliche, alte Städtchen, die sich wie Perlen an der Küste entlang reihen. Von einer Whiskybrennerei hat sie erzählt, von einem Märchenschloss und einem Ort hoch oben im Norden, wo wohl ganzjährig Delphine leben. Dann von irgendeinem malerischen Dorf an der Küste, den lila-braun-blau-gelben Hügeln der Highlands." Sie holte Luft und trank einen Schluck Saft. „Ach ja, und von Palmen an der Westküste, stell dir vor. Und von dieser Nebelinsel, wie heißt sie gleich wieder?"

„Das muss Skye sein", meinte Lenas Vater.

„Genau, ich hab noch gedacht, das klingt wie das englische Wort für ‚Himmel'. Und dann hat sie noch eine ganz traurige Geschichte von einem Tal erzählt, in welchem ein Massaker passiert ist. Ein Clan hat einem anderen, der unangemeldet zu Besuch kam, Gastfreundschaft gewährt. Und in der Nacht haben die Gäste ihre Gastgeber hinterrücks gemeuchelt. Sowas muss man sich einmal vorstellen. Das ist ja furchtbar."

Hans Kiefer grinste. „Das ist aber bestimmt schon eine Weile her. Und in den alten Tagen ging es überall rau zu." Er fuhr seiner Frau zärtlich über die Wange. „Aber irgendwie hat Lena dich angesteckt, du glühst ja vor Begeisterung."

„Ach Hans, was Lena erzählt hat, klang so toll. Ich will da so schnell wie möglich auch hin!"

„Darauf warte ich schon die ganze Zeit." Er zog sie an sich und küsste sie. „Jetzt lass den beiden erst einmal Zeit, sich besser kennenzulernen. Nächstes Frühjahr sehen wir dann weiter!"

*

Als Gordon nach gut dreiwöchiger Abwesenheit in die Uni zurückging, um nachzusehen, was sich an E-Mails und Post so angesammelt hatte, begleitete Lena ihn. Vier Wochen später würde das Wintersemester beginnen, und sie wollte unbedingt als Gasthörerin einige Kurse belegen. Gordon ermunterte sie in ihrem Vorhaben, denn sie hatte in dieser Phase ihres Lebens die einmalige Chance, genau das zu tun, wonach ihr der Sinn stand – eine Gelegenheit, die sie zu nutzen gedachte!

Bevor sie sich einschrieb, studierte sie konzentriert das Angebot der Uni im Internet. Dabei stieß sie auf einen Kurs, der das meiste von dem abdeckte, was sie interessierte: *Gaelic Scotland*. Man konnte den Kurs als Ganz- oder als Teilzeitstudium belegen, und natürlich entschied sich Lena für letztere Variante. Sie würde etwas über die Kultur der Kelten, die Geschichte, die Schrift – soweit vorhanden – erfahren und die gälische Sprache zumindest teilweise lernen – genau das Richtige für ihren Geschmack. Mit zehn Stunden pro Woche wäre das ein gemütliches Studieren ohne Stress.

Sie hatte darüber nachgedacht, dass sie, falls sie und Gordon wirklich auf Dauer zusammenbleiben würden, etwa ein Jahr später einen Kurs absolvieren, eine Prüfung machen und danach dann in Schottland an einer Schule Deutsch und eventuell Geschichte unterrichten könnte.

Als Lena sich im Sekretariat eingeschrieben und in der nahen Buchhandlung die Bücher bestellt hatte, die sie für den Kurs brauchen würde, machte sie sich auf zu Gordons Büro. Er hatte ihr vorgeschlagen, mittags zusammen essen zu gehen.

Sie ging den Gang entlang auf der Suche nach dem Namensschild ‚McNeil', als sie das übermütige Lachen einer Frau hörte. Es kam aus einem Zimmer gegenüber, dessen Tür angelehnt war. Irgendwie kam Lena das Lachen bekannt vor.

Sie ging zu dem Zimmer, konnte aber nicht hineinsehen. Deshalb stellte sie sich vor das Schwarze Brett daneben. Während sie so tat, als lese sie die Angebote an Zimmern für Studenten, lauschte sie.

„Wir sollten das gemeinsam durcharbeiten, sonst geht uns etwas Wichtiges durch die Lappen." Dianes Stimme, ganz klar!

„Auf jeden Fall, ich will kein Risiko eingehen." Gordon!

Lena schaute auf das Namensschild neben der Tür: Diane Frazer. Was machte er schon wieder bei dieser Frau? Er schien ja nur bei ihr im Büro zu sein.

Lena nahm ihren ganzen Mut zusammen und klopfte an, dann stieß sie die Tür auf und ging hinein. Gordon und Diane standen nebeneinander – relativ eng, wie ihr schien – und beugten sich über irgendwelche Papiere. Sie sahen beide auf, als Lena hereinkam. Diane schaute verblüfft, Gordon zuerst auch, aber dann lächelte er. „Hallo, Lena, bist du schon fertig?“

Er kam nicht auf sie zu, küsste sie nicht, und Lena hatte zum wiederholten Male das Gefühl, er wolle Diane gegenüber nicht zugeben, dass sie seine Freundin war.

„Ich habe auf der Suche nach deinem Büro im Gang deine Stimme gehört. Ich hoffe, ich habe euch nicht bei etwas Wichtigem gestört.“ Sie sah ihn kritisch an.

„Nein, hast du nicht. Wir können das auf die Schnelle eh nicht entscheiden.“ Er drehte sich zu Diane um. „Hast du morgen früh Zeit? Dann reden wir darüber.“

Diane nickte. „Das können wir gerne tun.“

Gordon kam auf Lena zu, nahm sie am Arm und bugsierte sie hinaus auf den Gang. „Schatz, ich brauche noch eine halbe Stunde. Willst du mit in mein Büro kommen oder sollen wir uns in der Cafeteria treffen?“

Lena war verstimmt, wollte ihm dies aber nicht zeigen. „Lass mal, ich gehe einen Kaffee trinken.“ Damit drehte sie sich um und ließ ihn stehen.

In der Cafeteria holte sie sich dann einen Kakao, um ihre Nerven zu beruhigen. Wahrscheinlich sah sie nur Gespenster. Und während sie mit Gordon herumgereist war, hatte sie keinen Grund gehabt anzunehmen, dass er sie irgendwie hinterging. Er bekam keine komischen Anrufe, nichts Auffälliges passierte.

Und dennoch war ihr diese Diane nicht geheuer. Sie war zwar etwas älter als Gordon, aber sie sah jünger aus und sie war attraktiv und selbstbewusst. Von Sally wusste sie, dass Amelia auch solch ein Typ Frau gewesen war. Und als sie Gordon einmal gefragt hatte, ob Diane liiert war, hatte er gesagt, sie sei geschieden. Und so, wie die Frau aussah, war sie bestimmt auf der Suche nach einem Mann. Gordon war auch solo, und offensichtlich arbeiteten die beiden oft zusammen. Was also lag näher, als dass sie auch privat miteinander verkehrten?

Sie schlürfte ihren Kakao und beschloss, sich dennoch nicht verrückt zu machen.

*

Das war allerdings nicht so einfach. An diesem Abend verkündete Gordon ihr, dass er während der nächsten vier Wochen täglich an der Uni sein würde. „Ich habe einige Referate und etliche Klausuren zu korrigieren und ehrlich gesagt möchte ich diese Arbeiten nicht mit nach Hause nehmen.“

Lena war enttäuscht, konnte sich aber nicht beklagen, denn er hatte sich ja drei lange Wochen Zeit für sie genommen, und jetzt fing eben wieder der Alltag an.

Am nächsten Tag setzte er noch eins drauf. Er war erst kurz vor sieben heimgekommen und Lena hatte das Abendessen warm stellen müssen.

„Stell dir vor, heute kam endlich die Genehmigung für die Ausgrabung in Frankreich.“

Lena sah von ihren Spaghetti auf. „Welche Ausgrabung in Frankreich? Davon weiß ich gar nichts.“

„Habe ich dir das nicht erzählt? Ich bin im Oktober in der Bretagne. Sie haben dort im nördlichen Bereich ein ganzes Gräberfeld gefunden. Was die bretonischen Kollegen bisher ausgegraben haben, deutet darauf hin, dass auch britische Kelten dort begraben wurden. Das ist äußerst ungewöhnlich. Und so habe ich angefragt, ob ich an den weiteren Ausgrabungen teilnehmen kann. Es hat ewig gedauert, aber jetzt habe ich die Erlaubnis bekommen." Er steckte eine Gabel mit Lachs in den Mund. „Natürlich ist Oktober nicht die ideale Jahreszeit zum Graben, aber ich müsste bis nächstes Frühjahr warten, wenn ich nicht jetzt zusage."

Lena hatte ihm schweigend zugehört und gedacht, dass er so lange immer nur redete, wenn es sich um seinen Beruf handelte. Sie aß stumm vor sich hin.

„Lena, ist alles okay mit dir?"

„Ja, schon. Es kommt nur etwas plötzlich. Ich meine, du wirst vier Wochen weg sein. Das ist eine ganz schön lange Zeit."

„Befürchtest du, dass du hier nicht alleine zurechtkommst?"

„Nein, das ist es nicht. Mir war nur nicht klar, dass du immer noch auf Ausgrabungen gehst."

„Naja, es passiert in den letzten Jahren nicht mehr so oft, dass ich das mache. Aber ab und an musst du schon damit rechnen, dass ich wochenlang unterwegs bin.“ Er sah sie prüfend an, dann fügte er hinzu: „Wenn du willst, kannst du mich natürlich begleiten, aber ich fürchte, das wird langweilig für dich. Ich bin den ganzen Tag am Buddeln, und abends nach dem Essen werte ich die Fundstücke aus, die wir herausgeholt haben.“

„Ist schon gut. Ich kann ja gar nicht mit, weil im Oktober mein Kurs in der Uni anfängt.“

„Stimmt!“

Irgendwie hatte sie das Gefühl, dass er erleichtert klang.

*

Allmählich gewöhnte sie sich an ihren neuen Lebensrhythmus. Wenn sie nicht im Garten werkelte oder las, fuhr sie nach Inverness. Sie holte die bestellten Bücher ab, dann ging sie auf die Bank und legte dort ein Giro- und ein Sparkonto an. Danach veranlasste sie, dass ihre Konten in Deutschland aufgelöst und die Guthaben nach Schottland überwiesen wurden.

Gordon hatte ihr gesagt, dass sie von ihrem Geld nichts zum Leben brauchen würde. Er hatte ein Konto angelegt, das auf ihrer beider Namen lief. Jeden Monat überwies er darauf eine beträchtliche Summe. Sie deckte weit mehr ab als die Ausgaben für den Haushalt.

Lena war schon bewusst gewesen, dass Gordon finanziell gut dastand, sonst hätte er es sich z.B. nicht leisten können, einen Bentley zu unterhalten. Doch dass er wohlhabend war, war ihr nicht wichtig. Sie bezahlte die anfallenden Kosten vom gemeinsamen Konto, aber wenn sie etwas für sich persönlich kaufte, was selten vorkam, bestritt sie diese Ausgabe von ihrem Geld.

*

Am Wochenende saßen sie beim Frühstück, als er unvermittelt sagte: „Wenn dein Kurs anfängt, brauchst du ein Arbeitszimmer, damit du dich in Ruhe darauf vorbereiten kannst. Im Oktober, wenn ich weg bin, könntest du meinen Schreibtisch benutzen. Aber das wäre nur eine Zwischenlösung."

Lena zuckte mit den Schultern. „Wenn du nichts dagegen hast, können wir mal in der Kammer oben nachsehen, ob du wirklich noch alles aufheben willst, was dort steht. Falls wir da ausmisten, wäre Platz für einen Schreibtisch. Vielleicht finde ich ja einen auf einem Flohmarkt in der Nähe.“

Gordon überlegte, dann schüttelte er den Kopf. „Nein, diese Kammer ist viel zu eng, du brauchst mehr Platz für deine Bücher und die Unterlagen, die sich während des Kurses ansammeln. Und wenn du später wieder unterrichten willst, kommt noch mehr Material dazu.“ Er sah nachdenklich vor sich hin. „Ich glaube, es wird Zeit, die Vergangenheit endgültig zu begraben.“ Lena sah ihn fragend an. „Wenn wir fertig sind mit dem Frühstück, kommst du dann mit mir hoch? Ich war seit Jahren nicht in Amelias Zimmer. Ich konnte es einfach nicht. Aber jetzt …“

Lena stand auf und ging zu ihm. „Es wäre mit Sicherheit ein wichtiger Schritt für dich.“

Er nickte nur.

*

Sie standen vor der Tür zu einem der Zimmer, die tabu waren. „Möchtest du nicht lieber erst allein hineingehen?“, fragte Lena.

Er sah sie an. „Nein, mit dir zusammen fällt es mir leichter.“ Er gab sich einen Ruck, drehte den Schlüssel um und trat ohne zu zögern ein.

Lena folgte ihm langsam. Es war ein recht großer Raum, sie schätzte ihn auf etwa zwanzig Quadratmeter. Die Wand gegenüber war eine einzige Fensterfront, eine Tür führte hinaus auf einen kleinen Balkon.

„Oh…“ entfuhr es Lena. Leichte Tüllvorhänge hingen vor den Fensterscheiben, aber sie waren durchsichtig und gaben den Blick auf den Garten frei. Sie konnte die ganze Länge sehen bis hinten zu dem alten Zaun und auf die Querstraße, die in den Park führte.

Ein etwas muffiger Geruch hing in der Luft, aber auch etwas anderes, ganz schwach nur, aber erkennbar. Vielleicht Amelias Parfüm?

Gordon atmete tief durch, dann ging er auf die Balkontür zu und öffnete sie. „So ist es besser.“

Linkerhand stand an der Wand ein breites französisches Bett in einem hellen honigfarbenen Holz, flankiert von zwei Nachttischen. An der Wand vis-à-vis waren eine Kommode, ein Schemel davor und daneben ein breiter Kleiderschrank. Neben der Tür rundete ein kleiner Tisch mit Sessel das Bild ab.

Auf der Kommode standen die üblichen Utensilien, die Frau für nötig hielt, um sich herauszuputzen. Über einer Schmuckschatulle hing eine goldene Kette mit Anhänger. Lena konnte nicht genau erkennen, was er darstellte.

Gordon stand schweigend in der Mitte des Zimmers. Er drehte sich zu der Kommode um, ging hin und nahm behutsam den Anhänger.

Lena ging zu ihm. Sie sah, dass er einen Steinbock darstellte. „War Amelia im Januar geboren?“

Er nickte. „Ich habe ihn ihr geschenkt. Sie hat ihn eigentlich seitdem immer getragen.“ Er schnaufte, dann legte er ihn wieder zurück und wandte sich dem Zimmer zu.

„Das muss alles raus. Ich will, dass du dich komplett neu einrichten kannst. Frisch tapeziert und gestrichen wird auch. Und die Vorhänge müssen ausgewechselt werden.“

Lena sah zum Fenster. „Ich bin mir nicht sicher, ob ich überhaupt Vorhänge haben will.“ Sie ging hin. „Ich hätte von hier aus solch einen herrlichen Blick in den Garten, und ich glaube kaum, dass jemand von der Straße aus den Raum einsehen kann.“

Gordon stellte sich neben sie. „Du hast recht. Der Blick ist traumhaft.“ Abrupt wandte er sich ab, ging aufs Bett zu und blieb unschlüssig davor stehen. Dann bückte er sich und hob etwas auf. Es war ein zerknülltes Foto. Als er es auseinander faltete, sah man eine Ultraschallaufnahme. Er atmete schwer. „Sie hat es einfach achtlos weggeworfen. Das einzige Bild unseres ersten Babys."

Lena wagte kaum zu atmen. Sein Frust und seine Traurigkeit waren mit Händen zu greifen. Wie konnte diese Frau nur so lieblos gewesen sein?

Er glättete das Foto und steckte es in seine Hosentasche. „Ich behalte es als Erinnerung." Er ging zur Tür, dann drehte er sich abrupt um. „Du hast doch nichts dagegen?"

Lena schüttelte den Kopf. Sie hatte Tränen in den Augen. „Nein, natürlich nicht."

Er nickte. „Ich danke dir für dein Verständnis."

Später rief er Sally an. „Kennen Sie eine Firma, die das Zimmer im oberen Stock ausräumen kann? Ich brauche dann auch noch Handwerker, die die Wände neu tapezieren und streichen, und gleich den Balkon mit." Danach kam er in die Küche, wo Lena Salat wusch.

„Morgen fahren wir zu einem Möbelhaus, da suchst du dir aus, was du brauchst."

Lena nickte stumm. Er war wohl nicht davon abzubringen, dass Amelias früheres Zimmer nun ihres werden sollte. Aber würde sie sich im Zimmer seiner Frau wohl fühlen? Und wäre dies dann wirklich Lenas Arbeitszimmer oder für Gordon immer noch das frühere Schlafzimmer von Amelia?

Andererseits gab es keine andere Möglichkeit, Lena ein Arbeitszimmer zur Verfügung zu stellen. Die Kammer war wirklich sehr eng, und Lucys früheres Zimmer war auch nicht groß genug. Aber sie konnten als Gästezimmer dienen, wenn Lenas Eltern zu Besuch waren.

Es war wohl so, dass Lena mit den Geistern der Vergangenheit würde leben müssen, ob sie wollte oder nicht.

Kapitel 19: Jetzt reicht's!

Montags in der letzten Septemberwoche erfuhr Lena so nebenbei, dass Diane Gordon auf der Ausgrabung in die Bretagne begleiten würde. Sie waren zu viert essen, James und Diane, Gordon und Lena.

Während Lena und Gordon in Schottland unterwegs gewesen waren, waren auch James und Diane in Urlaub gefahren. James hatte die Städte an der Ostküste Kanadas besucht; Diane war zuerst bei ihren Eltern gewesen und hatte danach eine Woche in Wien verbracht.

Jetzt waren sie alle wieder zurück und trafen sich gemeinsam zum Essen, bevor Gordon und Diane wochenlang in der Bretagne wären und um Gordons Geburtstag nachzufeiern.

Lena wusste von Gordon, dass er James erzählt hatte, dass sie zusammen waren und dass James das gut fand. Gordon hatte wohl inzwischen auch Diane darüber informiert, dass Lena die neue Frau in seinem Leben war, und Diane schien sich um Freundlichkeit Lena gegenüber zu bemühen. Aber dennoch konnte sie mit dieser Frau einfach nicht warm werden.

Sie hatten gerade ihr Essen bekommen und Lena nahm sich von ihrem Huhn mit Gemüse, als Diane sagte: „Ich denke, wir sollten genug warme Pullover einpacken. In der Bretagne dürfte es um diese Jahreszeit schon empfindlich kühl sein.“

James nickte. „Ja, und Regenzeug nicht vergessen. Wenn ihr Glück habt, gibt es noch ein paar schöne Tage, aber die meiste Zeit dürfte euch ein strammer Wind und wahrscheinlich auch der eine oder andere Regenschauer in die Quere kommen.“

Gordon nickte. „Ich hoffe, das Wetter spielt einigermaßen mit.“ Er nahm seine Stäbchen und spießte eine Krabbe auf. „Ich wäre auch lieber im Frühling in der Bretagne, aber dann hätte ich noch ein halbes Jahr länger warten müssen.“

„Und Geduld ist ja nun nicht gerade deine Stärke“, sagte Diane lachend.

Lena schaufelte abwechselnd Reis, Gemüse und Huhn in sich hinein und kam sich wieder vor wie das fünfte Rad am Wagen. James hatte Bescheid gewusst, dass Diane mit von der Partie sein würde. Und wieso hatte Gordon ihr nichts davon erzählt?

James sah sie fragend an.

„Wie bitte?“ Er hatte wohl etwas zu ihr gesagt, sie aber hatte nicht zugehört.

„Fängt dein Kurs gleich nächsten Montag an?“

„Ja, um zehn ist eine allgemeine Einführung, aber so richtig startet er erst am Mittwoch.“

James nickte. „Viele der Studenten werden nicht so fleißig gewesen sein wie du und sich schon ihre Bücher besorgt haben.“ Er lächelte sie an. „Ich bin einmal gespannt, was sie euch da so alles beibringen.“

Gordon mischte sich ein. „Es wird bestimmt interessant, und wenn du nicht viel Information über dieses alte Volk hast, bietet dieser Kurs wohl eine sehr umfassende und interessante Einführung in das Thema.“

James richtete seine Stäbchen auf sie. „Und weißt du was, am Ende der ersten Woche, wenn du deine zehn Wochenstunden hinter dir hast, treffen wir zwei uns und du erzählst mir von dem Kurs. Wie wär’s?“

Während Gordon nickte, lachte Lena zum ersten Mal entspannt an diesem Abend. „Das machen wir, darauf freue ich mich!“

„Das können wir sowieso öfter machen, wenn die zwei weg sind. Schließlich lassen sie uns ja hier schnöde zurück!“

„Haha!“, kam es von Gordon. „Nun übertreib mal nicht.“

Lena befand, dass James völlig recht hatte, und die Aussicht, sich ab und zu mit ihm zu treffen, wenn Gordon weg war, ließ sie den Abend etwas zuversichtlicher überstehen.

Als sie allerdings auf dem Nachhauseweg waren, sagte sie schließlich: „Wieso erfahre ich erst heute Abend nebenbei, dass Diane auch mit auf der Ausgrabung sein wird?“ Sie musterte Gordon kritisch von der Seite her.

Er runzelte die Augenbrauchen. „Hatte ich dir das nicht gesagt?“

„Nein, hast du nicht!“ Sie sah wieder nach vorne.

„Nun ja, ehrlich gesagt, war Diane, seit sie bei uns an der Uni ist, immer bei meinen Ausgrabungen dabei. Unsere Fachgebiete überschneiden sich eben.“ Er blinkte und fuhr um eine Kurve. „Wir fliegen dieses Mal zu dritt rüber. Ian, ein Praktikant, hat sich noch in letzter Minute darum beworben, mitmachen zu dürfen. Er war noch nie auf einer

Ausgrabung und muss dringend Praxiserfahrung sammeln."

*

Dienstags traf Lena Sally am Strand. Sie spazierten am Ufer entlang und tranken danach noch einen Kaffee zusammen.

Nach einer Weile sagte Sally: „Was ist eigentlich los mit dir? Du bist eigenartig schweigsam heute."

Lena zuckte mit den Schultern. „Naja, am Sonntag fliegt Gordon in die Bretagne und ich hocke hier vier Wochen lang allein herum."

„Und wirst ihn vermissen!", fügte Sally hinzu. Lena nickte nur. „Aber da ist noch was anderes, hab ich recht?" Als Lena nicht gleich antwortete, hob sie ihr Kinn, so dass sie gezwungen war, Sally anzuschauen. „Raus damit, was immer es ist!"

„Ach, mir passt nicht, dass diese Diane, ich meine, Mrs. Frazer, auch dabei sein wird. Gordon hat schon die letzten vier Wochen fast ständig mit ihr verbracht, und jetzt ist sie auch noch bei der Ausgrabung dabei, während ich hier bin."

Jetzt zuckte Sally mit den Schultern. „Na und? Mrs. Frazer war bisher auf jeder Ausgrabung dabei, seit sie in Inverness arbeitet. Und in den letzten Wochen dürfte der Herr Professor vor allem seine Arbeiten korrigiert haben, so wie immer in den Semesterferien. Da war er aber nicht ‚mit Mrs. Frazer zusammen', wie du das ausdrückst."

Lena antwortete nichts darauf.

Sally legte den Kopf schief. „Du willst mir aber nicht weismachen, dass du auf diese Frau eifersüchtig bist, oder? Dazu hast du nämlich überhaupt keinen Grund! Professor McNeil liebt nur dich, das sieht ein Blinder!"

*

Mittwochs ordnete Diane ihre Unterlagen. Sie musste noch einiges aufarbeiten, bevor sie vier Wochen lang weg wäre.

Sie dachte an den Montagabend, als sie miteinander essen waren. Es war zum Mäusemelken. Irgendwie hatte sie das Gefühl, dass er sie durchaus gern hatte, und sich immer freute, wenn sie zusammen waren. Aber war er auch verliebt in sie? So wie sie in ihn? In diesem Fall hätte er es ihr doch längst einmal gesagt.

Ob sie doch den ersten Schritt machen sollte? Nein, das ging einfach nicht. Sie seufzte. Warum musste die Liebe so kompliziert sein?

Das Läuten des Telefons riss sie aus ihren Gedanken. Die Sekretärin verband sie; es war ein Gespräch aus Frankreich. Die nette Dame am anderen Ende stellte sich als Hotelangestellte heraus. In ihrem fließenden Englisch mit starkem französischem Akzent teilte sie Diane mit, dass die angefragte Buchung in Ordnung ginge.

Gordon schien offenbar keine Probleme damit zu haben, ein Zimmer zu teilen, denn er hatte ja schon öfter mit Kollegen gemeinsam in einem Zelt übernachtet, die er zuvor noch nicht einmal gekannt hatte.

Diane bedankte sich für die Auskunft, dann ging sie gleich in Gordons Büro hinüber, um ihm Bescheid zu sagen. Aber er war nicht da, er war wohl schon heimgegangen. Sie ging zurück und rief von ihrem Telefon aus bei ihm zu Hause an. Es meldete sich nur der Anrufbeantworter. Sie sprach aufs Band.

*

Mittwochs kam Gordon etwas früher nach Hause als zuvor. Er hatte Lena versprochen, nur noch den Donnerstag in der Uni zu verbringen, um dann freitags und samstags bei ihr sein zu können, bevor er nach Frankreich fliegen würde. Als er seine Aktentasche in die Bibliothek brachte, kam Lena gerade vom Garten herein.

Sie strahlte, als sie ihn sah. „Du bist schon da? Wie schön!“

Er nahm sie in die Arme und küsste sie ausgiebig. „Ich hatte Sehnsucht nach dir!“ Er grinste sie an. „Du riechst irgendwie nach Erde.“

Lena lachte. „Darin hab ich bis eben auch gebuddelt.“ Sie küsste ihn zurück, aber als seine Hand unter ihr T-Shirt wanderte, entzog sie sich ihm. „Gordon, ich muss erst duschen, ich bin total verschwitzt.“

„So, so…“ Er grinste schelmisch. „Ich meine mich zu erinnern, dass die Duschwanne drüben groß genug ist für zwei Personen.“

„So, so…“ Sie öffnete leicht ihre Lippen, als seine Zunge sie berührte. „Und du meinst, wir sollten das ausprobieren?“

„In jedem Fall!“ Während er sie weiter küsste, schob er sie über den Gang in Richtung Duschbad und begann dabei, sie auszuziehen.

Später tapste Lena zwar noch in die Küche, um für sie beide ein bisschen Fingerfood zu holen, das sie im Bett knabberten. Aber ansonsten verließen die beiden das Schlafzimmer an diesem Abend nicht mehr. So sah auch keiner von ihnen, dass der Anrufbeantworter blinkte.

*

Am nächsten Morgen fuhr Gordon ohne Frühstück in die Uni. „Ich versuche, spätestens um halb sechs da zu sein.“

Lena blieb noch im Bett und schlief eine weitere Stunde. Dann frühstückte sie und war auf dem Weg zurück ins Schlafzimmer, um sich zu duschen, als ihr das Blinken am Telefon auffiel. Sie ging zu der Station, drückte auf den hellroten Knopf und lauschte. Bald darauf verzog sie das Gesicht – Diane! Was wollte die denn schon wieder?

„Hallo Gordon, ich bin's, Diane. Ich bekam eben einen Anruf von unserem Hotel in der Bretagne. Das mit dem Doppelzimmer klappt doch noch! Bis morgen!"

Lena stand da wie angewurzelt und starrte die Station an. Sie hatte sich bestimmt verhört. Sie drückte den Knopf noch einmal. Wieder ertönte Dianes Stimme und wieder erzählte sie von einem ‚Doppelzimmer' in ‚unserem' Hotel. Dann mit einem Mal löste sich Lenas Spannung.

Okay, das war's! Das war ja wohl der eindeutige Beweis, dass Gordon sie doch mit Diane betrog! Wie sonst sollte man es erklären, dass er sich für ganze vier Wochen ein Zimmer mit Diane teilen würde? Und warum hatte er die letzten Wochen immer mit ihr an der Uni verbracht? Wenn er wirklich an der Uni war.

Sie lief, ja, rannte fast in den Ankleideraum, riss ihren Koffer und die Reisetasche aus der Ecke, in der sie gestanden hatten, und begann, ihre Kleidung hineinzuwerfen.

Wahrscheinlich hatte er sich mit Diane in ihrer Wohnung getroffen, deshalb hatte sie sich auch verplappert, als sie Wochen zuvor hier war und gesagt hatte, er habe seine Unterlagen ‚bei ihr' liegen gelassen.

Die ganze Packerei kam ihr sehr bekannt vor. Wieder einmal zog sie aus der Wohnung eines Partners aus, wieder einmal war sie betrogen worden.

Sie ging ins Bad und sammelte Zahnputzzeug und andere Utensilien ein. Oder übertrieb sie? War das Ganze in Wirklichkeit harmlos? Aber wie sollte man ein Doppelzimmer für Diane und Gordon falsch verstehen? Sie konnte zwar nicht kapieren, wieso er und Diane sich nicht offen zu ihrer Affäre bekannten, denn schließlich waren sie beide ja solo – oder etwa nicht? Vielleicht war Diane gar nicht geschieden.

Sie sprang unter die Dusche, zog sich an und schnappte ihr Gepäck, dann hielt sie inne. Sie war völlig außer Atem und sah wie vor einem rötlichen Schleier Erik und Anna vor sich, wie sie es in ihrem Bett miteinander trieben. Über dieses Bild schob sich Gordon, der Diane über ihren Schreibtisch legte und ihr den Rock hochzog, während sie an seiner Hose herumnestelte.

Nein, nein! Lena schloss die Augen und hob sich die Ohren zu. Sie musste hier weg, raus, nach Hause. Nicht noch einmal die gleiche Schmach, diese Enttäuschung, dieser Schmerz. Die Erniedrigung, dass sie wieder nicht gut genug war.

Sie schob die Koffer in den Gang und war schon dabei, einfach das Haus zu verlassen, als ihr zwei Dinge einfielen. Erstens sollte sie sich wenigstens von Sally verabschieden. Bei diesem Gedanken kamen zum ersten Mal die Tränen. Und sie sollte Gordon einen Zettel hinlegen, nicht, weil sie ihm das schuldig war, sondern damit ihm klar war, dass sie ‚es wusste‘!

Sie ging in die Küche, nahm sich aus dem kleinen Zettelkasten ein Stück Papier heraus und schrieb:

Wie konntest du nur? Wieso hast du überhaupt etwas mit mir angefangen?

Dann las sie den Satz noch einmal durch und zerriss den Zettel. Das ging so nicht. Der zweite Versuch war ein halber Roman mit mehreren eng beschriebenen Zetteln, auf denen sie anklagte, fragte, jammerte. Sie ließ die Papiere auf dem Küchentisch liegen, bis ihr einfiel, dass Lucy bald käme. Die sollte auf keinen Fall lesen, was Lena geschrieben hatte.

Sie wollte die Zettel schon ins Schlafzimmer bringen, als sie sie noch einmal durchlas und mitten im Gang stehen blieb. Das war ja unerträglich! Sie jammerte ihm die Ohren voll wie eine enttäuschte Sechzehnjährige, die ihren ersten Liebeskummer hatte. Also wurden auch diese Zettel dem Papierkorb überantwortet.

Eigentlich brauchte sie ihm überhaupt nichts zu schreiben. Sie ging zurück in den Gang, hob den Hörer ab und wählte Sallys Nummer. Es klingelte fünf Mal, dann ging der Anrufbeantworter dran. Lena überlegte, ob sie überhaupt eine Nachricht aufsprechen sollte, entschied sich dann aber doch dafür.

„Sally, ich bin's, Lena. Ich gehe zurück nach Deutschland. Gordon betrügt mich mit Diane! Ich melde mich bei dir." Und damit legte sie auf.

Spontan holte sie noch einmal einen Zettel aus dem Kasten und schrieb darauf, was ihr gerade einfiel. Sie legte ihn auf seine Seite des Bettes, dann holte sie ihre Jacke und das Gepäck – sie hatte nur einen Teil eingepackt, den Rest würde Gordon ihr eben nachschicken müssen – und verließ das Haus. Als sie schon auf der Straße stand, fiel ihr ein, dass sein Hausschlüssel noch in ihrer Jeanstasche steckte. Sie ging zurück und warf ihn in den Briefkasten. Nun gab es kein Zurück mehr!

Sie war gerade um die untere Straßenecke gebogen, als Lucy ihr Fahrrad vor Gordons Haustür abstellte.

*

Lena fasste es nicht. „Sie wollen mir ernsthaft erzählen, dass ich von diesem Flughafen nicht nach Deutschland fliegen kann?"

Der Schalterbeamte schüttelte den Kopf. „Nope! Sie können von Glasgow oder von Edinburgh fliegen, aber nicht von Inverness." Er zuckte die Schultern. „Es tut mir leid. Am besten nehmen Sie den Flughafenbus zum Bahnhof. Von dort fahren Sie mit dem Zug nach Edinburgh. In der Nähe des Hauptbahnhofs geht ein Shuttlebus an den dortigen Flughafen. Und Edinburgh fliegt Frankfurt direkt an."

Lena nahm ihr Gepäck und ging zum Bus zurück. Hätte sie das nur geahnt! Sie war umsonst hierher an den Flughafen gefahren. Sie erwischte den Bus gerade noch. Auf der Fahrt zurück nach Inverness dachte sie, dass sie sich ungeschickt angestellt hatte. Sie hätte sich gleich, als sie am Bahnhof ankam, nach den Flügen erkundigen sollen. Aber sie konnte einfach nicht klar denken. Sie wusste nur, dass ihr Traum von einem gemeinsamen Leben mit Gordon in Schottland ausgeträumt war. Das tat so furchtbar weh!

Im Bahnhof kaufte sie ein Ticket nach Edinburgh, danach hatte sie gut eine Stunde Zeit, bis der Zug fuhr. Sie trank einen Kaffee und überlegte kurz, ob sie doch schnell zu Gordon gehen und ihn mit ihrem Verdacht konfrontieren sollte. Schließlich war die Uni nicht weit vom Bahnhof entfernt.

Aber dann verwarf sie diesen Gedanken wieder. Wahrscheinlich hätte sie gar keine Gelegenheit, ihn allein zu sprechen. Er war bestimmt bei Diane. Und ob er ihr die Wahrheit gesagt hätte, war fraglich.

Im Zug nach Edinburgh hatte sie ein Abteil für sich und endlich die Gelegenheit, sich ganz und gar ihrem Kummer hinzugeben. Sie heulte einige Papiertaschentücher voll. Danach musste sie vor Erschöpfung eingenickt sein, denn als sie wieder aus dem Fenster sah, rauschten Vorstadthäuser an ihr vorbei. Gleich darauf kam eine Durchsage, dass die Reisenden ab der Waverley Station, dem Hauptbahnhof, diverse Möglichkeiten hätten weiterzufahren. Verschlafen rappelte sie sich auf und holte ihr Gepäck.

Zehn Minuten später saß sie in einem Flughafenshuttle. Ihr Blick glitt automatisch nach links, wo auf einem Felsen das Edinburgher Schloss thronte. ‚Eigentlich sollte ich die Gelegenheit nutzen und mir wenigstens einen schnellen Überblick über die Stadt verschaffen', dachte sie elend. Sie musste wunderschön sein.

Aber sie hatte jetzt keinen Kopf für ein normales Touristenprogramm. Ihr war alles egal, es war vorbei, aus, Ende. Was jetzt kam, interessierte sie nicht mehr.

Inzwischen war es schon kurz vor sechs Uhr abends, und Lena war sich gar nicht sicher, ob so spät noch eine Maschine nach Frankfurt fliegen würde. Aber sie hatte Glück, um sieben ging ein Flug, und zwar direkt. Es waren noch genügend Sitzplätze vorhanden.

Sie checkte ihr Gepäck ein und rief, bevor sie ihr Handy ausschaltete, vom Gate aus zu Hause an, um ihre Eltern darüber zu informieren, dass sie um kurz vor zehn ankäme und ob jemand sie am Frankfurter Flughafen abholen könne. Ihr Vater käme, sagte ihre Mutter.

Kapitel 20: Das darf doch nicht wahr sein!

Gordon schloss kurz nach sechs die Haustür auf. Mit einem Seufzer ließ er seine Aktentasche neben die Garderobe fallen. Er hatte es geschafft, alle Klausuren und Referate zu korrigieren und zusätzlich die Ausgrabung vorzubereiten. Er war zwar müde, aber er freute sich auch auf zwei unbeschwerte Tage mit Lena, bevor er in die Bretagne flog. Er hatte sich vorgenommen, jede Minute mit ihr zu genießen, denn während der Heimfahrt hatte er festgestellt, dass er sich zwar darauf freute, eventuell neue Erkenntnisse zu sammeln, aber die übliche Euphorie, die er bisher vor Ausgrabungen empfunden hatte, spürte er dieses Mal nicht. Vier Wochen ohne Lena – er konnte sich das kaum mehr vorstellen. Naja, dachte er, als er pfeifend in Richtung Küche ging, wenn seine Sehnsucht nach ihr zu übermächtig wäre, würde er kurzerhand am zweiten Wochenende heimfliegen.

Die Küche war leer, es waren keinerlei Anzeichen zu erkennen, dass sie gekocht hatte. Er ging in den

Garten hinaus. „Lena?“ Keine Antwort. Das Fleckchen Grün lag seltsam still da.

Er ging zurück ins Haus. „Lena?“ Wo steckte sie nur? Im Schlafzimmer war sie auch nicht. Er wollte schon wieder hinausgehen, als er den Zettel auf seinem Bett entdeckte. Er hob ihn auf und las:

Konzentrier dich auf deine Diane. Das mit uns war ein Fehler!

Ungläubig starrte er die Nachricht an. Er solle sich auf Diane konzentrieren? Das mit ihm und Lena sollte ein Fehler sein? War sie jetzt übergeschnappt?

Er sank auf sein Bett und überlegte. Was bedeutete diese Nachricht denn? Wo war sie, zum Kuckuck? Er dachte nach. Sally! Sie wusste wahrscheinlich mehr. Er hastete zum Telefon.

Sally kam von ihrem Tagesausflug zurück und ging als erstes ans Telefon, um den Anrufbeantworter abzuhören. Es war nur eine Nachricht drauf. Sie erstarrte, als sie sie abhörte. Sie war von heute Morgen…

‚Um Gottes Willen‘!, dachte sie. ‚Das Mädel hat doch hoffentlich keine Dummheit begangen und ist schon abgereist‘. Sie wollte gerade drüben im Haus anrufen, als ihr Telefon klingelte.

„Sally, haben Sie eine Ahnung, wo Lena steckt?“

„Ach, Herr Professor, ich fürchte, sie ist nach Hause geflogen! Ich bin eben erst heimgekommen und habe ihre Nachricht abgehört. Ich wollte sie gerade anruf-“

„Und hat sie auch gesagt, warum sie zurückfliegt?“

„Nun, ich weiß nicht, wie ich es sagen soll, aber …“

„Sally, was immer es ist, nun reden Sie schon, verdammt!“

„Naja, sie meint wohl, Sie hätten was mit Mrs. Frazer.“

„Wie bitte?“ Gordon brüllte inzwischen in den Hörer. „Ich soll etwas mit Diane -“ Er verstummte plötzlich. Jetzt machte ihre Nachricht einen Sinn. ‚Konzentrier dich auf deine Diane‘, hatte sie geschrieben. „Aber wie kommt sie denn auf solch eine bekloppte Idee?“

„Ich weiß es nicht, Sir. Aber vielleicht hat sie da etwas missverstanden. Ich hatte den Eindruck, dass sie Mrs. Frazer nicht besonders mochte, weil Sie so oft mit ihr zusammen arbeiten. Und da dachte sie wahrscheinlich -“

„Solch ein ausgemachter Blödsinn! Diane und ich sind Kollegen, mehr nicht.“ Er holte tief Luft. „Okay, ich regle das. Ich danke Ihnen, Sally!“

Er wollte schon auflegen, als sie sagte: „Sir? Sie holen sie doch wieder zurück, ja? Das Mädel gehört hierher und zu Ihnen.“

„Ich versuch’s, Sally. Sie kann ganz schön stur sein, wie Sie ja wissen, aber ich versuch’s.“

Er legte den Hörer auf, dann wählte er Dianes Handynummer.

Nach dem sechsten Klingelton erst meldete sie sich.

„Hier ist Gordon. Diane, sag mal, hast du Lena gegenüber angedeutet, dass wir beide ein Verhältnis miteinander haben?“

„Waaas? Bist du bescheuert? Wie käme ich denn auf solch einen Gedanken?“

„Nun, Lena muss davon überzeugt sein, wir hätten was miteinander. Deshalb ist sie überstürzt abgereist.“

„Um Gottes Willen, Gordon! Das tut mir echt leid. Aber wieso denkt sie denn-“ Abrupt hielt sie inne. „Oh nein!“

„Was?“

„Du hast deine Nachricht auf dem Anrufbeantworter gestern nicht abgehört, oder? Sonst hättest du heute Morgen gewusst, dass die Hotelbuchung klar geht.“

„Du meinst, dass Ian sich mit mir ein Zimmer teilt?“

„Genau. Ich habe gestern Abend den Anruf vom Hotel bekommen und danach gleich bei dir angerufen, um dir das mitzuteilen. Vielleicht hat Lena da etwas falsch verstanden.“

„Hm, wieso sollte sie? Sie ist ja wohl kaum auf Ian eifersüchtig.“

„Nein, auf ihn nicht. Aber ich habe etwas gesagt, wie ‚das mit dem Doppelzimmer in unserem Hotel klappt‘.“

Gordon stöhnte auf. „Oh Gott, Diane, das muss es sein. Sie hat geglaubt, wir beide würden uns ein Doppelzimmer teilen. Scheiße!“

„Es tut mir so leid. Aber diesen Irrtum kannst du doch aufklären. Flieg ihr hinterher und sag ihr, dass es mir leidtut.“ Sie weinte inzwischen. „Ich würde mich nie zwischen euch stellen, warum auch? Und wieso ist Lena eigentlich auf mich eifersüchtig? Sie flirtet doch die ganze Zeit mit James herum!“

Gordon glaubte sich verhört zu haben. „James? Was hat er denn mit dem Ganzen zu tun?“

„Naja, ich bin schon die ganze Zeit über eifersüchtig auf Lena bei dem Gedanken, dass die beiden sich treffen wollen, wenn wir in der Bretagne sind.“

„Wieso bist du denn auf Lena – Diane, erklärst du mir das bitte? James kann sich doch mit ihr treffen, so oft er will.“

„Nein, kann er nicht, verdammt! Ich bin in James verliebt, seit ich ihn das erste Mal gesehen habe. Aber er - er sieht mich nicht einmal.“

Gordon stand kopfschüttelnd im Gang. „Das glaub ich jetzt nicht! Okay, es reicht! Diane, ich kann dir nur eines sagen: Du hast überhaupt keinen Grund, auf Lena eifersüchtig zu sein. Ich kläre das. So, und jetzt muss ich dringend meinen Flug buchen. Wir sehen uns am Sonntag.“

Er beendete das Gespräch, dann hörte er den Anrufbeantworter ab. Klar, ‚das Doppelzimmer in unserem Hotel‘ hatte Diane gesagt.

Er fluchte vor sich hin, dann wählte er James' Nummer. Als er sich meldete, sagte er nur: „James, ich habe nicht viel Zeit. Hör zu: Lena ist nach Deutschland zurückgeflogen, weil sie denkt, ich hätte ein Verhältnis mit Diane. Ich fliege ihr hinterher. Und DU unternimmst endlich etwas wegen Diane. Sie hat mir nämlich eben am Telefon gesagt, dass sie seit zwei Jahren in dich verliebt ist. Also schnapp sie dir endlich, verdammt!" Damit beendete er das Gespräch.

Als nächstes eilte er an seinen Laptop in der Bibliothek und suchte sich einen Flug nach Frankfurt heraus. Er musste dieses Missverständnis so schnell wie möglich aufklären. Lena, verdammt! Wieso war sie gleich auf und davon gegangen anstatt mit ihm zu reden? Zum ersten Mal kam er auf die Idee, sie auf ihrem Handy anzurufen.

Mailbox! War ja schon fast klar. Er sprach darauf, dann schrieb er ihr eine Nachricht.

*

Ihr Flug startete pünktlich. Lena schloss die Augen und wollte am liebsten gar nichts mehr denken. Nach dem Start nahm sie das Glas Orangensaft, das ihr angeboten wurde, und trank es in einem Zug leer.

Sie sah zum Fenster hinaus, wo zunächst noch weit unten ein Lichtermeer zu sehen war, aber bald schluckte die Dunkelheit alles. Vereinzelte Wolken zogen an ihrem Fenster vorbei. Wieder schloss sie die Augen. In gut eineinhalb Stunden würde sie in Frankfurt landen, dann wäre das Kapitel Schottland endgültig vorbei.

Zunächst war noch ein Mahlstrom von konfusen Gedanken in ihrem Kopf, dann allmählich verebbte das Chaos und hinterließ einfach eine große, mentale Erschöpfung. Sie wollte nichts mehr denken, nichts fühlen.

Plötzlich war das Bild von Gordon vor ihrem inneren Auge, als sie ihn zum ersten Mal gesehen hatte, als er in der Tür zur Waschküche stand. Die Hände hinter dem Rücken verschränkt, hatte er kritisch zu ihr herüber gesehen, während sie Kräuter schnitt. Er hatte ihr sofort gefallen. Der Moment beim Ceilidh, als sie ihm in die Arme gefallen war und er sie festgehalten hatte; vor der Tür in der Garage, als die blöde Katze miaute; und dann dieser erste Kuss. Innerhalb weniger Sekunden war sie aus der Hölle in den Himmel aufgestiegen; die erste Liebesnacht, die Gefühle, sein Lächeln, das Glück, das so übermächtig war.

Heiße Tränen stahlen sich aus ihren Augen. Verärgert wischte sie sie weg. Sie musste inzwischen aussehen wie ein Zombie, so oft hatte sie an diesem Tag schon geheult.

Es war so schön gewesen mit ihm. Die ersten Tage, die Reise, zuerst daheim, dann durch den Norden. Gordon war aufgeblüht, er war locker und witzig. Und sie hatten sich fast jede Nacht geliebt. Wie konnte er da nur mit Diane – plötzlich setzte sie sich auf. Und wenn er gar kein Verhältnis mit ihr hatte? Wenn alles nur ein großes Missverständnis war? Würde er sie einfach so ziehen lassen? Oder würde er versuchen, sie umzustimmen? Kaum hatte sich dieser Gedanke in ihren Kopf gestohlen, war sie erleichtert. Es konnte doch rein theoretisch sein, dass sie sich täuschte. Dann wäre es doch nicht aus.

‚Um Himmels Willen', dachte sie, ‚dann habe ich mich ja total bescheuert aufgeführt'.

Aber wie um ihren Verdacht doch noch zu erhärten, fielen ihr wieder Dianes Worte ein: ‚Gordon hat das heute Morgen bei mir liegengelassen'. ‚Ich wollte dir nur sagen, das mit dem Doppelzimmer in unserem Hotel klappt doch noch‘.

‚Und da trifft man sich eben auch privat‘ - James. Ob er mehr wusste? Ihn hätte sie fragen können, bevor sie so überstürzt abgereist war. Er hätte es ihr bestimmt sagen können. Nun war es zu spät.

Kapitel 21: Wieso ist Liebe so kompliziert?

Gordon kroch freitagsmorgens um drei Uhr gerädert und völlig übernächtigt aus den Federn, stellte sich unter die Dusche, schüttete einen doppelten Espresso in sich hinein, und kurz nach halb vier fuhr er den Bentley aus der Garage. Er ärgerte sich noch immer, dass er nicht den Bus oder den Zug nehmen konnte, aber um diese Zeit gab es keine Verbindung an den Flughafen in Glasgow.

Dreieinhalb Stunden Fahrt lagen vor ihm und er hatte, da in diesen frühen Morgenstunden nur wenige Autos unterwegs waren, reichlich Zeit zum Nachdenken. Am vorigen Abend war er so schockiert gewesen, dass Lena so unvermittelt abgereist, einfach nicht mehr da war, dass er keinen klaren Gedanken hatte fassen können.

Er war nach den Anrufen bei Sally, Diane und James erst gegen Mitternacht eingeschlafen und war zwischendurch einige Male hochgeschreckt. Jetzt erst wurde ihm bewusst, dass er, seit er mit Lena sein Bett teilte, keine Durchschlafprobleme mehr kannte.

Letzte Nacht aber hatte er wirr geträumt. Irgendetwas davon, dass Lena gar nicht nach Deutschland zurückgeflogen war und nicht einmal ihre Eltern wussten, wo sie steckte. Er war schweißgebadet aus dem Schlaf hochgeschreckt und dachte, dass er sie für immer verloren hatte. Das hatte eine Leere und Verzweiflung in ihm ausgelöst, die er seit langem nicht mehr verspürt hatte. Seit damals, als ihm bewusst wurde, dass er nicht nur unwiederbringlich seine Frau, sondern auch sein Kind verloren hatte.

Dieses bedrückende Gefühl kam nun wieder in ihm hoch. Ihm wurde mit einem Mal bewusst, dass er ganz selbstverständlich davon ausgegangen war, dass Lena ein fester Bestandteil seines zukünftigen Lebens sein würde. Sie war in ihn verliebt, er in sie, so einfach war das. Oder doch nicht?

Er schüttelte den Kopf. Wie hatte er nur so naiv sein können? Immerhin war sie mit ihren dreißig Jahren um einiges jünger als er und wohl doch nicht so gefestigt, wie er angenommen hatte. Vielleicht war es ihr auch gar nicht so ernst damit gewesen, bei ihm und in Schottland zu bleiben. Zum ersten Mal begannen leise Zweifel an ihrer Zuneigung an ihm zu nagen, und der Gemütszustand, in den ihn dies versetzte, war äußerst unangenehm.

Endlich hatte er wieder eine Frau gefunden, die er liebte, die er begehrte und die ihm die Hoffnung gab, doch noch Vater zu werden, und mit einem Mal schien dieser Traum in weite Ferne zu rücken. Dies schürte in ihm Angst, sie zu verlieren.

Er bewegte seine Schultern unablässig vor und zurück und versuchte, eine bequeme Position zu finden, in der der Spannungsschmerz nicht so groß war.

Oder hatte sie vielleicht Heimweh nach Deutschland bekommen? Sie konnte selbstverständlich jederzeit ihre Eltern besuchen. Ihm war klar, dass er sie mit seiner Bitte, bei ihm zu bleiben, ziemlich überrumpelt hatte. Vielleicht fühlte sie sich bei ihm doch nicht so wohl, wie sie zunächst angenommen hatte.

Oder war er ihr auf Dauer als Lebenspartner zu alt? Zwölf Jahre waren ein großer Altersunterschied …

Ernüchtert stellte er fest, dass er wohl um ihre Liebe würde kämpfen müssen, wenn er sie halten wollte. Und das wollte er.

Er dachte zum wiederholten Mal, wie wohl er sich in ihrer Gegenwart fühlte. Abgesehen davon, dass sie attraktiv war und ihn magisch anzog wie ein

Magnet einen Eisennagel, war sie eine nette Person, die das Herz auf dem rechten Fleck hatte. Sie war intelligent, er konnte sich gut mit ihr unterhalten, sie hatte Humor und sie hatten fantastischen Sex. Was ihm allerdings auch wichtig war: Er musste vor ihr keine Rolle spielen. Er konnte einfach so sein, wie er war.

Das war bei Amelia nicht der Fall gewesen. Das fiel ihm erst jetzt auf. Er hatte bei ihr immer das Gefühl gehabt, ihr nicht ganz zu genügen, einiges nicht so zu tun, wie sie es wollte. Bei Lena war das anders.

Noch hundert Kilometer bis zum Flughafen Prestwick. Wenn es weiter so lief, würde er gut eine Stunde vor Abflug ankommen. Es war wirklich umständlich, von Inverness aus auf den Kontinent zu reisen. Am liebsten wäre er von Edinburgh aus nonstop geflogen, aber die Vormittagsflüge nach Frankfurt am heutigen Freitag waren komplett ausgebucht. Also musste er von Glasgow aus fliegen. Er hatte in Gatwick noch einen Zwischenstopp und kam, obwohl er um 08:10 Uhr losflog, erst kurz nach vierzehn Uhr in Frankfurt an, weil die eine Stunde Zeitverschiebung noch dazukam.

Zum Glück hatte Sally ihm Lenas Adresse geben können und er erinnerte sich von ihrem Besuch im August noch ungefähr daran, wie ihr Elternhaus aussah. Aber hätte Sally ihm nicht weiterhelfen können, hätte er jetzt ein Problem gehabt.

Er hatte sich, als er mit Lena in Deutschland war, nicht ihre Adresse aufgeschrieben. Warum auch? Ihre Eltern wohnten in Speyer, aber die Straße wusste er nicht und er hätte auch nicht mehr nachvollziehen können, wie man zu ihrem Haus kam. Trotz moderner Medien wurde ihm bewusst, dass jemand, der nicht gefunden werden wollte, das auch schaffte. Natürlich hatte er ihre Mobilfunknummer, aber wenn sie seine Anrufe nicht entgegennahm, so wie gestern, und seine SMS-Nachrichten nicht beantwortete, hätte er keine Chance gehabt, an sie heranzukommen.

*

Nachdem Lena und ihr Vater am vorigen Abend um halb zwölf heimgekommen waren, hatte sie ihre Mutter begrüßt, die in der Küche bei einer Tasse Kakao gesessen hatte. Sie habe sowieso nicht einschlafen können, sagte sie. Wie zu Lenas

Teeniezeiten hatte sie keine Ruhe gehabt, bis sie wusste, dass ihre Tochter unversehrt daheim war. Lena trank ein Glas Wasser, dann setzte sie sich zu ihrer Mutter. Sie erzählte in knappen Sätzen.

Heike Kiefer runzelte die Stirn. „Schatz, ehrlich gesagt, kann ich mir überhaupt nicht vorstellen, dass Gordon dich betrügt. Er ist ein so netter Mensch und er liebt dich. Das habe ich in seinen Augen gesehen, wenn er dich angesehen hat. Ich habe ihn in den wenigen Tagen, die ihr hier wart, sehr lieb gewonnen, und ich habe mich bei der Hoffnung erwischt, dass er eines Tages unser Schwiegersohn wird."

Bei Lena liefen wieder die Tränen. „Ich hätte absolut nichts dagegen. Und vielleicht sehe ich ja auch nur Gespenster. Aber ich kann mir einiges einfach nicht anders erklären."

„Sag mal ... ich weiß nicht, wie ich das jetzt ausdrücken soll, ... wie lief es denn bei euch im Bett? Ich meine, versteh mich nicht falsch, das geht mich eigentlich nichts an. Aber hattet ihr denn guten Sex?"

Zum ersten Mal an diesem langen Tag lächelte Lena. „Das kann man wohl sagen! Wir sind ja kaum aus dem Bett herausgekommen."

„Na, da muss dein Gordon aber im wahrsten Sinne des Wortes ein besonderes Stehvermögen haben, wenn er auch noch mit Diane eine Beziehung haben soll …“

Lena sah ihre Mutter groß an. Diesen Aspekt hatte sie noch gar nicht bedacht. „Naja …“ Trotz ihres Kummers musste sie lächeln. „Das stimmt auch wieder.“

Heike Kiefer sah unter sich. Sie schien mit sich zu kämpfen, dann sagte sie: „Es gibt noch eine Neuigkeit. Vielleicht ist das jetzt nicht der richtige Zeitpunkt, aber ich finde, du solltest es wissen.“ Sie sah ihre Tochter an: „Das mit Annas Schwangerschaft war ein Fehlalarm. Sie bekommt kein Kind von Erik.“

„Woher weißt du das denn? Hast du ihn getroffen?“

Ihre Mutter nickte. „Ich hab dir doch aufs Band gesprochen, dass wir letzte Woche in seiner Wohnung waren und deine restlichen Bücher und Unterlagen geholt haben. Es ist jetzt nichts mehr von dir dort. Und da hat er es uns gesagt.“

Lena zuckte mit den Schultern. „Ich war eh nicht so sicher, ob Erik sich wirklich auf das Baby gefreut hätte.“

„Hat er wohl nicht, denn er fragte mich wieder, ob ich wüsste, wie's dir geht und wo du bist."

Alarmiert sah Lena ihre Mutter an. „Du hast es ihm hoffentlich nicht gesagt?"

Heike Kiefer schüttelte den Kopf. „Nein, hab ich nicht. Aber ich hab ihm gesagt, dass du einen Mann getroffen hast, mit dem es ernst zu sein scheint." Sie schwieg, dann sagte sie: „Es schien ihm nicht zu gefallen, denn er hat gesagt: ‚Ich bin vielleicht ein Trottel. Ich habe so vieles falsch gemacht. Wenn ich nur die Zeit zurückdrehen könnte, ich würde Lena mit Handkuss zurücknehmen. Jetzt ist es wohl zu spät'." Sie legte ihrer Tochter die Hand auf ihre. „Ich denke, er liebt dich immer noch, Schatz."

„Pah!" Lena schoss von ihrem Stuhl hoch und lief zum Fenster und wieder zurück. „Dazu ist es wirklich zu spät, Mama! Erstens bin ich noch nicht davon überzeugt, dass Gordon mich wirklich betrügt, und zweitens habe ich mit ihm kennengelernt, was Liebe wirklich ist. Was immer mich mit Erik verband, Liebe war es nicht. Und du glaubst doch nicht ernsthaft, dass ich jetzt, wo es mit Gordon vielleicht vorbei ist, wieder brav zu Erik zurückgehe? Vergiss es!" Sie trank ihr Glas aus. „Entschuldige, ich bin hundemüde, ich gehe ins

Bett! Es war ein langer Tag." Und damit ging sie die Treppe hoch.

*

Es war ein eigenartiges Gefühl, wieder in dem schmalen Ein-Meter-Bett zu liegen, die Poster der *Backstreet Boys*, von *Anastacia* und, als einzigem Vertreter deutschsprachiger Musik, von *Falco* neben sich an der Wand. *Out of the Dark* war vierzehn Jahre zuvor ihr absoluter Lieblingssong gewesen. Sie debattierten damals in der Schule, ob Falco bewusst Drogen genommen und seinen Freitod geplant hatte.

Ihre Eltern fanden es nicht gut, dass sie für ihn schwärmte, führte er doch einen recht exzessiven Lebenswandel, aber Lena mochte nur seine Songs. Sie hatte nicht vor, in die Drogenszene abzurutschen.

Die *Backstreet Boys* allerdings waren ihr absolutes Idol gewesen. Von ihrem Taschengeld hatte sie die verfügbaren Jugendzeitschriften gekauft und alle Informationen über die Boygroup verschlungen, die sie zu fassen bekam. Sie hatte die Fotos ausgeschnitten und sie in ein Album geklebt.

Nachts hatte sie im Bett gelegen und sich vorgestellt, dass sie bei einem Konzert ihrer Lieblingsgruppe in der vordersten Reihe stehen würde. Ihr Schwarm Howie würde sie entdecken und ihr zuzwinkern. Vielleicht würde er sie sogar auf die Bühne holen. Das war damals ihr größter Wunschtraum gewesen. Das blieb er allerdings auch; sie schaffte es nie, ein Livekonzert der Boygroup zu besuchen.

Das Foto von Howie vor Augen schlief sie schließlich ein.

Kapitel 22: Verunsicherungen

James lief seit einer Stunde in seinem Arbeitszimmer auf und ab und überlegte sich, was er zu Diane sagen sollte. Seit Gordon ihn am Abend zuvor angerufen hatte, war nur ein Gedanke in seinem Kopf: Diane war verliebt in ihn! Er konnte sein Glück kaum fassen, denn die Vorstellung, dass sie seine Gefühle erwiderte, war so umwerfend, dass er bezweifelte, ob Gordon sie nicht doch falsch verstanden hatte. Schließlich kannten sie sich seit fast zwei Jahren und niemals, wenn sie sich bei Gordon trafen oder gemeinsam mit ihm essen waren, hatte sie durch irgendein Wort oder eine Geste gezeigt, dass sie sich für ihn interessierte. Oder hatte er es nicht bemerkt?

Andererseits würde Gordon nicht einfach behaupten, sie sei in James verliebt, wenn es nicht stimmte, das war überhaupt nicht seine Art.

So verbrachte er einen Teil der Nacht damit, Gedanken und Zweifel zu wälzen, sich von einer Seite auf die andere zu drehen, ein Glas Milch zu trinken, halbherzig und fahrig eine Jogaübung durchzuführen, die er vor Jahren regelmäßig angewendet hatte. Aber er war viel zu nervös, um zur Ruhe zu kommen, und erst weit nach Mitternacht war er dann erschöpft eingeschlafen. Ein großer Becher schwarzen Kaffees half ihm, wenigstens die Augen offen zu halten; ob er klar denken konnte, wusste er nicht.

Aber es half alles nichts. Wenn er sie jetzt nicht sofort anrief, würde er den Mut, zu ihr Kontakt aufzunehmen, wieder verlieren und auch die nächsten Monate damit zubringen, nur von ihr zu träumen. Damit sollte jetzt Schluss sein; schließlich wurden sie beide nicht jünger.

Er holte tief Luft, dann wählte er die Nummer der Uni. Er hatte nicht ihre Durchwahlnummer, konnte sich also nur von der Zentrale verbinden lassen. Irgendwie kam er sich dadurch wie ein Bittsteller vor. Während er wartete, dass sich am anderen Ende jemand meldete, schaute er zum wiederholten Male auf seine Uhr: 08:05. Falls sie gar nicht in der Uni war, würde er sie -"

„University of the Islands and Highlands, guten Morgen!"

James ließ sich verbinden und lauschte gezwungenermaßen *Old Lang Syne.* Die traurige

Melodie versetzte ihn nicht gerade in Hochstimmung.

„Diane Frazer!“

Ihre Stimme plötzlich im Ohr, die so sachlich und fremd klang, ließ ihn aufschrecken und im ersten Moment kam kein Ton über seine Lippen. Er hatte nicht wirklich damit gerechnet, sie jetzt zu erreichen. Schweiß brach ihm aus allen Poren.

„Hallo?“

Er unterdrückte ein nervöses Hüsteln und sagte, so locker es ihm möglich war: „Hallo, Diane, hier ist James.“

Jetzt war es am anderen Ende der Leitung still.

„Diane?“

„James, entschuldige, ich bin etwas überrascht, dass du mich anrufst.“

„Oh, nun, wenn es gerade unpassend -“

„Nein, nein, ist schon okay.“

„Naja, ich hätte dich natürlich auch zu Hause anrufen können, das heißt, das heißt nein, denn ich habe deine Privatnummer nicht.“ Er verstummte abrupt und fuhr sich über die schweißnasse Stirn. „Bitte entschuldige, ich labere dummes Zeug. Ich wollte dich fragen, ob wir uns heute Mittag zum Lunch treffen können."

„Oh, eh, ja…" Nun war sie diejenige, die verlegen stammelte. „Gern, James. An welche Zeit dachtest du?"

Sie vereinbarten halb eins in einem Café in der Innenstadt, weil dort nicht damit zu rechnen war, dass es vor Studenten wimmeln würde.

Diane starrte verblüfft den Telefonhörer an und ließ ihn dann auf die Gabel sinken. James wollte sich mit ihr treffen, nicht erst am Abend oder gar am Samstag, sondern gleich heute Mittag. Das musste ja einen wichtigen Grund haben. Andererseits wusste er, dass sie sonntags bereits nach Frankreich fliegen würde.

Ob er mit ihr über Gordon und Lena sprechen wollte? Die junge Frau war doch ziemlich überraschend nach Deutschland geflogen. Wieder dachte Diane an Gordons Anruf vom gestrigen Abend. ‚Hast du Lena gegenüber angedeutet, wir hätten eine Affäre'? hatte er sie gefragt. So etwas Dämliches! Wie hatte Lena ihren Anruf nur so missverstehen können? Ein Blinder sah doch, wie glücklich sie Gordon machte.

Natürlich mochte Diane Gordon auch. Er war ein netter Kerl und ihr war durchaus klar, dass es einige Frauen gab, die für ihn schwärmten, allen voran etliche seiner Studentinnen. Er war ja auch ein attraktiver Mann, aber eben überhaupt nicht Dianes Typ. Abgesehen davon war sie schon in James verknallt, seit sie ihn zum ersten Mal gesehen hatte.

Nein, gestand sie sich ein, als sie die Unterlagen für die bevorstehende Besprechung zusammenheftete, sie war nicht nur verknallt, sie war richtig in ihn verliebt. So mit Haut und Haaren, wie man so schön sagte. Und wenn sie richtig informiert war, war er solo. Aber entweder er interessierte sich nicht für sie oder er wollte, aus welchen Gründen auch immer, keine feste Beziehung haben. Diane klopfte den Stapel Papiere auf den Tisch, dann stopfte sie sie in ihre Aktentasche.

Sie ging zur Toilette, wusch die Hände und besah sich im Spiegel. Sie fuhr sich durch die Haare und rückte ihren Blazer zurecht, dann hielt sie mitten in der Bewegung inne. Hatte Gordon ihm etwa erzählt, dass sie in James verliebt war, und er beabsichtigte, ihr gleich und unmissverständlich klar zu machen, dass sie keine Chance bei ihm hatte? Aber so etwas würde James nicht tun. Soweit sie ihn beurteilen konnte, war er ein sanfter, netter Mensch.

Oder wollte er sich etwa mit ihr treffen, um … naja, um sich mit *ihr* zu treffen? Oh mein Gott! Dieser neue Gedanke erschreckte sie. Es war doch sicherlich kein Zufall, dass James sie heute Morgen anrief, nachdem sie gestern Abend Gordon gegenüber gestanden hatte, dass sie in James verliebt war. Mochte er sie vielleicht doch ein bisschen, und dieses Treffen heute Mittag war ein Date? Eine ganz normale Verabredung zwischen Mann und Frau?

Sie befeuchtete ihren Zeigefinger und wischte sich damit über eine Stelle unter ihren Augen, wo ein Hauch Mascara sich von ihren Wimpern auf die Haut gestohlen hatte. Sie fuhr sich noch einmal durch die Haare, dann glitt ihr Blick weiter nach unten.

Die weiße Leinenbluse stand ihr gut, vor allem jetzt, wo ihr Dekolleté und ihre Arme gebräunt waren. Die Bluse war leicht transparent und man konnte den Büstenhalter mit den weißen Spitzen darunter erkennen.

Sie nestelte an den Trägern herum. Irgendwie hingen heute ihre Brüste mehr als sonst. Naja, hängen war vielleicht übertrieben, aber so fest wie zehn Jahre zuvor noch waren sie inzwischen nicht mehr.

Ob sie für einen Mann überhaupt noch attraktiv war? Sie war zwar schlank, aber mit dem heutigen Idealbild einer Frau, die am besten nicht mehr als Größe 36 haben sollte und schon bei Kleidergröße 42 als übergewichtig galt, konnte sie nicht mithalten.

Und ihr Blazer – kritisch drehte sie sich vor dem Spiegel - war doch ziemlich konservativ und langweilig. Er eignete sich ideal für die Uni, aber für eine private Verabredung war er zu bieder. Zum Glück hatte sie sich heute Morgen nicht für die üblichen schwarzen Hosen entschieden, sondern zur Abwechslung einmal den halblangen, dunkelblauen Leinenrock angezogen. Er war eng geschnitten, reichte ihr bis zu den Waden und hatte einen Schlitz an der Rückseite. Bluse und Rock waren also angemessen, aber den Blazer würde sie ausziehen. Etwas weniger verunsichert ging sie wieder in ihr Büro zurück.

*

Gordon hatte auf dem Flug von Glasgow nach London kurz aber tief geschlafen. Während seines Aufenthaltes in Gatwick checkte er seine E-Mails und seine SMS-Nachrichten, doch Lena hatte nicht geantwortet. Er rief sie an, aber sie schien ihr Handy ausgeschaltet zu haben.

Allmählich wurde er ärgerlich; sie benahm sich kindisch. Schließlich hatte er sich nichts zuschulden kommen lassen. Wie sie auf die Idee verfallen war, dass Diane und er ein Verhältnis hatten, war ihm immer noch schleierhaft. Nur weil sie sich gut verstanden und beide solo waren, ging er doch nicht gleich mit Diane ins Bett. Lena hatte völlig hysterisch reagiert und anstatt ihn zu fragen, war sie einfach auf und davon gegangen.

Endlich wurde sein Flug nach Frankfurt aufgerufen. Er hatte einen Sitzplatz in der dritten Reihe. Er setzte sich, schnallte sich an und schloss die Augen.

Andererseits konnte er ihre Reaktion auch verstehen. Wie sie ihm erzählt hatte, hatte ihr Freund sie betrogen, und das noch mit einer ihrer Kolleginnen. Über ein halbes Jahr lang. Das musste sie sehr verletzt haben, so verhielt man sich in einer Partnerschaft einfach nicht.

Für ihn wäre solch ein Verhalten undenkbar gewesen. Schließlich bedeutete dies nicht nur, dass man mit jemand anderem Sex hatte, sondern man belog den Partner auch noch, indem man vorgab, alles sei so wie immer. Das wog für ihn fast noch mehr als die körperliche Komponente. Und er verstand, dass Lena diese Erfahrung nicht ein zweites Mal durchleben wollte. Es musste demütigend sein, so zum Narren gehalten zu werden.

*

Lena schlief bis kurz nach zehn. Erst allmählich fand sie aus dem Reich der Träume in die Wirklichkeit zurück. Sie blinzelte irritiert zu dem schwarzen Minirock an der Wand hinüber, öffnete ganz die Augen und sah Anastacia mit Mikrofon und glänzendem Top vor sich. Erst da wurde ihr bewusst, dass sie nicht in Gordons Schlafzimmer lag. Sie drehte sich auf den Rücken und starrte zur Decke hoch.

Sie war wieder zu Hause.

Im Zeitraffertempo glitt der vorige Tag an ihr vorüber: der Entschluss abzureisen, der Anruf bei Sally, die ausgerechnet, wo Lena sie dringend gebraucht hätte, nicht erreichbar war. Der Frust am Flughafen in Inverness, als ihr klar wurde, dass sie mit dem Zug nach Edinburgh fahren musste, um von dort aus hoffentlich noch einen Platz in einer Maschine nach Frankfurt zu bekommen.

Nachdem ihr Vater sie am Flughafen abgeholt hatte, hatte er sich während der Fahrt ohne weiteren Kommentar ihre Gründe angehört, warum sie so Hals über Kopf zurückgekommen war.

„Vielleicht hättest du zuerst mit ihm reden sollen. Nicht alle Männer sind so wie Erik!“, war das Einzige, was er gesagt hatte.

Kaum war der Name Erik gefallen, wurde Lena auch schlagartig klar, warum sie so hysterisch reagiert hatte. Es war ihr zuvor nicht bewusst gewesen, aber sie dachte ständig: ‚Nicht schon wieder, ich lasse das nicht noch einmal mit mir machen‘.

Sie stand auf und stellte sich unter die Dusche. Und doch hatte ihr Vater recht, sie hätte Gordon zumindest die Chance geben sollen, etwas zu ihrem Vorwurf zu sagen.

Aber falls er sie doch mit Diane betrog, hätte sie das durchgestanden?

Sie sah noch ganz genau Eriks Gesichtsausdruck vor sich, als er mehr oder weniger zugab, eine Affäre mit Anna zu haben, diese Mischung aus Trotz, schlechtem Gewissen und, ja, auch Mitleid. Und dann die plötzliche Erkenntnis, dass es aus war zwischen ihnen, dass er sich innerlich schon so weit von ihr entfernt hatte, dass sie keine Chance mehr hatten, wieder zueinander zu finden. Anna war nicht nur eine Affäre, sie war die zukünftige Mutter seines Kindes, das wurde Lena damals schlagartig bewusst.

Inzwischen hatte sich die Situation zwar verändert, weil Anna doch nicht schwanger war, aber das hatte keine Bedeutung mehr. Sie selbst hatte sich inzwischen innerlich so weit von Erik entfernt, dass sie sich nicht einmal mehr hätte vorstellen können, sich von ihm küssen zu lassen.

Aber mit Gordon hätte sie diese Szene nicht ausgehalten. Sie mochte sich gar nicht ausmalen, dass er mit Diane die Dinge tat, die er mit ihr machte; all die Zärtlichkeiten, die ein derartiges

Verlangen in ihr auslösten, das sie völlig wehrlos war und sich ihm mit einem absoluten Urvertrauen hingab, so, als könne er sie nie und nimmer verletzen. Dieses Vertrauen hatte jetzt einen Riss bekommen, und sie wusste nicht, wie sie damit umgehen sollte. Trotz ihrer herben Enttäuschung liebte sie Gordon nach wie vor, und sie fragte sich, wie sie wohl reagieren würde, falls sich herausstellte, dass Diane und er doch nur Kollegen waren.

Sie zog sich an, dann holte sie ihr Smartphone aus der Handtasche. Sie hatte es im Flughafen in Edinburgh ausgeschaltet und danach einfach vergessen, es wieder anzuschalten. Ungläubig starrte sie auf die drei Nachrichten von Gordon und die Meldung: „zwei vermisste Anrufe“, auch von seinem Handy aus.

Er hatte also mehrmals und zu verschiedenen Zeiten versucht, sie zu erreichen. Sie lächelte erleichtert, aber dann legte sie das Telefon auf den Nachttisch, ohne ihn zurückzurufen. Dass er sie hatte anrufen wollen, war eigentlich zu erwarten. Sie hatte ihm ja nur einen Zettel dagelassen, der wenig aussagte. Dass sie zurück nach Deutschland geflogen war, konnte er sich wohl denken.

Ohne seine Nachrichten zu lesen, ging sie hinüber in die Küche. Auf dem Tisch stand eine Thermoskanne, an die ein Zettel gelehnt war. Die Handschrift ihrer Mutter.

Morgen, mein Liebes! Hoffe, du konntest einigermaßen schlafen... Ich kann mir vorstellen, dass es dir miserabel geht. Du solltest dennoch dringend deine Post durchsehen, es ist ein Schreiben der ADD dabei – dachte mir, es könnte wichtig sein. Es kam vorgestern.

Ich drück dich, Mama

Ein Brief von der ADD? Was wollte denn die oberste Schulbehörde von ihr? Da sie zu Schuljahresbeginn nur wieder eine Stelle als Aushilfskraft für sechs Monate angeboten bekommen hatte, hatte sie die Hoffnung auf eine Festanstellung aufgegeben. Auch dies hatte dazu beigetragen, dass sie in Schottland geblieben war.

Sie seufzte. Ihr neues Leben hatte ihr gefallen: die Aussicht auf interessante Kurse an der Uni, das schöne Haus mit der gemütlichen Bank im Garten, der herrliche Strand und last, but not least Gordon. Gordon, dieser attraktive Schotte mit den dunklen Haaren, hellblauen Augen und seinem unwiderstehlich charmanten Lächeln.

Sie schenkte sich Kaffee in einen Becher, der verdächtig vor ihren Augen verschwamm, und trug ihn in ihr Zimmer. Unwirsch wischte sie sich über die Augen und sah sich dann doch Gordons Nachrichten an.

1. *Lena, was soll das? Wo steckst du, zum Kuckuck? Melde dich!*
2. *Du hast mich jetzt lange genug zappeln lassen. Ruf mich bitte zurück!*
3. *Wenn du meinst, du kannst dich einfach so aus meinem Leben stehlen, irrst du dich. Ich werde das nicht zulassen! Meldest du dich bitte? Du benimmst dich ziemlich kindisch!*

Wider ihren Willen musste Lena lächeln. ‚Ich werde das nicht zulassen', hatte er geschrieben. Sie setzte sich auf ihr Bett und las seine Nachrichten noch einmal durch. Die letzte war von heute Morgen kurz vor acht. Seitdem hatte er zweimal versucht, sie anzurufen. Aber seit einigen Stunden hatte er es wohl aufgegeben.

‚Ob ich ihn zurückrufen soll'? dachte sie. Sie ging in die Küche zurück und bereitete sich ein Müsli zu. Vielleicht sollte sie zuerst ihre Post durchsehen. Außerdem konnte man eine solche Sache nicht am Telefon klären.

‚Hallo, ich bin's. Hast du nun eine Affäre mit Diane oder nicht'?

‚Nein, natürlich nicht! Wie kommst du nur auf solch eine bescheuerte Idee'?

Oder: *‚Hör mal, ich kann dir das erklären'*.

Lena lief eine Gänsehaut den Rücken hinunter. Nein, so einfach würde sie es ihm nicht machen. Sie würde ihn nicht zurückrufen, aber sie würde seinen Anruf annehmen, wenn er das nächste Mal versuchte, sie zu erreichen. Wenn er es nicht schon aufgegeben hatte … Aber in diesem Fall konnte sie Gordon und ein gemeinsames Leben in Schottland sowieso vergessen.

Kapitel 23: Das wurde aber auch Zeit!

Während der kurzen Besprechung mit seinem Stellvertreter sah James permanent auf die Uhr. Er musste spätestens um zwölf Uhr los, denn er wollte auf keinen Fall zu spät kommen. Er hasste es, wenn Leute nicht pünktlich waren, egal, ob zu einem geschäftlichen Termin oder zu einer privaten Verabredung. Und eine Frau ließ man prinzipiell nicht warten, schon gar nicht eine, die einem so wichtig war.

Zerstreut nickte er seinem Kollegen zu. „Ja, das haben wir bereits mehrmals besprochen. Wenn also jetzt nichts anderes mehr ansteht, würde ich mich gerne wieder meiner Arbeit widmen." Als der Kollege schon halb zur Tür draußen war, setzte er nach: „Ach übrigens, ich bin heute ab zwölf Uhr außer Haus. Falls also etwas anliegt ..." Er ließ den Satz unvollendet.

Der andere nickte. „Kein Problem."

Als er endlich wieder allein war, nahm er sich das nächste Schreiben vor, das zuoberst auf einem hohen abzuarbeitenden Stapel lag.

Es war ein Brief der Schulbehörde über eine weitere Änderung im Lehrplan. Manchmal fragte er sich, welche Art von Leuten sich diese neuerlichen Ungeheuerlichkeiten ausdachten. Inklusion – wie sollte das denn in der Praxis funktionieren? Es war für alle Beteiligten eine schlechte Lösung.

Er hatte den ersten Abschnitt überflogen, als er aufgab. Er konnte sich jetzt einfach nicht konzentrieren, aber dieses Thema war zu wichtig, um das Rundschreiben zu lesen, abzuhaken und zu vergessen. Es würde Änderungen im Unterrichtsablauf geben und schon wieder eine Konferenz, in der er die Kollegen würde über diese Neuerung informieren müssen.

Aber so dringend war diese Sache nicht. Er sah auf die Uhr - zwanzig vor zwölf - und beschloss spontan, bereits jetzt zu gehen. Er informierte seine Sekretärin, dass er ab sofort außer Haus und heute auch nicht mehr erreichbar sei.

Im Waschraum fuhr er sich über die Haare – waren sie über Nacht grauer geworden? Sah er eigentlich älter aus als siebenundvierzig? Er wusste es nicht.

Diane war genauso alt wie er, das hatte Gordon ihm einmal erzählt. Aber sie sah höchstens wie

Anfang vierzig aus. Zwei Jahre zuvor bei einer Veranstaltung an der Uni, zu der Gordon ihn eingeladen hatte, hatte er Diane kennengelernt. Damals war sie erst seit einigen Wochen in Inverness und verstärkte mit ihrem Angebot an Kursen über die Umweltproblematik, auch in Verbindung mit Aquakultur, Gordons Fachbereich, der sich primär auf Archäologie und Ökotourismus spezialisiert hatte.

Er hatte sich vor allem in das entzückende Lächeln verliebt, das sie ihm schenkte, als Gordon ihn als seinen Freund und Experten in allem, was das keltische Volk anging, vorstellte. Ihre Augen strahlten, ihr ganzes Gesicht veränderte sich, aber ihr Mund öffnete sich nur ganz leicht, so als habe sie Bedenken, ihre wunderschönen weißen Zähne zu zeigen.

Und diese Lippen, er musste sie immer wieder anstarren, wenn sie es nicht bemerkte: Sie sahen aus wie die zarten Blütenblätter einer rosaroten Rose und er hätte sehr gerne einmal ausprobiert, ob sie sich auch so anfühlten.

Er rückte seine Krawatte zurecht, dann stutzte er: Ob er heute endlich die Gelegenheit haben würde, es herauszufinden? Er wollte sich schon abwenden, als er sich noch einmal im Spiegel musterte.

Spontan zog er die Krawatte aus und öffnete den obersten Knopf am Hemdkragen. Ja, das sah nicht so förmlich aus. Er legte die Krawatte im Auto auf den Beifahrersitz, ließ es aber stehen. Er hatte noch genug Zeit, um gemütlich zu Fuß in die Innenstadt zu gehen. Ein bisschen Bewegung würde ihm guttun und hoffentlich seine Nerven beruhigen.

*

Diane fuhr nach Hause und stellte ihr Auto auf dem für sie reservierten Parkplatz ab. Sie hatte keine Zeit mehr, um sich in ihrer Wohnung frisch zu machen, sonst käme sie zu spät, und das war nicht ihre Art. Was immer James von ihr wollte, sie würde ihn nicht warten lassen. Sie ließ ihre Aktentasche im Auto liegen, legte den Blazer auf den Beifahrersitz und machte sich auf ins Café.

Falls er sich wirklich einfach so mit ihr treffen wollte, worüber würden sie eigentlich reden? Sie kannten sich ja seit geraumer Zeit, hatten über ihre jeweiligen Jobs gesprochen, die Einstellung zu ihrer Arbeit, sie kannten ihre gegenseitigen Hobbies. Er aß am liebsten asiatisch, sie auch. Er fuhr in den Ferien gern in fremde Städte, sie auch; er lehnte die zwanghafte Zurschaustellung etlicher Menschen in den sozialen Netzwerken ab und benutzte das Internet nur für die obligatorischen Mails und zur Recherche – sie auch.

Sie bog in die Chapel Street und seufzte. Worüber würden sie dann reden? Sie wussten doch fast alles voneinander. Nein, dachte sie mit einem Anflug von plötzlichem Verlangen, sie wusste nicht, wie es sich anfühlte, wenn er sie küsste, wenn er sie in den Arm nahm, wenn seine Hände ihren Rücken hinunterfuhren oder sogar – sie blinzelte. ‚Um Himmels Willen', dachte sie, ‚ich ergehe mich hier in sexuellen Fantasien, während er sich wahrscheinlich nur Sorgen um seinen Freund macht und mich treffen will, um zu besprechen, wie wir gemeinsam Gordon und Lena helfen können'. Sie zwang sich, das Bild von James, wie er sich über sie beugte, aus ihrem Kopf zu verbannen, und legte die letzten Meter bis zum Eingang des Cafés etwas außer Atem zurück.

*

James hatte einen der begehrten Tische vor dem Café ergattert. Er war bereits viertel nach zwölf hier gewesen und hatte sich ein Glas Wasser bestellt. Hier draußen einen Platz zu besetzen und nichts zu konsumieren, bis Diane auch da war, war keine Option, zumindest nicht um diese Tageszeit. Er hatte den beflissenen Kellner mit Müh und Not davon überzeugen können, mit der Essensbestellung noch zu warten, bis seine Begleitung käme.

Nun saß er da, mit übereinander geschlagenen Beinen, und schaute äußerlich entspannt und locker um sich, wie sich das für jemanden gehörte, der die Zeit hatte, seine Mittagspause in einem Café zu vertrödeln, ohne hastig ein paar Bissen hinunterzuschlingen und dann im Trab zum nächsten Termin zu eilen, das I-Phone am Ohr.

Innerlich war er angespannt wie eine Feder. Plötzlich setzte er sich gerade hin. Was würde er eigentlich zu ihr sagen, wenn sie kam? Worüber konnten sie denn überhaupt reden? Sie kannten sich gut genug, um nicht irgendwelche Informationen austauschen zu müssen, wie man das tat, wenn man sich zum ersten Mal traf. Abgesehen davon wollte er Diane am liebsten in den Arm nehmen, sie küssen und – ah, da vorne kam sie.

Und sie sah wieder einmal umwerfend aus. Sie trug die weiße Bluse, die ihr so gut stand und die einen verheißungsvollen Blick auf den Büstenhalter darunter erlaubte. Sie hatte ihn entdeckt und kam lächelnd auf ihn zu.

Er sprang auf, ging ihr die letzten Schritte entgegen und versuchte, das sehnsüchtige Ziehen in seinen Lenden zu ignorieren.

*

„Diane! Schön, dass du kommen konntest!"

„James!"

Er strahlte, dann zog er sie zu sich heran und küsste sie auf beide Wangen. Diane küsste ihn zurück. Er nahm sie am Arm und steuerte mit ihr aufs Café und ihren Tisch zu.

Inzwischen hatte sich direkt hinter den Stuhl, auf dem James zuvor gesessen hatte, ein kräftig gebauter Mann gesetzt, wodurch James' Stuhl an den Tisch geschoben worden war.

„Tja, ich werde mir wohl einen anderen Platz aussuchen müssen", meinte er.

Diane setzte sich auf den Stuhl gegenüber. „Warum setzt du dich nicht neben mich?“ Sie sah sich um. „Es ist ziemlich beengt und viel los hier, nicht?“

„Das kann man wohl sagen.“ James zog seinen Stuhl zurück und wäre dabei beinahe mit dem Kellner zusammengestoßen, der sich an ihm vorbeizwängte, ein großes Tablett mit Gläsern in der linken Hand balancierend.

Er setzte sich schließlich. Er war plötzlich nervös und auch Diane schien sich nicht wirklich wohl zu fühlen. Da rang er sich spontan zu einer Entscheidung durch. „Musst du nachher nochmal in die Uni zurück?“

Sie nickte. „Wir haben eine kurze Besprechung, aber erst um drei.“ Sie sah ihn an. „Warum fragst du?“

„Wie wär’s, wenn wir woanders hingingen, wo es ruhiger ist?“

Sie lächelte. „Super Idee! Zu *George’s*?“

„Dem Thai in der *Queensgate*? Super Idee!“ Er klemmte einen Schein unter sein halb leeres Glas, dann standen sie auf und gingen.

„Du meine Güte!", sagte James und schüttelte den Kopf. „Man meint, es gäbe hier heute etwas umsonst!"

„Naja, das ist wahrscheinlich der letzte warme Tag in diesem Jahr, da wollen die Leute das Meiste draus machen."

In dem thailändischen Restaurant wählten sie einen Tisch in einer Ecke im hinteren Bereich. Es waren nicht viele Gäste dort, wohl hauptsächlich, weil die meisten Leute um diese Tageszeit nicht die Muße hatten, gemütlich zu speisen.

Sie setzten sich einander gegenüber und steckten ihre Nasen in die Speisekarte. Beide wählten sie schließlich Ente mit Zitronengras und Gemüse. Als die Kellnerin sie fragte, was sie trinken wollten, entschied Diane sich für einen Jasmintee, wie immer, und James nahm einen Orangensaft.

Dann sagte er plötzlich: „Warten Sie, bitte." Er sah Diane abwartend an. „Eigentlich haben wir doch einen Grund zum Feiern, es ist schließlich unsere erste Verabredung."

Diane errötete und lächelte ihn an.

James wandte sich wieder der Kellnerin zu. „Bringen Sie uns bitte noch zwei Gläser Sekt!"

Als die Frau gegangen war, kicherte Diane. „Puh! Alkohol um diese Tageszeit …“ Sie lächelte spitzbübisch. „Und dazu noch Sekt. Von dem werde ich immer ganz schnell betütelt und, naja …“

James nahm ihre Hand in seine und sah sie amüsiert an. „Und?“

Der Blick, mit dem sie ihn bedachte, versetzte ihn in prickelnde Erregung. „Und irgendwie wagemutig.“

Sein Lächeln raste durch ihren Körper wie ein Stromstoß. „Ist das so, ja?“, sagte er, und er dachte: ‚Wagemutig ist das richtige Stichwort‘.

Die Kellnerin wählte diesen Zeitpunkt, um ihren Sekt zu bringen. Sie stellte die Gläser hin und ging wieder.

James sah Diane immer noch an und hielt ihren Blick fest, während er auf den Stuhl neben sie glitt. Er nahm ein Glas Sekt und hielt es ihr hin, dann nahm er seines und erhob es.

„Dann lass uns auf unseren Wagemut trinken!“

Sie stießen an und sahen sich dabei in die Augen. Kaum hatten sie die Gläser abgestellt, beugte er sich zu ihr herüber und küsste sie.

Ihre Lippen fühlten sich zart und warm an. Er dehnte den Kuss aus, weil er nicht wollte, dass das Glücksgefühl, das ihn dabei durchströmte, aufhörte. Er musste sich zusammennehmen, dass er seine Hände bei sich behielt.

Diane fühlte seine weichen Lippen, die sich auf ihren Mund drückten. Die Stoppeln auf seinem Kinn kratzten wohlig auf ihrer Haut und zusammen mit dem Duft, der ihn umgab, verschmolz das Ganze zu einem sexuellen Verlangen, das ihre Knie in Butter verwandelte.

Mit bewusster Willenskraft zog er sich schließlich von ihr zurück. Beide waren außer Atem.

„Mmmmmmmmmm! Hätte ich gewusst, welches Vergnügen es bereitet, dich zu küssen, hätte ich das schon viel früher getan!“ Seine Stimme klang heiser.

Sie lachte glücklich. „Ich hätte mich nicht dagegen gewehrt!“

„Oh, verdammt! Was bin ich doch für ein ausgemachter Trottel!“

„Naja, du hast es ja jetzt wieder gutgemacht, also sei nicht so hart dir selbst gegenüber.“

Er fuhr mit einem Zeigefinger zärtlich über ihre Lippen. „Sie sehen aus wie Samt und Seide, und sie fühlen sich auch so an.“

Sie öffnete die Lippen ganz leicht, als er sie berührte.

Wieder beugte er sich zu ihr und küsste sie. Ganz sanft dieses Mal. Als sie seufzte, zog er sich zurück und nahm wieder ihre Hand.

„Diane, ich muss dir endlich etwas gestehen. Ich weiß nicht, wie ich es anders ausdrücken soll: Für mich bist du die attraktivste und anziehendste Frau, die mir je begegnet ist.“

Als sie glücklich lächelte, fand er den Mut weiterzusprechen. „Ich habe mich in dich verliebt, als wir uns in der Uni zum ersten Mal trafen.“ Er zögerte, weil er nicht wusste, wie sie auf sein Geständnis reagieren würde.

Sie schüttelte den Kopf. „Das glaub ich jetzt nicht! An diesem Abend habe ich mich auch in dich verliebt.“

Nun war James verblüfft. „Du auch? Aber du hast nie … ich meine, ich hatte nie das Gefühl, dass du dich für mich interessiert hast, weder damals noch später.“

„Naja, damals hatte ich mich kurz zuvor von meinem Mann getrennt und ich wollte mich nicht gleich wieder binden. Und danach ... weißt du, ich gehöre nicht zu den Frauen, die den ersten Schritt tun."

„So ist das. Also hätte ich wirklich mutiger sein sollen. Aber nachdem meine letzte Beziehung so völlig schief gelaufen war, hatte ich den Glauben daran verloren, dass ich eine Frau finden würde, die sich nicht nur für mich interessiert, sondern die auch zu mir passt."

Diane nickte. „Das kann ich verstehen, mir ging es nämlich ähnlich." Sie zögerte, dann sagte sie lächelnd: „Ich habe mich zuerst in deine Stimme verliebt. Tief und ein bisschen heiser und sooo sexy!" James lächelte verlegen. „Und ich habe dir nur so viele Fragen über die Kelten gestellt, für die ich mich nur mäßig interessierte, weil ich unbedingt deine Stimme hören wollte."

Er lachte laut. „Vielen Dank für dieses Kompliment." Er sah sie liebevoll an, strich ihr mit dem Finger über die Wange und küsste sie wieder. Er war so glücklich über das, was sie gesagt hatte, dass er kaum an sich halten konnte.

„Ich schätze, wir werden einiges nachzuholen haben“, flüsterte er dann.

Diane kicherte. „Das sehe ich auch so!“

In diesem Augenblick kam die Kellnerin und stellte zwei Warmhalteplatten auf ihren Tisch. Gleich darauf kam die Ente mit Reis und Gemüse.

Sie legten sich auf und begannen zu essen. Zwischendurch sahen sie sich immer wieder an und genossen dieses erste intime Zusammensein und die Aussicht auf mehr. Und sie waren sich sehr deutlich der Nähe des jeweils anderen bewusst.

James liebte normalerweise die thailändische Küche, aber in der jetzigen Situation waren seine Sinne nicht auf seine Geschmacksnerven eingestellt. Er war so überwältigt von dem Glücksgefühl, dass endlich sein größter Wunsch in Erfüllung gegangen war, dass er nur Augen für Diane hatte. Und seine Sinne tummelten sich sehr konzentriert in seiner unteren Körperregion. Es war aber auch zu blöd, dass sie wieder in die Uni zurück musste. Wenn nicht, hätten sie …

Diane war glücklich und gleichzeitig so von sexuellem Verlangen erfüllt, dass sie kaum einen Bissen hinunterbekam. Sie schluckte mühsam ein Stück Ente, das in ihrer Speiseröhre stecken zu bleiben schien, bis der nächste Bissen die Ente zwangsweise weiter nach unten schob.

Sie überlegte fieberhaft, ob sie kurzerhand auf die Besprechung verzichten und sich ganz auf ihre Gefühle für James konzentrieren sollte. Endlich waren ihre Wunschträume in Bezug auf ihn wahr geworden und sie wollte keine Minute in seiner Gegenwart versäumen.

Sie legten beide zur selben Zeit ihre Stäbchen ab. Keiner hatte ganz aufgegessen. Das Restaurant hatte sich geleert, sie waren die letzten Gäste.

James nahm wieder ihre Hand. „Diane, wie lange wird diese blöde Besprechung in der Uni dauern?"

„Ich schätze, etwa eine Stunde. Maximal bis viertel nach vier."

„Können wir uns heute Abend noch einmal treffen?" Er sah sie erwartungsvoll an.

Sie nickte glücklich. „Gern. Du könntest zu mir kommen und ich könnte uns eine Kleinigkeit zum Abendessen zaubern."

Er lächelte erleichtert. „Das klingt gut. Ist sieben zu spät?"

„Definitiv!"

„Dann um halb sieben?“

„Lass uns sagen, sechs.“

„Sex. Ja, gut!“

K 24: Jetzt aber Butter bei die Fische!

Gordon hängte sich die Reisetasche über die Schulter und folgte den anderen Fluggästen in Richtung Ausgang. Als er eine Autovermietung entdeckte, lenkte er seine Schritte dorthin. Es war am einfachsten, wenn er sich einen Leihwagen nahm, denn er hatte keine Ahnung, welchen Zug er nehmen müsste, um nach Speyer zu gelangen.

Er hatte Personalausweis und Führerschein parat und musste nur kurz warten, bis ein freundlicher Mitarbeiter ihm einen VW anbot. Nachdem er die nötigen Papiere ausgefüllt und unterschrieben hatte, begleitete ihn der Mann nach draußen, wo ein anthrazitfarbener Passat stand. Er händigte ihm Schlüssel und KFZ-Schein aus und Gordon ließ sich in die hellgrauen Polster sinken.

Er stellte zu seiner Erleichterung fest, dass die Gangschaltung genauso angeordnet war wie bei britischen Autos. Nun musste er sich nur noch darauf einstellen, dass die Deutschen auf der falschen Straßenseite fuhren. Aber das müsste zu schaffen sein, dachte er. Er war zwar noch nie auf dem Kontinent Auto gefahren, aber in seinem

Smartphone hatte er sich die Strecke, die er zurücklegen musste, bereits angesehen. Es waren etwa 100 Kilometer und bis auf das letzte, kleine Stück nur Autobahn.

Er startete den Motor, programmierte den Navi und fuhr langsam aus der Parklücke heraus. An der Ausfahrt, an der die freundliche Stimme ihn nach rechts leitete, hängte er sich hinter einen LKW. Der würde ihn sicherlich bis zur Autobahn lotsen.

*

Lena hatte die Post durchgesehen, die ihre Eltern während der vergangenen Wochen für sie gesammelt hatten. Das meiste hatte sie entsorgt, dann öffnete sie endlich den Brief der Schulbehörde.

„Sehr geehrte Frau Kiefer!

Am Schillergymnasium, wo Sie seit einigen Jahren als Aushilfskraft bis Juli 2014 unterrichteten, wird ab dem zweiten Halbjahr 2015 eine ganze und unbefristete Stelle für Geschichte und Englisch vakant. Wenn Sie Interesse haben, diese zu übernehmen, melden Sie sich bitte bis spätestens 30. September 2014 bei uns. …“

Lena starrte ungläubig den Brief an, dann las sie ihn noch einmal. Tatsächlich, sie boten ihr einen unbefristeten Vertrag an! Und dazu noch eine ganze Stelle … Das hatte sie sich seit drei Jahren sehnlichst gewünscht.

Was sollte sie denn jetzt tun? Sie konnte doch nicht bei Gordon anrufen und zu ihm sagen: ‚Hör mal, hast du nun eine Affäre mit Diane oder nicht? Wenn ja, nehme ich die Stelle an; wenn nicht, komme ich zurück'.

Plötzlich fiel ihr ein, dass schon der 26. September war, und bis zum 30. sollte sie sich melden. Wenn sie die Stelle annehmen wollte, müsste sie quasi jetzt dort anrufen und zusagen, um danach sofort ein Einschreiben zur Post zu bringen. Sie sah auf die Uhr: 15:10 Uhr. Sie hatte etwa fünfzig Minuten, in denen sie im Büro der ADD vor dem Wochenende noch jemanden erreichen würde.

Sie begann zu schwitzen. Was sollte sie nur tun? Wie sollte sie in dieser kurzen Zeit eine solch weitreichende Entscheidung treffen? Sie lief im Wohnzimmer auf und ab, nahm sich ein Glas Milch und trank es in einem Zug hinunter. Dann ging sie zur Terrassentür, öffnete sie und trat hinaus.

Die Nachbarin lag in einem kurzen Sommerkleid auf ihrem Liegestuhl in der warmen Herbstsonne, ein Buch auf ihrem Bauch, und schien zu schlafen. Auf der anderen Seite tollten die beiden Kinder von Familie Schmidt Ball spielend im Garten herum. Denen ging es gut, sie hatten keine Probleme. Lena holte tief Luft und bedauerte, dass sie zwei Jahre zuvor mit dem Rauchen aufgehört hatte. Jetzt hätte sie dringend eine beruhigende Dosis Nikotin vertragen können.

Wieder sah sie auf die Uhr. 15:22 Uhr. Noch eine gute halbe Stunde. Sie konnte sich doch in dieser kurzen Zeit nicht endgültig festlegen. Ob sie ihre Mutter anrufen sollte? Oder ihren Vater? ‚Wenn ich die beiden anrufe und sie mir zuraten, die Stelle anzunehmen, werde ich unzufrieden sein, weil ich eigentlich Gordon liebe und mit ihm leben möchte. Aber wenn sie mir raten, noch zu warten, bis ich mit Gordon gesprochen und die Angelegenheit geklärt habe, gefällt mir das auch nicht. Schließlich warte ich seit Jahren genau auf solch eine Chance. Und dazu noch an der gleichen Schule, wo ich bislang war. Dort gefällt es mir doch gut‘.

Plötzlich stutzte sie wieder. Aber Anna wäre dann auf Dauer ihre Kollegin. Und dies konnte sie sich einfach nicht vorstellen. Das würde nicht gutgehen.

*

Gordon fluchte. Er war ohne Stau durch die Baustellen auf der A67 gekommen. Jetzt stand er, laut Navi, nur fünf Kilometer von Speyer in einer Tagesbaustelle auf der A61. Er war seit gut zwölf Stunden auf den Beinen, um endlich Lena sehen und dieses lästige Missverständnis aus dem Weg räumen zu können. Er gähnte herzhaft und griff zu der Dose Cola, die er sich im Flughafen am Automaten besorgt hatte, um die plötzlich auftretende Müdigkeit zu unterdrücken. Der letzte Schluck war warm und enthielt keinen Rest von Kohlensäure mehr.

Angewidert verzog er das Gesicht. Der Geschmack erinnerte ihn an das sogenannte root beer, das er in Utah einmal fälschlicherweise für Bier gehalten und getrunken hatte. Dieses Gebräu aus Wurzeln und Kräutern war in dem einzigen Staat der USA, in dem Alkohol verboten war, wohl eine beliebte Alternative zu Eistee und Obstsäften. Aber er war nicht auf diesen süßlich-bitteren Geschmack vorbereitet gewesen und hatte es damals in hohem Bogen ausgespuckt.

Er fuhr sich müde über die Stirn und trommelte auf dem Lenkrad herum. Verdammt, er wollte endlich zu Lena. Seit einer halben Stunde war er plötzlich unruhig geworden und hatte den Eindruck, dass die Zeit drängte. Warum, konnte er nicht sagen.

Er atmete tief ein und aus. Das war ja lächerlich! Er hatte sie gestern Morgen noch gesehen, so eilig konnte er es gar nicht haben. Schließlich musste sie, wie er auch, zunächst nach Edinburgh oder Glasgow fahren. Da sie kein Auto hatte, war sie per Bus oder Bahn gereist. Das hatte mit Sicherheit gedauert. Und somit konnte sie erst im Laufe des vorigen Abends in Deutschland angekommen sein. Da kam es ja wohl auf eine Stunde früher oder später nicht an. Endlich ging es wieder einen Meter weiter. Er sah auf die Uhr im Display: 15:41 Uhr.

*

Lena war zum dritten Mal innerhalb der letzten halben Stunde auf die Toilette gegangen. Sie wusch sich die Hände und nahm sich vor, sich endlich zu entscheiden.

Sie ging in die Küche zurück und trank einen Schluck kaltes Wasser. 15:42 Uhr. Dann wanderte sie vom Esstisch zur Tür und zurück, den Brief der Schulbehörde in der Hand, und las ihn zum zigsten Mal.

Welches war das kleinere Übel? Die Stelle, die sie sich gewünscht hatte, auszuschlagen oder Anna ertragen zu müssen, die mit Erik zusammen war? Oder nicht mehr zusammen war. Jedenfalls würde die Zusammenarbeit mit ihr unangenehm werden.

Aber wenn sie dieses Angebot nicht wahrnahm, würde sie auf der Straße sitzen und hätte keinen Job, kein Geld, keine Wohnung. Das wäre wirklich unerträglich. Und wenn Gordon doch nicht? Er hatte nicht mehr angerufen …

„Okay“, sagte sie laut vor sich hin, „ich werde also das Angebot doch annehmen. Nach einem Jahr spätestens werde ich einen Versetzungsantrag stellen, egal wohin, Hauptsache weg von dieser Schule.“

Ein Blick zur Uhr: 15:48 Uhr. Sie holte ihr Handy und tippte die Durchwahlnummer ein, die auf dem Schreiben angegeben war. Während sie wählte, piepste der Apparat. Oh nein! Der Akku war leer! Verflucht! Sie legte das Handy weg und rannte die

Treppe hoch ins Arbeitszimmer ihres Vaters, wo der Apparat ihrer Eltern meistens lag. Die Wanduhr zeigte 15:50 Uhr. Jetzt war es aber höchste Zeit! ‚Ich hätte nicht so lange warten dürfen', dachte sie, als sie mit dem Telefon in der Hand nach unten hechtete.

Sie wählte und wartete. Nach einigen Sekunden ertönte das Besetztzeichen. Mist! Sie legte das Telefon hin, trank einen Schluck Wasser, dann nahm sie den Apparat wieder und drückte auf die Wiederholungstaste. Tut-tut-tut-tut. Ein Blick zur Uhr: 15:53.

Mit wem redete diese blöde Mitarbeiterin denn so kurz vor ihrem Feierabend noch? Hoffentlich nicht gerade mit einem anderen Anwärter auf ihre Stelle.

Auch beim dritten Versuch ertönte das Besetztzeichen. Frustriert warf Lena den Apparat auf den Küchentisch neben den Brief.

Noch zwei Minuten bis vier. Sie würde jetzt noch ein einziges Mal ganz langsam wählen, vielleicht hatte sie ja einen Zahlendreher in der Nummer.

Sie hatte gerade die ersten drei Ziffern eingetippt, als es an der Haustür klingelte. Zuerst wollte sie es ignorieren, dann fiel ihr ein, dass ihre Eltern ja beide noch bei der Arbeit waren und sie zumindest nachsehen sollte, wer vor der Tür stand. Sie drückte den roten Hörer, fluchte vor sich hin und ging mit dem Apparat in der Hand hinaus, um die Haustür zu öffnen.

Vor ihr stand Gordon mit grimmigem Gesichtsausdruck.

Sie starrte ihn verblüfft an. „Was machst du denn hier?"

Dumme Frage! Sie biss sich auf die Zunge und dachte an den Film *Dirty Dancing*, in dem *Baby* abends, als sie auf die verbotene Party geht, auf *Ricks* Frage, wer sie sei, antwortet: „Ich habe die Melone getragen."

„Wenn du mich reinlässt, erklär ich's dir!" Damit stürmte Gordon an ihr vorbei, geradewegs durch in die Küche. Dort drehte er sich zu ihr um, stemmte die Hände in die Hüften und sah sie verärgert an. „Mein Gott, Lena, warum bist du so überstürzt abgereist, als wolltest du vor mir fliehen? Warum hast du nicht einfach mit mir geredet?"

„Reden wird meist überschätzt!" Sie kreuzte abwehrend die Arme vor ihrer Brust.

„Nun, in unserem Fall hätte es geholfen."

Sie stand vor ihm und sah ihn trotzig an. So leicht würde sie es ihm nicht machen.

„Schau mal." Er kam einen Schritt auf sie zu, sie ging einen von ihm weg.

Er seufzte. „Lena, ich hatte nie, habe nicht und werde nie ein Verhältnis mit Diane haben. Und ich weiß auch ehrlich gesagt nicht, wie du auf diese bescheuerte Idee verfallen konntest!" Sie zog warnend die Augenbrauen hoch. „Diane ist nur eine Kollegin, mit der ich gut zusammenarbeiten kann. Und ja, ich mag sie."

„Aha!" Lena nickte triumphierend. „Dachte ich's doch!"

Gordon schüttelte den Kopf. „Nein, ich mag sie zwar, aber ich liebe sie nicht!" Er zögerte, dann fügte er wegwerfend hinzu: „Außerdem ist Diane in James verliebt und er in sie."

Das war allerdings eine Überraschung. Diane und James? Ein perplexes „Oh" entwischte ihren Lippen, aber dann fiel ihr wieder Dianes Nachricht auf dem Anrufbeantworter ein.

„Und wieso übernachtest du dann mit ihr im Doppelzimmer?"

„Natürlich nicht Diane, sondern unser Praktikant Ian teilt sich das Zimmer mit mir!"

„Ach so …“

So einfach war das! Ihr Widerstand begann, in sich zusammenzufallen, als ihr klar wurde, dass Gordon sie tatsächlich nicht betrog und Diane offenbar auch zukünftig keine Gefahr für sie darstellen würde. Sie hatte sich die Affäre wirklich nur eingebildet!

Er sah sie an, seine blauen Augen hielten ihre gefangen, wie immer, wenn er ihr etwas Wichtiges erklären wollte.

‚Ich sollte jetzt etwas sagen‘, dachte sie. Sie nickte zögerlich und sagte: „Okay …“

Dies schien ihm keine adäquate Reaktion zu sein, denn er runzelte die Stirn und zog die Augenbrauen hoch. Aber noch war sie nicht bereit, sich einfach so in seine Arme und in sein Bett zu stürzen, um danach mit ihm nach Schottland zurückzukehren.

Also drehte sie sich zum Esstisch herum, nahm den Brief von der Schulbehörde und hielt ihn ihm unter die Nase. „Sie bieten mir eine Festanstellung an der Schule an, wo ich letztes Jahr unterrichtet habe.“

Allerdings schien ihn das nicht sonderlich zu beeindrucken. Er kam auf sie zu, nahm ihr den Brief aus der Hand und warf ihn achtlos auf den Tisch zurück. Dann nahm er ihre Hände. „Das kann ich toppen, Lena! Ich will, dass du mit mir nach Schottland zurückkommst! Und ich biete dir eine Festanstellung in meinem Leben an.“ Er lächelte schief und sagte: „Ich werde jetzt nicht auf die Knie fallen, das kommt mir zu altmodisch vor.“

‚Festanstellung – Knie – altmodisch? Wovon redete er, verdammt‘?

„Lena, willst du mich heiraten?“

Ihr Herz setzte einen Schlag aus. „Dich heiraten?“

„Aye!“ Dieses Mal war sein breites Lächeln nicht zu übersehen.

„Und wann soll das sein?“, stammelte sie, nicht fähig, einen klaren Gedanken zu fassen.

„Ach, bald. So bald wie möglich.“

„Aber ich dachte, du bist jetzt erst einmal wochenlang auf dieser Ausgrabung. Ich fürchte, das wird eine ganze Weile dauern.“

Er beugte seinen Kopf zu ihr herunter und flüsterte: „Es wird überhaupt nicht lange dauern. Wenn du willst, heiraten wir sofort, wenn ich zurück bin.“ Und dann zog er sie an sich und küsste sie.

Seine Fähigkeiten auf diesem Gebiet hatten in den eineinhalb Tagen, seit er sie zuletzt unter Beweis gestellt hatte, nicht nachgelassen. Sein Kuss wurde immer fordernder und sie wäre nicht mehr fähig gewesen, ihm zu widerstehen, selbst wenn sie es gewollt hätte. Nur ein Gedanke war in ihrem Kopf: ‚Er liebt mich‘!

Plötzlich zog er sich zurück, sah sie abwartend an und sagte: „Ich warte immer noch auf eine Antwort!“

Zunächst wusste sie nicht, worauf er sich bezog, dann dachte sie ‚Oh‘ und flüsterte: „Ja, ich will!“

Er beugte sich zu ihr, so dass sein Ohr dicht vor ihrem Mund war. „Wie bitte?“

Sie lächelte und sagte laut und deutlich: „Aye! Ich will dich heiraten, Gordon McNeil!“

Epilog

Nairn, Ende Oktober

Gordon wuchtete seinen schweren Koffer die drei Stufen hinauf, schloss die Haustür auf und rief: „Lena?“

Keine Antwort.

Er ging den Gang entlang in die Küche, ins Wohnzimmer, hinaus in den Garten. Dann in die Bibliothek. „Lena?“ Wo war sie zum Kuckuck? Sie hatte ihm doch am Tag zuvor noch eine SMS geschickt und begeistert von ihrem Kurs berichtet. Aber heute hatte sie eigentlich keine Vorlesung.

Er rollte den Koffer in die Kleiderkammer. Die Tür zum Schlafzimmer war angelehnt. Er stieß sie auf und ging hinein. Dort war sie auch nicht. Aber das Bett war aufgedeckt, ihr Nachthemd lag auf der Decke, Kleidungsstücke hingen über einem Stuhl.

Er stieß erleichtert die Luft aus. Es schien alles in Ordnung zu sein. Aber wo steckte sie nur?

Er ging in die Küche und schenkte sich einen Orangensaft ein. Dann wurde ihm bewusst, dass sie ihn ja heute noch nicht erwartete. Geplant war, dass er erst am Wochenende zurückkommen würde.

Aber dann hatte es vorgestern plötzlich angefangen, stark zu regnen. Der Oktober war eben nicht die beste Jahreszeit, um in der Bretagne auszugraben. Vielleicht hätten sie doch bis zum folgenden Frühjahr warten sollen.

Der Regenschauer hatte gegen Morgen eingesetzt und sie hatten gar nicht so schnell die diversen Stellen, an denen sie gegraben hatten, mit Planen abdecken können, als dass es etwas geholfen hätte. Nach einer Stunde stand das Wasser bereits mehrere Zentimeter hoch in den Gräben. Sie hatten beim Wetterdienst angerufen, aber die Aussichten waren trüb: schauerartiger Regen, mindestens während der folgenden drei Tage.

Diane war diejenige gewesen, die ihn zur Seite genommen hatte. „Gordon, wir sollten abbrechen. Das Ganze hat doch keinen Sinn mehr. Wir können unter diesen Umständen unmöglich weiter arbeiten. Lass uns eine Genehmigung fürs Frühjahr einholen.“ Als er nicht sofort reagierte, hatte sie nachgesetzt: „Schließlich bin ich nicht die einzige, die gerne früher zurückkommen würde, oder?“

Ihr verschmitzter Gesichtsausdruck hatte ihn aus seiner Enttäuschung geholt. Er musste unvermittelt an Lena denken und daran, wie glücklich sie gelächelt hatte, als er sie fragte, ob sie seine Frau werden wolle. Er spürte plötzlich ein heftiges Verlangen, sie sofort in den Arm zu nehmen.

Er gab nach. „Du hast ja recht, wie meistens.“ Er blickte über das Grabungsfeld. Die britischen und französischen Kollegen standen zusammen und sprachen leise miteinander. „Wir sichern, was wir bisher herausgeholt haben, dann packen wir zusammen und brechen hier ab.“

Er fühlte allmählich eine Unruhe in sich heraufkriechen, für die er keine Erklärung hatte. Nachdem er die Entscheidung gefällt hatte, früher die Zelte abzubauen, hatte er das Gefühl, er müsse so schnell wie möglich zurück zu Lena.

Wenn es nach ihm gegangen wäre, hätten sie gleich, nachdem er von der Ausgrabung zurück war, geheiratet. Aber Lena wollte keine Hochzeit im November. Ihm wäre es egal gewesen, Hauptsache, sie wurde seine Frau. Nun würde er sich bis zum

Mai gedulden müssen, wenn sie, wie sie sagte, ein schulterfreies Kleid würde tragen können.

Am vorigen Abend war er mit Diane und Ian dann nach Glasgow geflogen und sie hatten dort übernachtet, da es bereits nach zehn Uhr war. Er hatte noch darüber nachgedacht, ob er Lena anrufen und ihr sagen solle, dass er vier Tage früher als geplant nach Hause käme. Aber dann hatte er es vorgezogen, sie zu überraschen.

Nun, das war gründlich schiefgegangen. Sie war nicht da. Seine Unruhe trieb ihn schließlich ans Telefon. Bei ihrem Handy meldete sich nur die Mailbox. Also wählte er Sallys Nummer.

„Herr Professor! Ist etwas passiert, weil Sie bei mir anrufen?“

„Sagen Sie's mir. Ich bin gerade nach Hause gekommen, aber Lena ist nicht da. Wissen Sie, wo sie steckt?“

„Naja, sie konnte ja nicht wissen, dass Sie heute schon kommen. Da wird sie sich aber freuen. Sie hat Sie doch so vermisst!“ Er brummte. „Sie ist nach Inverness reingefahren, einiges erledigen und … naja …“

„Und? Was heißt ‚naja‘?“

„Ich denke nicht, dass ich Ihnen das verraten soll."

„Sally…!" Sein drohender Unterton war nicht zu überhören.

„Nun, sie hat einen Termin beim Arzt."

„Beim Arzt? Was ist mit ihr?" Ein beklemmendes Gefühl schoss seine Kehle hoch.

„Nix is mit ihr. Reine Routine.", log Sally. „Sie müsste bald wieder daheim sein. Soll ich rüberkommen und Ihnen derweil einen Tee aufbrühen?"

„Nein, das schaffe ich gerade noch alleine!" Er legte den Hörer auf, ging in die Bibliothek hinüber und stellte seine Aktentasche auf den Schreibtisch. Aber er hatte keine Ruhe, sie jetzt auszupacken. Irgendetwas stimmte nicht. Sally wusste etwas, das sie ihm nicht gesagt hatte. Weiber, verdammt!

Er ging zum Fenster und sah hinaus. Auch hier musste es kräftig geregnet haben. Das Unkraut stand hoch in den Beeten, auf der Bank glitzerten dicke Tropfen in der Sonne, die sich durch die Wolkendecke geschoben hatte.

Er drehte sich um und ging auf und ab. Lena war doch gesund. Wieso ging sie dann einfach so zum Arzt? Und das so kurz, nachdem sie hier angekommen war? Er wollte sie gerade noch einmal auf ihrem Handy anrufen, als er draußen ein Geräusch hörte. Mit wenigen Schritten war er im Gang. Da stand sie!

„Lena!“ Er stürmte auf sie zu.

„Gordon!“ Sie sah ihn zuerst erschrocken an, als sei er eine Erscheinung, dann breitete sich auf ihrem Gesicht ein strahlendes Lächeln aus. „Du bist schon zurück?“

Er nahm sie in seine Arme. „Lena, Gott sei Dank, endlich bist du hier! Ich hab mir solche Sorgen gemacht! Wo warst du denn, zum Kuckuck?“

Sie sah ihn überrascht an. „Na, ich wusste doch nicht, dass du heute schon kommst. Da bin ich eben nach Inverness gefahren, um einige Besorgungen zu machen.“ Sie sah ihn fragend an. „Krieg ich keinen Willkommenskuss?“

Er nahm ihr Gesicht in beide Hände und küsste sie ausgiebig, dann sah er sie kritisch an. „Und wieso warst du beim Arzt?“

Sie ging einen Schritt zurück. „Woher weißt du das denn?“ Als er nicht sofort antwortete, sagte sie: „Ah, Sally, stimmt’s? Diese Frau kann einfach nicht ihre Klappe halten!“

„Naja, ich komme heim und du bist nicht da. An dein Handy bist du auch nicht gegangen, da musste ich ja Sally anrufen. Aber jetzt sag schon: Was stimmt mit dir nicht?“

Sie war in die Küche gegangen und hatte begonnen, Lebensmittel aus einer Tüte in den Kühlschrank zu packen. Er trottete ihr hinterher.

„Beruhig dich, Gordon. Mit mir ist alles in Ordnung.“

Sie verfrachtete den Lauch ins Gemüsefach und die Eier in den Behälter in der Kühlschranktür, dann griff sie nach dem Sack Kartoffeln.

Er nahm sie an den Schultern und drehte sie zu sich herum. Der intensive Blick, mit dem er sie ansah, nahm ihr fast den Atem. Ihr wurde bewusst, dass er sich ernsthaft um sie sorgte.

Sie seufzte. „Ich wollte es dir eigentlich am Wochenende bei einem romantischen Abendessen sagen, aber …“ Sie ging in den Gang, nahm ihre Handtasche vom Schuhschrank, öffnete sie und kramte darin herum. Dann entnahm sie ihr etwas, das sie ihm unter die Nase hielt. Es war ein Ultraschallbild.

„Ich bin schwanger. Ende zweiter Monat.“ Sie lächelte. „Es ist wohl am Strand passiert.“

*

Während der ersten Wochen hätte Gordon Lena am liebsten in Watte gepackt. Sie musste ihn sogar dazu überreden, Geschlechtsverkehr zu haben. Er wollte alles vermeiden, was eine Fehlgeburt hätte auslösen können.

Aber es ging alles gut. Lena musste sich kaum übergeben, sie blühte auf während der folgenden Monate und freute sich auf das Baby. Gordon konnte sein Glück kaum fassen.

Sie heirateten dann doch im Winter, da er auf keinen Fall wollte, dass sie mit dickem Bauch vor dem Altar stand. Außerdem sah er keinen Sinn darin, noch zu warten. Lena war die Frau, die er bedingungslos liebte, und die Mutter seiner zukünftigen Kinder. Er wollte diese Verbundenheit auch nach außen hin deutlich zum Ausdruck bringen.

Lena trug ein schulterfreies, langes Kleid aus schwerer Seide und ein Bolero darüber mit Stickereien aus dem gleichen Stoff. Wer nicht wusste, dass sie ein Baby erwartete, dem fiel die leichte Wölbung ihres Bauches nicht auf.

Nachdem die Fotos gemacht waren, drehte Lena sich auf der Treppe vor der Kirche spontan um, hob die Arme und warf ihren Brautstrauß nach hinten.

Diane fing ihn mit beiden Händen und James war der Meinung, dass dies ein untrügliches Zeichen dafür sei, auch endlich den Bund der Ehe einzugehen.

So heirateten die beiden im April des folgenden Jahres, und Lena stand doch noch hochschwanger in einer Kirche.

*

Am 25. Mai morgens um sieben rief Sally bei ihrem Bruder an. „Horace, altes Haus, ich werde Patentante, stell dir vor! Vor drei Stunden ist das Kleine gekommen! Mutter und Tochter sind wohlauf. Der Vater ist überglücklich, aber fix und fertig von der Geburt!“

Anmerkung der Autorin

Liebe Leserin, lieber Leser!

Normalerweise habe ich ein, zwei Ideen für einen Roman und beginne zu schreiben. Dieses Mal war es anders.

Ich hatte innerhalb einer Woche vier Episoden einer schottischen Krimiserie angesehen und dabei beträchtliche Schwierigkeiten, den schottischen Akzent der Schauspieler zu verstehen. Abgesehen davon waren in den Filmen einige Aufnahmen von Edinburgh zu sehen und meine Sehnsucht nach Schottland wurde wieder einmal übermächtig. Ich war bisher drei Mal dort und jedes Mal hatte ich das Gefühl, „nach Hause“ zu kommen.

Also beschloss ich zwei Dinge: Erstens musste ich dringend üben, den schottischen Akzent zu verstehen, und zweitens wollte ich so schnell wie möglich wieder nach Schottland reisen. Mit diesen beiden Gedanken im Kopf schlief ich ein.

Am nächsten Morgen wachte ich um halb sechs auf und ein kurzer Dialog war in meinem Kopf. (Es ist der, in welchem Gordon Lena fragt, ob sie ihm Deutsch beibringt.) Für sich genommen und ohne

Kontext machte der Dialog keinen Sinn. Aber er war nun einmal da und ließ sich auch nicht mehr vertreiben.

Zusätzlich waren zwei Dinge merkwürdig: Zum einen war der Dialog auf Englisch – schließlich schreibe ich meine Romane auf Deutsch – zum anderen sprach der Mann mit der Stimme des Kommissars in der Krimiserie und in seinem recht gut zu verstehenden schottischen Akzent.

Aus Erfahrung weiß ich, dass ich nicht mehr einschlafen noch mich auf etwas anderes konzentrieren kann, solange ich nicht das aufgeschrieben habe, was in meinem Kopf herumspukt. Also ging ich direkt zu meinem Schreibtisch und kritzelte die kurze Unterhaltung auf ein Blatt Papier.

Bis zum Nachmittag, als ich endlich die Zeit zum Schreiben fand, hatte mein Kopf alle möglichen Details zu Lena und diesem Mann ausgearbeitet. Ich wusste zum Beispiel, dass der Roman in Schottland angesiedelt sein würde. Aber wo?

Mein dritter Roman, *Schattenliebe*, findet hauptsächlich in und um Edinburgh statt, also im Süden. Der übernächste, den ich zu schreiben plane, spielt sich meist in St. Andrews ab, das liegt im Osten. Gut, dachte ich, dann eben der Norden. Und bevor ich darüber nachdenken konnte, wo genau, sagte mein Kopf: in Nairn.

Nairn? Ich wusste, dass es eine Kleinstadt nordöstlich von Inverness ist, doch habe ich keinerlei Beziehung zu diesem Städtchen. Aber mein Kopf ließ mir keine Ruhe: Es muss Nairn sein! Also schaute ich im Internet nach und sah einen herrlichen Sandstrand. Da ich ein Fan von Stränden bin, war klar: Es musste tatsächlich Nairn sein!

Während der folgenden Tage schrieb ich also meine Geschichte, die bald zu einer Erzählung anwuchs, mit der Option, ein Roman zu werden.

Das war Anfang August 2015. Dann kam, wie meist, das Leben zwischen meinen Wunsch zu schreiben und meine zu erfüllenden Pflichten. Und so konnte ich nur zwischendurch einige Ideen und Gedankenfetzen notieren und es wurde Ende Dezember, bis ich endlich weiterschreiben konnte.

In der Zwischenzeit hatte ich mir weitere Filme mit diesem schottischen Schauspieler angeschaut, weil ich seinen Akzent besser verstand als den anderer. Irgendwann begann ich, mich im Internet über ihn zu informieren.

An einem Tag im November, als meine Erzählung seit drei Monaten fertig war, las ich ein Interview, in dem er erzählte, dass er als Junge etliche Sommer in Nairn verbracht und dass ihm der Strand so gut gefallen hatte.

Ich starrte das Wort ‚Nairn' an und konnte es nicht glauben – eine dritte Referenz zu diesem Schauspieler! Da bekam ich die Idee, ihm meinen Roman zu schicken und ihn zu fragen, ob er einer Widmung zustimmen würde.

Es dauerte eine Weile - schließlich ist der Mann inzwischen ein bekannter Star in den USA, er lebt jetzt in L.A.! Es waren einige Briefe, Mails und Geduld vonnöten (sogar ein nächtlicher Anruf über den Atlantik hinweg, bei dem seine Agentin ihn extra wegen meiner Widmung anrief).

Aber am 02.02.2017 um 18:53:21 Uhr kam die ersehnte Nachricht:

„Liebe Karin!

Entschuldigung, dass es so lang gedauert hat, aber John würde sich sehr freuen, wenn du ihm deinen Roman widmest. Vielen Dank!

Sarah"

Thank you very much, John Hannah! Das ist eine große Ehre für mich!

Ich möchte mich auch bei meinen fleißigen Testlesern bedanken, die mir, wie immer, halfen, Fehler zu vermeiden, allen voran Snezana, Sonja, Regina und Anja.

Wie bei anderen Romanen auch, sind die Personen, die Geschichte und auch einige Örtlichkeiten frei erfunden. So werden Sie Sallys Pension und Gordons Haus in Nairn vergeblich suchen.

Aber die Schmetterlinge fliegen wirklich in der Küstenregion des Moray Firth, und sie tun das im Mai/Juni und im August/September.

Karin Firlus

Speyer / Februar 2017

Leseprobe:

"Tablet oder Tabletten?"

„Sie sind zu alt - und zu teuer! Das kann unsere Firma sich auf Dauer nicht leisten.“ Er sagte es völlig emotionslos, so, als sei dies eine unumstößliche Tatsache.

Irene stand da wie vom Donner gerührt. Sie war gerade von ihrem Zahnarzttermin gekommen und sogar eine halbe Stunde früher als angekündigt im Büro zurück. Am Tag zuvor war ihr Chef auf einer Konferenz gewesen; er hatte ihr nicht einmal telefonisch zu ihrem Fünfundfünfzigsten gratuliert. Anstatt es jetzt nachzuholen, hatte er sie in sein Büro zitiert und ihr dieses Urteil an den Kopf geknallt.

Sie schluckte krampfhaft den Kloß in ihrem Hals hinunter und sah ihm, unter Aufbietung all ihren Mutes, in die Augen. „Und was heißt das jetzt konkret?“

„Dass ich alles versuchen werde, Sie innerhalb der nächsten zwölf bis maximal vierundzwanzig Monate loszuwerden!“ Sein Blick glitt von ihrem Gesicht zu seinem Computerbildschirm und seine Hand griff zum Telefon – das Gespräch war von seiner Seite aus beendet.

Irene drehte sich um, ging ins Vorzimmer zurück, schloss energisch die Tür zum Büro des Chefs und sank auf ihren Bürostuhl. ‚In ein bis zwei Jahren …‘ Ihre Gedanken rasten. Mit spätestens siebenundfünfzig würde sie auf der Straße stehen, ohne die geringste Chance, in diesem Alter noch eine bezahlte Arbeit zu finden. Sie wäre zwei Jahre arbeitslos gemeldet und danach „auf Hartz IV“. Nach dreißig Jahren, in denen sie sich mit guter Arbeit und Engagement für „ihre“ Firma eingesetzt hatte, einfach so abserviert. Unvermittelt schossen ihr Tränen in die Augen.

Ihre Kollegin kam mit einem Becher Latte Macchiato herein. „Nanu, was ist denn mit dir los?“

Irene wischte sich übers Gesicht. „Meinert hat mir soeben angekündigt, dass ich zu alt und zu teuer bin, deshalb will er mich so schnell wie möglich hier rausekeln.“

Britta schlürfte von ihrem Latte. „Nun, es ist ja kein Geheimnis, dass er die Firma verschlanken will. Und das heißt eben auf gut Deutsch, dass er die alten Mitarbeiter loswerden muss.“

„Alt?“ Irene sah ihre zwanzig Jahre jüngere Kollegin schockiert an. „Ich bin doch nicht alt! Ich arbeite erst seit knapp dreißig Jahren für diese Firma. Der Vater von unserem letzten Chef hat mich damals eingestellt. Und sowohl er als auch sein Sohn waren immer mit meiner Arbeit zufrieden!“, fügte sie trotzig hinzu.

„Sag ich doch. Du arbeitest hier seit Ewigkeiten. Und du musst zugeben, dass du nicht mehr so schnell bist wie früher und so flexibel auch nicht mehr.“

Irene funkelte Britta ungehalten an. „Das mag wohl sein; dafür kenne ich die Firma in- und auswendig. Wer hat dir denn alles beigebracht, als du vor zwei Jahren hier angefangen hast?“

„Das warst du. Aber allmählich gehst du auf die sechzig zu und bist eben nicht mehr so leistungsfähig wie früher. Der Meinert versucht doch, seit er vor achtzehn Monaten hier anfing, den Gewinn der Firma immer mehr zu steigern. Das wird von den Topmanagern heutzutage erwartet. Gewinnmaximierung, nichts anderes zählt. Das bedeutet, er braucht ein top leistungsstarkes Team und somit möglichst viele junge Mitarbeiter, die schnell arbeiten und sich auf neue Situationen direkt einstellen können.“

*

Die bedrohliche Situation an Irenes Arbeitsplatz war natürlich auch Hauptgesprächsthema, als sie sich samstags mit ihren drei Bekannten traf. Einmal im Monat kamen sie abwechselnd bei einer von ihnen zu einem Kaffeekränzchen zusammen. Zunächst wollte Irene zu sich einladen, um ihren Geburtstag nachzufeiern, aber Carola, die als Gastgeberin an der Reihe war, hatte sie dazu überredet, wie geplant zu ihr zu kommen. „Dann hast du keine Arbeit mit Kuchenbacken und Tisch richten. Sieh es als zusätzliches Geburtstagsgeschenk an." Und Irene hatte angenommen, weil sie wusste, dass auch Carola keine Arbeit haben würde. Ihre Haushälterin erledigte das alles für sie.

Sie hatte zunächst damit gerechnet, dass ihre Tochter und ihr Schwiegersohn samstags zu ihr kommen würden. Doch die beiden verbrachten ihre Herbstferien mit Freunden in Griechenland. Irene war sich nicht sicher, ob sie enttäuscht war, dass ihre Tochter einfach so wegfuhr über ihren Halbrunden – schließlich sahen sie sich sowieso nicht sehr oft – oder ob sie erleichtert war, sich nicht krampfhaft in netter Konversation mit den beiden üben zu müssen. Sie hatten kein enges Verhältnis zueinander, was Irene bedauerte, aber sie wusste auch nicht so recht, wie sie das hätte ändern können.

So ging sie also an diesem Samstag zu Carola in ihre schicke Villa. Die vier Frauen waren alle ungefähr im selben Alter und bis auf ihre heutige Gastgeberin gingen sie arbeiten. Monika, eine frühere Kollegin, die Jahre zuvor in eine andere Firma gewechselt war, und Beate, mit der sie sich bei einer Fortbildung zehn Jahre zuvor angefreundet hatte, arbeiteten nur halbtags. Sie waren verheiratet und somit finanziell abgesichert. Carola, Irenes Banknachbarin vom Gymnasium, hatte das große Los gezogen; sie genoss das Privileg, mit einem wohlhabenden Mann verheiratet zu sein. Nur Irene hatte keinen finanziellen Rückhalt, sie musste arbeiten gehen, um ihren Lebensunterhalt bestreiten zu können.

Sie sank in die weichen Polster der beigen Ledercouch, über der ein großes Bild hing; es war mit einem roten Holzrahmen eingefasst, was eher ungewöhnlich war. Dieser Farbtupfer an der Wand war der einzige fröhliche Akzent in dem ansonsten eher dezent eingerichteten Raum. Die wenigen Möbelstücke aus hellem Holz mit beigem Überzug schienen wie zufällig in dem großen Zimmer platziert, was dem Raum eine lässige Atmosphäre gab.

Das Bild hatte noch nicht dort gehangen, als sie sich das letzte Mal hier getroffen hatten; Irene betrachtete es genauer.

Eine Frau in einem weich fließenden, grünen Kleid saß auf einer roten Couch, den linken Arm lässig auf ihrem Oberschenkel ruhend, den rechten Arm hinter ihrem Kopf verschränkt. Neben ihr standen auf einem Tischchen zwei Schalen mit Obst. Der Blick der Frau war entspannt. Oder gelangweilt? Irene war sich nicht sicher. Das Licht der Lampe über dem Bild schien, ob bewusst gewählt oder zufällig, die Brüste der Frau hervorzuheben, die sowieso durch den weichen Stoff ihres Kleides betont wurden.

„Unser neues, ein Matisse", sagte Carola. „Alex hat ihn bei einer Auktion in London erstanden."

Irene besah sich die Frau in dem Bild noch einmal genauer; sie strahlte eine lässige Selbstsicherheit aus, die Irene auch gerne wenigstens manchmal empfunden hätte. Wenn jemand in solch einer Gemütsverfassung war, hatte er jedenfalls keine großen Sorgen, finanzielle schon gar nicht.

Seufzend wandte sie sich den anderen zu. Beate beugte sich zu ihr und übergab ihr ein Kuvert. „Das ist von uns allen, damit du's dir mal so richtig gutgehen lassen kannst!"

Irene bedankte sich und öffnete den Umschlag. Sie hatten ihr einen Gutschein für einen Nachmittag in einem Wellnesshotel geschenkt. Irene wusste, dass sie ihr damit eine Freude hatten machen wollen; schließlich sollten ein paar Stunden Massage, Sauna und Dampfbad entspannend wirken. Doch bei Irene krampfte sich alles zusammen bei dem Gedanken daran, dass sie nicht die teure Kleidung besaß, die viele Frauen, die den geeigneten finanziellen Hintergrund hatten, bei solch einer Gelegenheit trugen, und unter keinen Umständen wollte sie zusammen mit anderen Frauen nackt auf einer heißen Bank sitzen und schwitzen. Das war einfach nicht ihre Welt.

Sie überlegte fieberhaft, wie sie diesem Dilemma entgehen könnte. Aber ihren Bekannten gegenüber wollte sie dies nicht zugeben. „Toll! Da habt ihr euch ja richtig ins Zeug gelegt. Vielen Dank!"

„Wir können doch mal zusammen hingehen, wenn du willst", ließ Carola verlauten. „Ich bin regelmäßig dort."

Spontan dachte Irene ‚Um Himmels Willen'! Laut sagte sie: „Mal sehen, ich bin im Moment ziemlich beschäftigt. Mein Chef deckt mich mit Arbeit ein, wo er nur kann." Um ihre recht brüske Reaktion abzumildern, lächelte sie zaghaft, dann konzentrierte sie sich auf die Kaffeetafel vor ihr.

Sie war üppig gedeckt. Nebst edlem weißem Porzellan mit Goldrand und beigen Kerzen standen drei Kuchenplatten mit Torten aus einer Konditorei. Carola hatte sie wahrscheinlich nicht einmal selbst gekauft; so etwas Profanes erledigte ihre Haushälterin. Irene besah sich ihre Bekannten und dachte, dass die drei ihre Panik vor einem Jobverlust wohl nicht wirklich nachvollziehen konnten.

„Nimm das Ganze doch nicht so ernst!", säuselte Carola denn auch prompt. „Falls er dich wirklich rausekelt, hast du schließlich noch Hannes' Pension." Sie sah in die Runde. „Wer möchte von der Schwarzwälder?"

Irene glaubte sich verhört zu haben. „So etwas sagst ausgerechnet du? Du hast doch keine Ahnung, wovon du redest! Wie soll ich denn mit 438 Euro im Monat meine Miete zahlen und davon auch noch leben können? Soviel kostet bei dir ein neuer Pullover."

„Wenn's reicht", murmelte Beate.

Monika mischte sich ein. „Irene, du bist doch im Betriebsrat, da wird es für deinen Chef nicht so einfach werden, dich aus der Firma hinaus zu komplimentieren."

„Stimmt. Und um dich kündigen zu können, braucht er einen triftigen Grund", fügte Beate an.

„Das schafft er leicht. Er triezt sie so lange, bis sie von alleine aufgibt", gab Monika zu bedenken.

Carola lehnte sich vor. „Hört auf damit, ihr macht sie nur noch unsicherer." Sie sah Irene an. „Ich weiß, du nimmst mich nicht für voll, weil ich nicht von einem Arbeitsplatzverlust bedroht bin und keine finanziellen Sorgen habe. Aber gute Arbeit zu leisten ist nicht alles."

Die anderen starrten Carola fragend an. „Komm mir bloß nicht mit dem Quatsch der Verführungsnummer!", brauste Beate auf. „Sowas zieht nicht bei jedem Chef."

Carola grinste spöttisch. „Und nicht bei jeder Sekretärin", worauf Beates' Wangen sich dunkelrot verfärbten. Ihr Mann war nämlich zunächst ihr Chef gewesen, bevor sie geheiratet hatten und sie sich in eine andere Abteilung hatte versetzen lassen. „Ich will auf etwas anderes hinaus. Irene, hast du dich in letzter Zeit einmal im Spiegel betrachtet? Objektiv, meine ich. Die Falten um deine Augen werden von Monat zu Monat tiefer und bald hast du mehr graue als schwarze Haare. Und dein Outfit ..." Sie beäugte Irenes blaue Hose und das hellgraue Shirt, „lässt auch zu wünschen übrig!"

„So geht sie doch nicht zur Arbeit!", entrüstete sich Monika.

„Aber ein bisschen aufgepeppter könntest du dich durchaus kleiden, da hat Carola recht", sagte Beate.

„Wann warst du das letzte Mal bei einer Kosmetikerin?", fragte Carola.

„Bitte, wo?" Irene glotzte ihre Schulkameradin dümmlich an. „So wo war ich noch nie. Wozu auch?"

„Na, dann wird's aber Zeit! Ich kümmere mich darum. Und eine andere Frisur brauchst du auch!" Carola biss entschieden in ihre Apfeltarte.

Karin Firlus: Gestrandet in Nairn

ISBN 978-3-7418-9719-1
www.epubli.de